I0611063

UN HÉROS POUR RAYNE

UN HÉROS POUR RAYNE (DELTA FORCE HEROES, TOME 1)

SUSAN STOKER

1

Capitaine Keane Bryson, surnommé Ghost, le Fantôme, laissa aller sa tête sur son siège et ferma les yeux, ignorant la pluie qui tombait à verse au dehors comme si quelqu'un avait ouvert un robinet au maximum. La journée grise semblait déterminée à assombrir l'humeur de chaque homme, femme et enfant à l'intérieur de l'aéroport bondé.

Autrefois, il avait horreur des vols commerciaux, mais cela ne le dérangeait plus. En tant qu'agent de la Delta Force, et en tant que chef d'équipe, il se voyait confier des missions top secrètes. Ses coéquipiers et lui prenaient toujours l'avion comme des passagers ordinaires pour se rendre sur les lieux d'une mission ou pour rentrer chez eux.

Un avion de l'armée serait plus économique et sans doute plus sûr à de nombreux égards, mais les militaires tenaient à rester anonymes en se mêlant aux hommes et aux femmes de tous les jours, en vacances ou en voyage d'affaires. Ghost ne s'en plaindrait jamais... il y avait de nets avantages à se déplacer incognito, malgré les retards ponctuels et les annulations.

Il revenait tout juste d'une sacrée mission. L'équipe

s'était rendue en Allemagne avant de faire cap sur la Turquie pour contribuer au sauvetage du sergent Penelope Turner. Le sergent Turner avait été capturée par le groupe terroriste ISIS alors qu'elle était en mission humanitaire dans un camp de réfugiés en Turquie. Avec trois camarades de la Réserve de l'Armée, elle avait été enlevée pendant l'une de ses patrouilles dans le camp. Les trois hommes qui accompagnaient le sergent Turner avaient été tués, leur décapitation filmée et rendue publique. Turner, quant à elle, avait servi d'outil de propagande pour promouvoir les intentions anti-américaines d'ISIS.

L'équipe des forces spéciales de la marine envoyée pour la sauver avait réussi à l'extraire du camp sans encombre, mais pendant leur vol de retour jusqu'à la base des Forces Spéciales en Turquie, où ils devaient se retrouver avant de rentrer au pays, leur hélicoptère avait été abattu par des insurgés dans les montagnes à la frontière turco-irakienne.

Après avoir obtenu des renseignements d'un ancien membre des forces spéciales à la retraite, un certain Tex, Ghost et son équipe y avaient été envoyés pour retrouver les hommes et le sergent. Ils ne savaient pas s'ils étaient morts ou blessés, mais en fin compte, la mission s'était avérée relativement simple.

Les forces spéciales avaient rempli leur mission. Il ne restait plus à Ghost et à ses agents de la Delta Force qu'à secourir l'équipe du régiment d'aviation – certains étaient blessés et d'autres avaient péri dans l'accident d'hélicoptère –, donner les premiers soins aux membres des forces spéciales, débusquer quelques terroristes dispersés et faire venir un deuxième hélicoptère de sauvetage pour rapatrier l'intégralité du groupe hors de Turquie.

Pendant ce court laps de temps passé au contact du sergent, Ghost avait été impressionné. Penelope avait un tempérament de feu et ne s'était pas laissé briser par sa période de captivité. Son équipe de la Delta Force avait quitté Penelope et les agents des forces spéciales à la base aérienne d'Incirlik en Turquie.

Ghost sourit en songeant au dernier mot de Penelope, un simple « merci ». Il sentait que ce mot lui venait du fond du cœur. Elle avait sans doute estimé que c'était un peu inapproprié, et pourtant il était touché. À cause du caractère secret de leur métier, ils entendaient rarement ce mot-là et Penelope était sincère. Il ne savait pas s'il la reverrait un jour, mais comme ils venaient de la même base militaire, c'était probable. Elle ignorait que l'équipe de la Delta Force venait de Fort Hood, mais il espérait qu'elle avait suffisamment d'expérience pour savoir qu'elle ne devait pas révéler leur identité de Delta si elle les croisait. Et même si elle n'y avait pas pensé, ses supérieurs ne manqueraient pas de lui expliquer que leur présence à la base était top secrète.

Ghost changea de position sur le siège inconfortable de l'espace d'attente de l'aéroport d'Heathrow à Londres. Son équipe avait pris un avion en Turquie pour rallier l'Allemagne, puis ils s'étaient séparés conformément au protocole. Fletch et Coach étaient rentrés aux États-Unis en passant par la France. Hollywood et Beatle prenaient un vol direct depuis l'Allemagne, Blade faisait escale à Amsterdam et Truck avait un détour par l'Espagne.

Il aurait pu prendre un avion direct jusqu'à Austin, mais le vol pour l'aéroport de Dallas/Fort Worth lui permettait d'arriver plus tôt et il y avait une place libre dans la rangée de la sortie de secours. Si cela lui avait semblé plus pratique sur le moment, avec la pluie battante qui tombait maintenant Ghost se disait que, tout compte fait, il aurait peut-être dû opter pour le vol plus tardif.

— Est-ce que ce siège est pris ?

Ghost se tourna vers la voix basse un peu éraillée, une voix qui évoquait directement le sexe dans son esprit. Il était conscient qu'elle s'était approchée, comme il l'était de toutes les personnes qui évoluaient autour de lui. Il était constamment en alerte, prêt à passer à l'action en cas de besoin. C'était ancré dans la moelle de chacun de ses os.

Une brune était debout à côté de lui. Ses cheveux étaient coiffés en chignon sur sa nuque. Quelques mèches s'étaient échappées pour venir encadrer son visage. Elle était plutôt grande, surtout avec les talons hauts qu'elle portait. D'après lui, elle devait mesurer un peu moins d'un mètre soixante-quinze. Elle affichait de jolies courbes bien proportionnées. Son physique à la Marilyn Monroe était séduisant, tout comme le sourire éclatant qu'elle lui adressait.

À son accent, il comprit qu'elle était américaine. Elle portait une jupe et un chemisier bleu marine et elle tirait derrière elle une valise bleue et un petit sac assorti. De toute évidence, c'était une employée de la compagnie aérienne, hôtesse de l'air probablement, et elle le saluait chaleureusement.

Ghost secoua la tête en désignant le siège, invitant la femme à prendre place à côté de lui.

— Merci.

La femme s'assit, ouvrit le petit sac bleu et en sortit son téléphone portable. Elle se tourna vers lui et demanda :

— Une destination intéressante ?

Ghost n'était pas certain d'avoir envie de bavarder, mais il s'ennuyait. Autant passer le temps. Et puis, il n'était pas du genre à décliner une occasion de discuter et de flirter avec une jolie femme.

— Chez moi.

Sa réponse laconique ne sembla pas décontenancer l'hôtesse de l'air.

— Ah, un Américain. Et c'est où, chez vous ?

— Au Texas.

— Vraiment ? Moi aussi ! Ça alors, nous allons au même endroit. De tous les passagers à côté de qui j'aurais pu m'asseoir, j'ai choisi quelqu'un qui prendrait le même vol que moi, s'exclama-t-elle en riant. Vous êtes bien sur le vol 823, n'est-ce pas ?

Ghost hocha la tête.

— C'est bien. Enfin, ma maison au Texas est plus un endroit où entreposer mes affaires qu'un véritable petit nid, étant donné que je passe la majeure partie de mon temps à travailler. En ce moment, je suis sur des vols vers et depuis l'Europe. Je suis plus souvent au boulot qu'à la maison.

Ghost sourit intérieurement. Cette femme était très jolie et sa personnalité avenante lui plaisait.

— Oui, moi aussi, je travaille beaucoup. Je vois ce que vous voulez dire.

Elle rayonnait.

— Ah, je ne vous prenais pas pour un homme d'affaires, mais on dit bien qu'il ne faut pas se fier aux apparences, pas vrai ?

— Et pour qui me preniez-vous ?

La femme pencha la tête, réfléchissant à sa question. La bouche fermée, elle se mordait la lèvre inférieure. Ghost fut stupéfait de constater qu'il avait une érection.

Bon sang, était-ce cette femme qui le mettait dans un tel état ? Il essaya de se remémorer la dernière fois qu'il avait eu l'agréable compagnie d'une femme dans son lit, mais à son grand désarroi il en était incapable. L'équipe avait été très occupée ces derniers temps, avec les tentatives d'ISIS pour semer la panique dans le monde entier, et ils n'avaient pas passé beaucoup de temps chez eux. Et puis, au Texas, il en avait assez de toutes ces groupies de l'armée... ces femmes qui cherchaient uniquement à coucher avec des militaires pour pouvoir s'en vanter. Les soldats avaient la réputation d'être de vraies bêtes de sexe, mais à vrai dire, autour des bases de l'armée, on trouvait de nombreuses femmes qui considéraient un mariage avec un militaire comme une échappatoire à la misère. Sans compter que certaines étaient obsédées par l'idée de coucher avec un maximum de soldats, comme un challenge.

— Un chasseur de primes, déclara-t-elle résolument.

Ghost abandonna ses réflexions sur sa dernière nuit de passion pour ricaner, étonné par sa déduction.

— Chasseur de primes ? Vraiment ?

— Hmm, oui.

Comme elle ne lui donnait aucune explication, Ghost croisa les bras sur son torse et lui sourit.

— Pourquoi ? demanda-t-il.

— Voyons. Vos yeux observent constamment les alentours, même quand nous parlons. Vous êtes extrêmement conscient de tout ce qui se passe autour de vous. Je parie que vous saviez que j'approchais avant même que j'arrive. Vous tournez le dos au mur, une position typiquement défensive. Vous débordez de testostérone, vous êtes plus musclé que n'importe qui d'autre ici et vous portez des rangers.

— Et vous en avez déduit que j'étais chasseur de primes ?

Elle lui sourit et s'adossa dans son siège, tournée vers lui.

— Oui. J'ai raison ?

— Non.

— Alors ?

Ghost savait ce qu'elle voulait, mais il se plaisait à jouer le jeu.

— Je suis un homme d'affaires.

Elle lui lança un regard en coin.

— Je vois, si vous me le disiez, vous seriez ensuite obligé de me tuer... c'est ça ?

Elle souriait. Manifestement, elle appréciait beaucoup leur drague légère.

— Quelque chose comme ça.

Elle leva les yeux au ciel.

— Bon, mon deuxième choix était espion. Je reste sur ces deux suppositions. Chasseur de primes ou espion. Au fait, je m'appelle Rayne Jackson. Avec un *y* et un *e*. Ni reine d'Angleterre ni renne du père Noël.

Elle ne tendit pas la main, mais elle le regarda comme si elle attendait quelque chose.

Rayne. Ghost aimait bien ce prénom. C'était un prénom hors du commun pour une femme hors du commun. Si elle croyait vraiment qu'il avait l'air d'un chasseur de primes, elle ne l'aurait certainement pas abordé.

— Ghost, lui dit-il.

— Ghost ? Vraiment, comme un *fantôme* ?

Elle leva les yeux au ciel.

— Bon, d'accord, Ghost. C'est un plaisir de faire ta connaissance. Je reviens sur ma décision. C'est espion, sans le moindre doute.

— Tout le plaisir est pour moi, répondit-il.

Il se garda bien de commenter sa supposition, car elle était un peu trop proche de la réalité.

— Crois-tu que nous décollerons aujourd'hui ?

Elle sourit.

— Alors, comme ça, on parle de la pluie et du beau temps ? D'accord, c'est dans mes cordes. Tu es pressé de rentrer chez toi ?

Il se demandait pourquoi elle lui posait cette question, mais il répondit avec prudence :

— Pas spécialement.

— Tant mieux, parce que d'après mon opinion experte, nous n'irons nulle part aujourd'hui.

— Hmm. À part ta profession d'hôtesse de l'air, sur quoi se base ton opinion experte ?

Rayne sourit.

— Eh bien, je ne suis pas météorologue, mais ça fait longtemps que mes vols passent par Londres. Chaque fois qu'il pleut aussi fort, les vols sont retardés ou annulés.

— Merde, grommela Ghost.

Il n'avait pas particulièrement besoin de rentrer. Son équipe était capable de faire un compte-rendu au colonel lieutenant à la base, mais il n'avait pas envie de passer la nuit à Londres avec toutes les emmerdes que cela impliquait. Bon sang, les autres devaient déjà approcher de chez eux à l'heure qu'il était. Foutue météo anglaise.

— Oui, dit Rayne, compatissante. Malheureusement, je suis habituée depuis le temps.

Au même instant, une annonce se fit entendre dans les haut-parleurs de l'aéroport bondé.

Le vol 823 pour Dallas/Fort Worth est retardé. Veuillez consulter les tableaux d'affichage pour plus d'informations.

— Qu'est-ce que je disais ? fit Rayne en souriant.

— Ça ne te dérange absolument pas de rester coincée ici ? demanda Ghost. La plupart des femmes que je connais se mettent en pétard quand leurs plans tombent à l'eau.

Rayne pouffa et Ghost remarqua que même ce petit bruit était attirant chez elle.

— Non. Je ne me mets pas... quel est ton mot, déjà ? En pétard ?

Elle secoua la tête.

— Je n'aurais pas imaginé qu'un homme comme toi utilise ce genre d'expression. Elle revient souvent dans tes conversations de super-espion ?

Sa question était rhétorique, naturellement, parce qu'elle reprit sans lui laisser le temps de répondre :

— Non, je ne me mets pas en pétard quand les vols sont retardés ou annulés. C'est mon quotidien. N'oublie pas que je travaille. Je ne suis pas en vacances. À vrai dire, les retards et les annulations me donnent l'occasion de sortir et de visiter la ville où je suis coincée. Comme ça, j'ai pu dîner sous la tour Eiffel, faire un tour de gondole en Italie et même fumer un joint à Amsterdam pendant une escale.

— Hmm, une grande voyageuse, plaisanta Ghost.

Rayne éclata de rire.

— Pas du tout. Il ne faut pas se fier à mes aventures. J'aime bien mieux rester assise chez moi avec un bon livre plutôt que sortir, mais après tout, tant que je suis jeune... À y être, autant sortir et visiter ces villes que la plupart des gens rêvent de visiter toute leur vie.

— C'est très mature, répondit Ghost avec sincérité.

— Essaierais-tu de me dire que je suis vieille ? plaisanta-t-elle.

— Non, madame. Je ne me risquerais à aucun commentaire sur l'âge d'une femme.

— Tant mieux. Parce qu'à vingt-huit ans, je ne suis pas vieille. Loin de là.

Bon sang, vingt-huit ans. Ça paraissait si jeune au regard de ses trente-six ans. Il avait vu une infinité de choses qu'elle n'imaginait même pas, mais son corps ne semblait pas s'en soucier. Elle l'attirait, c'était indéniable.

— Vingt-huit ans... presque un bébé.

— Peu importe. Et toi... trente-deux ans ?

— Six, mais merci.

— Ce n'est pas vrai.

— Quoi donc ?

— Trente-six ans. C'est impossible.

— Alors, tu me traites de menteur ?

Ghost se redressa et posa un bras sur le dossier du siège où elle était assise. Elle était hilarante.

— Pas un menteur, mais tu essaies peut-être de me faire croire que tu as plus d'expérience qu'en réalité.

Si seulement elle savait l'étendue de son expérience, elle se lèverait tout de suite et s'en irait sans demander son reste.

— J'ai trente-six ans. Tu veux voir ma carte d'identité ?

Rayne fit un geste évasif en riant.

— Non. Je te taquine. Alors... que vas-tu faire si notre vol est annulé ?

Ghost regarda la femme assise à côté de lui. Il ne lui fallut qu'une fraction de seconde pour prendre sa décision.

— J'espère inviter une jolie brune à dîner et lui montrer les plus beaux coins de Londres, qu'elle risquerait de rater si elle restait dans sa chambre d'hôtel à lire un livre.

Il vit Rayne rougir en le dévisageant un instant. Soudain, à sa grande surprise, elle répondit :

— Tout compte fait, je veux bien voir ta carte d'identité maintenant.

— Ma carte d'identité ?

Pendant un moment, ce changement de sujet le déstabilisa.

— Hmm, oui. Je dînerai peut-être avec toi, mais j'ai regardé beaucoup trop d'épisodes sur la chaîne policière.

J'enverrai ton nom, ton adresse et ta date de naissance à mon amie au pays. Ensuite, nous pourrons rester en attendant de savoir si notre vol est réellement annulé. Si tu continues à être aussi intéressant que tu l'es depuis une demi-heure, et si tu ne fais rien de complètement flippant ou malsain, comme me demander de retirer ma culotte pour la garder dans ta poche, alors je serai heureuse de visiter Londres avec toi.

Une fois de plus, Ghost était étonné, dans le sens positif du terme. Sans trop savoir pourquoi, le fait que Rayne soit prudente et joue la sécurité lui procurait un drôle de sentiment. L'idée qu'elle reste sur ses gardes et qu'elle s'efforce de se protéger l'excitait terriblement. Aussi étrange que ce soit. Glissant la main dans sa poche arrière, il en sortit son portefeuille. Il lui remit son permis de conduire du Texas sans la quitter des yeux un seul instant.

— J'ai une règle. Je ne demande jamais la culotte d'une jeune femme le premier soir.

Elle sourit, mais se garda de tout commentaire. Rayne posa la carte en équilibre sur son genou, la prit en photo sur son téléphone et envoya un message à son amie.

L'information qu'elle transmettait ne conduirait jamais jusqu'à lui, il le savait. Il employait l'un de ses nombreux pseudonymes. Chaque membre de l'équipe disposait de plusieurs identités pour s'assurer de voyager incognito lors de leurs missions. Ghost éprouva une pointe de regret en mentant ainsi à Rayne, mais il chassa cette pensée. De toute évidence, elle cherchait à passer un bon moment, tout comme lui.

Elle leva les yeux.

— John Benbrook ? C'est ton nom ?

— Oui, quel est le problème ?

— Je ne sais pas.

Rayne fronça le nez dans une adorable mimique.

— Disons que... ça ne te ressemble pas, je trouve.

— Appelle-moi Ghost, répondit-il. Je n'utilise pas vraiment le prénom John, de toute manière.

Ce n'était pas un mensonge.

— D'accord... Ghost. Merci de m'avoir montré ta pièce d'identité. Je trouve toujours que tu ne fais pas tes trente-six ans.

Il lui sourit avant de ranger la carte en plastique dans son portefeuille.

— Alors... depuis combien de temps es-tu hôtesse de l'air ?

— Agent de bord.

— Pardon ?

— On ne dit plus hôtesse de l'air. Nous sommes des agents de bord.

Ghost sourit et s'excusa.

— Désolé, au temps pour moi. Agent de bord. Depuis combien de temps es-tu agent de bord ?

— Environ six ans.

— Six ans ? Tu as commencé jeune.

Comprenant la question derrière ses mots, Rayne expliqua :

— Oui, j'ai passé une licence en éducation à la fac. J'ai suivi la formation d'enseignant, j'ai réussi le concours pour travailler dans les établissements de l'État, la totale.

— Mais...

— D'abord, je n'ai pas trouvé de poste, en tout cas, pas dans le secteur qui m'intéressait, et puis, il s'avère qu'en réalité, les gamins ne m'intéressaient pas tant que ça.

Ghost éclata de rire, de plus en plus détendu.

— Je pensais que c'était le genre de choses auxquelles on réfléchissait avant de se lancer dans les études.

— N'est-ce pas ? dit Rayne en riant à son tour. Je te jure, on dirait que les profs de fac envoient uniquement leurs étudiants en stage dans des classes modèles ou quelque chose comme ça. J'ai enseigné quelques semaines dans le cadre de ma formation et je me suis rendu compte que les profs étaient vraiment traités comme de la merde. Ils ne sont pas bien payés et je ne te parle même pas des tests pédagogiques où tout retombe sur le prof si les élèves ont de mauvaises notes. Ah, autre chose... quand l'élève fait une bêtise, il se trouve que c'est toujours la faute du prof et jamais celle des parents, ni même celle de l'enfant.

Elle poussa un soupir de frustration, si profond qu'il semblait monter de son ventre.

— Je sais. C'est cliché de critiquer les enfants et les parents quand on est enseignant, mais sérieusement, je crois que si les États-Unis payaient mieux leurs profs, les écoles publiques s'amélioreraient nettement.

— Alors, quoi ? Tu as décidé de voir du pays ? demanda Ghost.

— En quelque sorte. Je me retrouvais avec un diplôme, mais aucune envie de m'en servir et aucune idée de ce que j'allais faire de ma vie. J'avais une copine dont la mère travaillait pour cette compagnie aérienne. Je n'arrêtais pas de râler en cherchant un boulot qui me plairait vraiment et elle m'a parlé du métier d'agent de bord.

Rayne ajouta en haussant les épaules :

— Alors, je me suis dit que j'allais voir le monde en attendant de décider ce que je voulais devenir. Et voilà, six ans plus tard, je suis toujours en train de visiter le monde – ou plutôt les aéroports du monde – en essayant de trouver quel pourrait être le boulot idéal.

— Ça ne me semble pas mal comme gagne-pain, observa Ghost.

Il se disait que la raison pour laquelle elle avait présenté sa candidature en tant qu'agent de bord ressemblait étrangement à celle qui l'avait poussé à intégrer l'armée à la fin de son adolescence. Il ne savait pas vraiment ce qu'il voulait faire de sa vie. Un jour, il avait croisé un camarade de terminale qui se rendait au bureau de recrutement. Il l'avait suivi et le reste faisait partie de l'histoire. Il avait gravi les échelons en tant que simple soldat, puis il avait jeté son dévolu sur le poste d'agent de la Delta Force... et officier.

— Non, c'est sûr. Comprends-moi bien. J'aime ce que je fais, sinon je ne le ferais pas, mais je ne compte pas le faire pendant le reste de ma vie. Au fond, je suis casanière. Je sors un peu et j'essaie de visiter les villes où je fais escale, mais ce n'est pas très amusant de les explorer toute seule, et parfois elles me semblent même un peu dangereuses.

— Si elles sont dangereuses, tu ne devrais pas te promener, lui dit Ghost sur un ton impassible.

— Je comprends bien. Mais je sais qu'il y a certains endroits que je ne reverrai peut-être jamais.

— Peu importe. Tu pourrais te faire tuer, ou violer, ou kidnapper dans certains de ces endroits... alors, tu les verrais, mais ça ne vaut pas la peine d'y laisser ta vie ou ta santé.

Rayne hocha la tête.

— Tu as raison. Et au cas où tu aurais l'impression que tu peux me donner des ordres, sache que j'avais déjà décidé d'être plus prudente à l'étranger depuis qu'ISIS se déchaîne et n'obéit à aucune règle morale.

Ghost sourit devant son insolence.

— Tant mieux. Dans combien de temps penses-tu...

Soudain, la voix automatique dans les haut-parleurs l'interrompit :

· · ·

Nous sommes au regret de vous informer que le vol 823 est annulé. Veuillez vous renseigner auprès d'un agent de la compagnie pour vous inscrire sur un autre vol. L'aéroport d'Heathrow regrette ce désagrément.

Ghost se leva et tendit la main à Rayne.

— Bon, étant donné que c'est dangereux de te promener toute seule... veux-tu explorer Londres avec moi ?

2

Rayne était assise dans le taxi à côté de John Benbrook, alias Ghost. Elle se demandait bien ce qu'elle était en train de faire. Ça ne lui ressemblait pas. Elle ne draguait pas des inconnus dans les aéroports. Elle avait rencontré beaucoup d'hommes attirants au fil de ses voyages et ils avaient souvent cherché à la séduire, mais quelque chose était différent chez lui.

Ce n'était pas vraiment lui qui l'avait abordée. Ils avaient d'abord flirté avec légèreté et il s'était montré poli et même un peu distant. Mais la première fois qu'il lui avait souri, le ventre de Rayne s'était noué. Il était brut de décoffrage, d'une beauté sauvage. Au fond, elle savait que sous son t-shirt élimé et un peu sale, il était musclé à cent pour cent. Elle n'avait qu'une envie, s'asseoir et parler avec lui... bon, elle avait d'autres envies, mais elle se satisferait de ce qu'elle obtiendrait.

À présent, ils se dirigeaient vers le centre-ville. Il pleuvait toujours et Ghost avait passé un coup de téléphone pour réserver une place à Park Plaza, dans un bel hôtel près de l'Abbaye de Westminster et de la grande roue, le London Eye. Il lui avait dit qu'ils pouvaient toujours annuler s'ils décidaient d'aller ailleurs, mais il préférait avoir un plan de repli au cas où. Il était encore tôt dans l'après-midi et Rayne supposait qu'ils iraient prendre un déjeuner tardif ou un dîner de bonne heure avant de...

Elle ne savait pas vraiment ce qu'ils allaient faire. Sans doute improviseraient-ils.

Il y avait des tonnes de choses qu'elle aimerait voir à Londres, mais comme elle était accompagnée, elle devait savoir ce qu'*il* voulait faire plutôt que de faire uniquement ce dont *elle* avait envie.

Rayne se sentait mieux après avoir envoyé les informations sur John Benbrook à son amie, Mary, au pays. Bien sûr, si Ghost la violait et la tuait, qui sait si on retrouverait son corps... Au moins, Mary saurait avec qui elle était sortie et pourrait alerter les autorités locales.

Rayne n'avait pas menti à Ghost. Elle était casanière. Elle aimait son travail d'agent de bord et elle rencontrait beaucoup de personnes intéressantes, mais dans son temps libre, elle se contentait de rester chez elle et de se livrer à des activités que beaucoup considéraient comme assommantes. Lire, faire les courses, regarder des films avec Mary et même tricoter.

Pourtant, elle marchait sur le fil du rasoir. Rayne n'avait jamais connu d'histoire d'un soir dans sa vie. Elle était toujours sortie avec des hommes respectables, un brin ennuyeux. Elle les fréquentait pendant quelque temps et s'assurait de se sentir « bien » avant de leur ouvrir la porte de sa chambre à coucher. Pourtant, quelque chose chez Ghost lui donnait envie de se déshabiller sur place et de se plaquer contre lui.

Elle changea de position sur la banquette, gênée d'être incapable de penser à autre chose qu'à la beauté de son corps nu au-dessus du sien, soutenu sur ses coudes en allant et venant entre...

— Alors... tu fais ça souvent ? demanda-t-elle nerveusement, interrompant le fil de ses propres pensées en essayant de se maîtriser.

— Quoi donc ?

— Draguer des femmes dans les aéroports et les inviter à sortir ?

Ghost ricana.

— Non. Tu es ma première.

Rayne haussa les sourcils et le regarda avec incrédulité, manifestement dubitative.

Il sembla interpréter aisément le sous-entendu de son jeu de sourcils, car il ajouta pour tenter de la rassurer :

— Je suis sérieux. Je ne drague pas les femmes comme ça.

Rayne dévisagea le bel homme assis à côté d'elle. Les rangers et le t-shirt marron moulant qu'il portait étaient la tenue la plus virile qu'elle ait jamais vue. *Il* était viril et brut. Ses cheveux étaient hirsutes, un peu trop longs pour avoir un style. Il ne portait qu'un petit sac marin. Son treillis était tendu sur les muscles de ses cuisses. Son menton arborait un début de barbe et ses yeux bruns restaient entièrement rivés sur elle. Elle ne voulait pas se sentir attirée, mais c'était plus fort qu'elle. Il semblait capable de se défendre et de protéger les gens autour de lui, ce qui était aussi attirant à ses yeux qu'une flamme pour un papillon de nuit. Pourtant, elle était frustrée, bien consciente qu'elle faisait partie d'une file d'attente interminable de femmes prêtes à tout pour lui plaire, au lit comme dans la vie.

— Oui, c'est ça. Elles se jettent sur toi, n'est-ce pas ? répondit Rayne avec douceur.

Elle voulait lui faire savoir qu'elle ne gobait pas ses mensonges tout en restant sur le ton de la plaisanterie.

Il rit tout bas en secouant la tête.

— Je me fiche qu'elles se jettent sur moi, Rayne, je n'attrape que celles qui m'intéressent.

Elle y réfléchit pendant une fraction de seconde.

— Je ne me suis pas jetée sur toi.

— Non, admit-il sans rechigner.

— Alors, que faisons-nous ?

Ghost se pencha en avant.

— Tu ne t'es pas jetée sur moi et je savais que tu ne le ferais pas. C'est peut-être parce que tu es adorable.

Il haussa les épaules.

— En tout cas, j'ai pris l'annulation de notre vol comme un signe. Tu me plais, il fallait que je fasse quelque chose. C'était agréable d'être celui qui propose pour une fois, au lieu de devoir refuser ou rejeter l'attention indésirable. Quant à ce que nous allons faire ? Nous visiterons la ville ensemble... histoire de profiter de l'annulation de notre vol.

Rayne déglutit sans rien dire.

— Mais je te préviens, Rayne. Je ne m'engage pas. Alors, aujourd'hui, deux choix s'offrent à nous. Nous pouvons passer la journée ensemble, visiter des sites, rire et passer un bon moment, puis partir chacun de son côté.

— Et quelle est l'autre option ?

— Nous pouvons passer la journée ensemble, visiter des sites, rire, passer un bon moment et voir où cette attirance peut nous mener. Ensuite, *demain*, nous partirons chacun de notre côté.

Elle prit une grande inspiration, s'efforçant de rester posée.

— Alors, tu dis que si nous couchons ensemble, ça n'ira pas plus loin ?

— Ça ne *peut* pas aller plus loin.

Rayne savait que Ghost ne lui disait pas tout. Elle n'était pas bête. Il n'utiliserait pas de surnom s'il avait une vie normale. Elle n'était pas le genre de femme à sauter dans le lit d'un homme en sachant qu'il ne lui proposait aucune relation sérieuse, et pourtant elle le désirait. Mary serait très fière d'apprendre qu'elle était enfin sortie des sentiers battus.

Rayne sentait ses tétons durcir rien qu'en regardant Ghost. C'était un désir sexuel pur, mais c'était un désir qu'elle n'avait pas ressenti depuis la fac, quand elle avait rencontré un beau nageur dans une fête chez quelqu'un, à laquelle elle participait un soir. Elle ne se rappelait plus le prénom du garçon, mais il était grand, élancé, avec des épaules incroyablement larges. Elle s'était laissé aller à imaginer qu'il poserait les yeux sur elle et tomberait tout de suite fou amoureux, mais ça ne s'était pas passé comme ça. Il s'était saoulé à tel point que ses coéquipiers avaient dû le soutenir pendant qu'il vomissait dans les buissons.

Après toutes ces années, elle regrettait toujours un peu de ne pas avoir pu explorer ses sentiments envers ce nageur. Alors, Rayne décida qu'elle pouvait bien s'offrir une nuit avec Ghost.

Elle ne pouvait empêcher son esprit de vagabonder. Quel effet lui ferait sa peau contre la sienne ? Son torse était-il lisse ou couvert de poils ?

— Je... commença-t-elle sans même savoir ce qu'elle allait dire.

Le silence entre eux lui pesait comme une couverture trop lourde.

Ghost la fit taire en posant un doigt sur ses lèvres.

— Chut, ne décide pas tout de suite. Laissons-nous porter. Aucune pression. Nous passerons le reste de la journée ensemble et nous verrons bien. Ensuite, nous aviserons. D'accord ?

Elle eut soudain l'impression qu'elle venait de s'offrir pour la soirée comme une prostituée dans la rue et elle lâcha :

— Tu ne m'en voudras pas si je ne veux pas...

— Absolument pas, dit Ghost, la rassurant immédiatement. Je serai peut-être déçu, mais certainement pas fâché contre toi. C'est ton choix. Je n'ai jamais forcé aucune femme à faire ce qu'elle ne voulait pas, et je ne compte pas commencer maintenant.

— D'accord.

— Bon. Il faut quand même que tu saches que je ferai tout mon possible pour te convaincre de passer la nuit avec moi. Tu me plais, Rayne avec un *y* et un *e*, et je me suis déjà imaginé comment tu étais sous cette jupe et ce chemisier guindés et impeccables. Au risque de passer pour un porc, j'essaie d'être honnête avec toi. Alors, quelles que soient les idées qui te passeront par la tête aujourd'hui pendant notre visite de Londres... ne te préoccupe pas de savoir si j'ai changé d'avis ou si je te désire vraiment.

Ghost ne détachait pas ses yeux de la bouche de Rayne. Une fois de plus, elle avait pris sa lèvre inférieure entre ses dents pendant qu'il parlait.

Il leva la main et la posa sur sa joue, effleurant ses lèvres sous son pouce.

— Ne te mords pas, Rayne.

Lorsqu'elle libéra sa lèvre, il se pencha en avant et prit sa nuque sous sa paume. Sans prêter attention au chauffeur de taxi, Ghost se rapprocha, si près que Rayne sentit le frôlement de son souffle sur sa bouche lorsqu'il parla :

— Tes lèvres sont faites pour les baisers, tu sais. Elles sont rebondies, roses... j'imagine leur douceur quand elles rencontreront les miennes.

Il appliqua une infime pression sur sa nuque sans toutefois l'attirer jusqu'à lui. De toute évidence, il attendait qu'elle prenne la décision de l'embrasser ou non.

Rayne avait envie de sentir les lèvres de cet homme sur les siennes plus encore qu'elle n'avait besoin de respirer. Elle se pencha en avant, franchissant les quelques centimètres qui les séparaient, comme si ses lèvres étaient des aimants irrésistibles.

Leurs bouches s'unirent. Dès l'instant où ils se touchèrent, Rayne crut sentir un déclic s'opérer entre eux. Elle n'eut pas le temps d'analyser cette étrange sensation, car la langue de Ghost effleura ses lèvres et elle s'ouvrit à lui, lui offrant tout ce qu'il désirait.

Son autre main remonta de l'autre côté de son visage et il lui inclina légèrement la tête. Ils s'embrassaient sur la banquette arrière du taxi sans prêter attention à la direction que prenait le chauffeur, sans se soucier qu'il emprunte délibérément une route détournée pour allonger la durée du trajet. Rayne savait que cela en vaudrait chaque livre sterling supplémentaire. Les mains de Ghost restaient sur son visage. Elles ne cherchaient pas à en profiter et ne s'aventuraient jamais sur son corps.

Rayne se cambra contre Ghost, passant ses bras autour de lui. Agrippée à son dos, elle essaya de se rapprocher. Pour lui, elle éprouvait un désir fou. C'était insensé. Elle ne connaissait rien de l'homme qui dévorait ses lèvres comme s'il ne pouvait jamais s'en lasser, si ce n'est qu'il s'appelait

John Benbrook et qu'il vivait à Fort Worth, au Texas, mais en cet instant, elle s'en fichait éperdument.

Elle ignorait jusqu'où auraient pu les mener leurs jeux de bouches, sans doute pas aussi loin qu'*elle* l'aurait voulu, mais le chauffeur de taxi se racla la gorge en déclarant qu'ils étaient arrivés à l'hôtel de Park Plaza.

Quand Rayne s'écarta de Ghost, elle refusait de croiser son regard, consciente qu'elle rougissait. Elle se rendit compte qu'elle était plus excitée par ce simple baiser qu'elle l'avait été la dernière fois qu'elle avait fait l'amour. Elle ne voulait pas passer pour une désespérée, mais elle était prête à renoncer à leurs visites et se laisser entraîner à l'étage dans l'une des chambres de l'hôtel pour faire des folies.

Ghost leva une main et la passa avec tendresse sur sa tête, caressant ses cheveux, puis dans son dos. Sans dire un mot, il essuya ses lèvres humides et gonflées sous son pouce.

Rayne finit par trouver le courage de lever les yeux vers lui. En voyant la lueur dans les siens, elle fut rassurée. Son attirance extraordinaire semblait partagée. Il paraissait sur le point de la jeter sur la banquette et de lui faire perdre la raison.

Avec un dernier sourire, il s'écarta et sortit son portefeuille de sa poche arrière. Il en tira la liasse de livres sterling qu'il avait échangées à l'aéroport et paya le chauffeur.

Rayne prit le temps de récupérer son sac à main et elle ouvrit la portière. Elle les attendit derrière le taxi. Enfin, ils la rejoignirent et le chauffeur ouvrit le coffre pour en sortir son bagage et le sac marin de Ghost.

— Viens, Rayne, dit Ghost en tendant la main pour prendre la poignée de sa valise avant de l'attirer à côté de lui. Nous allons laisser nos affaires à la consigne et voir à quoi nous pourrions consacrer notre temps.

Soulagée que la tension sexuelle soit retombée, du

moins pour le moment, Rayne lui emboîta le pas. Elle avait déjà une idée précise de la décision qu'elle prendrait en fin de soirée. Elle n'avait qu'une envie, passer la nuit avec l'homme mystérieux qui l'accompagnait.

Et au diable les conséquences.

3

___

— Tu es sûre que tu ne veux pas te changer ? Ces chaussures ne peuvent pas être confortables pour marcher des kilomètres en ville, demanda Ghost pour la troisième fois.

— As-tu vu les derniers *Jurassic Park* ?

Ghost était perplexe, mais il répondit par l'affirmative.

— Eh bien, je suis comme Claire, dit-elle. Elle a passé tout un film à courir en talons hauts pour échapper aux dinosaures sans sourciller. Je ne dis pas que je veux voir apparaître un *Indominus Rex* derrière Big Ben, mais tant que tu n'as pas l'intention de nous faire courir un semi-marathon ou autre, ça ira très bien.

Ghost pouffa.

— Un semi-marathon ? Ce n'était pas comme ça que j'envisageais de dépenser mon énergie aujourd'hui. Mais je ne voudrais pas que tu regrettes ton choix de chaussures au milieu de la journée. J'aimerais mieux que tu te concentres sur autre chose.

Sans relever le subtil sous-entendu sexuel – elle n'était même pas certaine que ce soit le cas, mais comme elle se sentait plus excitée que jamais, peut-être voyait-elle du sexe dans chaque mot alors qu'il n'y faisait même pas allusion – elle le rassura :

— Sérieusement, ça ira. Je suis debout toute la journée presque tous les jours, Ghost. C'est bon. La compagnie aérienne tient à ce que nos uniformes soient confortables… et qu'ils puissent se porter hors du travail. Je ne le choisirais pas au quotidien, mais pour le moment, c'est plus simple et ça nous fait gagner du temps. Je meurs de faim !

Il ricana et changea de sujet.

— Que veux-tu manger ? demanda-t-il alors qu'ils attendaient le retour du concierge avec le ticket de la consigne.

— Du *fish and chips*.

— Tu as l'air sûre de toi.

Rayne le regarda, incrédule.

— Je ne peux pas être en Angleterre et ne pas manger de *fish and chips* ! De toute façon, ce doit être interdit par la loi officielle du tourisme…

Il sourit en la regardant et hocha la tête.

— D'accord, *fish and chips*.

Le concierge, qui revenait avec le ticket de leurs bagages, entendit la réponse de Ghost.

— Si vous cherchez un bon restaurant, je vous recommande *Mickey's Fish and Chips*. C'est derrière Hyde Park, mais vous pouvez facilement vous y rendre en métro.

Rayne adorait entendre les gens parler avec l'accent britannique. Certains Américains n'auraient pas compris un traître mot de ce qu'avait dit cet homme, mais Ghost semblait non seulement expert en langage de sourcils, mais aussi en anglais britannique.

— Merci. Quelle bonne idée.

Le concierge leur écrivit les lignes de métro qu'ils devaient prendre pour rejoindre le restaurant, puis il poussa l'amabilité jusqu'à noter les lignes à emprunter pour revenir à l'hôtel, ainsi que pour visiter le Palais de Buckingham et l'Abbaye de Westminster. Enfin, il remit le papier à Ghost.

Après l'avoir remercié, ils sortirent de l'hôtel et se dirigèrent vers la bouche de métro au coin de la rue.

Rayne sourit lorsque Ghost se positionna sur le trottoir afin de la tenir à l'écart de la chaussée. Ensemble, ils traversèrent le passage pour piétons et pénétrèrent dans l'immense station de métro. Il acheta les tickets. Rayne aimait la sensation de sa main au bas de son dos, sur l'escalier roulant qu'ils avaient emprunté pour descendre sur le bon quai.

— Tu es plutôt doué dans le métro de cette ville, Ghost, dit Rayne sur un ton taquin. Tu sais que ça me conforte dans l'idée que tu es espion ?

Ghost sourit et regarda Rayne. La chaleur de la journée et la courte marche jusqu'au métro lui avaient donné des couleurs. En la contemplant, il ne pouvait s'empêcher de songer à leur baiser passionné à l'arrière du taxi. Il avait été agréablement surpris qu'elle se jette à corps perdu comme elle l'avait fait.

— J'ai l'habitude de voyager et les transports publics londoniens sont parmi les meilleurs et les plus intuitifs au monde.

Rayne se contenta de secouer la tête. De toute façon, il n'aurait pas entendu sa réponse, car une rame de métro choisit cet instant précis pour surgir en rugissant.

Les portes s'ouvrirent et un flot de passagers essaya de sortir en jouant des coudes, en même temps que les nouveaux venus tentaient de monter par la force. C'était l'une des raisons pour lesquelles Rayne avait horreur des grandes villes et du métro. Elle écopait toujours de quelques bleus chaque fois qu'elle luttait contre la marée.

Mais pas aujourd'hui. Ghost l'attira contre lui et fendit la foule comme s'il était le roi d'Angleterre. Il les conduisit vers une banquette et la fit asseoir. Au lieu de prendre place à côté d'elle, il resta debout juste devant, la protégeant ainsi contre les bousculades des passagers qui entraient et descendaient. Il se tenait à la barre au-dessus de leurs têtes, les jambes écartées pour garder l'équilibre.

Il y avait tant de choses que Rayne avait envie de lui dire, mais ils étaient en public et le manque d'intimité la gênait. Elle se contenta de lui sourire avec reconnaissance. Il gardait les yeux rivés sur les passagers qui évoluaient autour d'eux comme si c'étaient des terroristes susceptibles de les faire exploser. Rayne était convaincue que Ghost passerait à l'action et neutraliserait immédiatement le danger. C'était le genre d'ondes qu'il dégageait et elle se sentait en sécurité.

Ghost était de profil et Rayne prit le temps de bien l'examiner. Il se tenait à la courroie au-dessus de sa tête et ses biceps saillaient. Son t-shirt épousait son torse et Rayne déglutit péniblement. Elle avait les yeux au niveau de son entrejambe, et bon sang ! C'était impressionnant. Il était viril de la tête aux pieds. Avec lui, elle se sentait frêle et protégée.

Elle essaya d'évaluer sa taille. Comme elle lui arrivait au menton, il devait mesurer plus d'un mètre quatre-vingt-cinq, quatre-vingt-huit peut-être. Elle était grande pour une femme, et pourtant même avec des talons, elle semblait petite à côté de lui. Il se balançait selon les mouvements de la rame et Rayne ferma les paupières, imaginant ses bras musclés autour d'elle, son corps contre le sien tandis qu'il soulèverait très lentement son chemisier sans la quitter des yeux...

Le métro s'arrêta brusquement à la station suivante et Rayne ouvrit les yeux. Ghost baissait sur elle un regard indéchiffrable. Elle se targuait d'avoir un don pour lire l'expression des gens, qualité utile dans le cadre de son travail, mais elle se rendit compte qu'elle n'avait pas la moindre idée de ce que pensait Ghost. La rame se remit en branle et, une fois de plus, il balaya les passagers du regard, s'attardant sur chacun d'entre eux comme si l'on devait ensuite tester sa mémoire en l'interrogeant sur les différentes tenues. Rayne était persuadée qu'il réussirait haut la main un contrôle de ce genre.

Après quelques arrêts, Ghost se pencha et annonça :

— La prochaine station est la nôtre.

Rayne acquiesça et se leva pour se diriger vers les portes. Elle sentit le bras de Ghost passer autour de sa taille alors que la voiture ralentissait. Il voulait l'aider à garder l'équilibre. Si quelqu'un les observait, il trouverait cette délicate attention digne d'un gentleman. Mais pour Rayne, il y avait autre chose... c'était comme une promesse.

Le bras de Ghost effleura son sein en passant et Rayne sentit chaque centimètre carré de son corps ferme contre son dos lorsqu'il l'attira à lui. Il posa la paume sur sa hanche, où elle sentit ses doigts l'agripper fermement. Son pouce ne restait pas immobile et la caressait négligemment. Même s'il n'avait qu'un bras autour d'elle, Rayne avait l'impression qu'il l'entourait tout entière et elle se sentait aussi en sécurité que chez elle, dans sa petite ville des États-Unis.

La porte s'ouvrit et ils sortirent dans une bousculade, comme lorsqu'ils étaient montés. Ghost fit en sorte que personne ne la heurte ni ne la pousse trop violemment. Une fois qu'ils eurent quitté la station de métro et se furent repérés sur un plan, ils se rendirent chez *Mickey's*.

C'était un petit restaurant typiquement britannique. Un drapeau Union Jack flottait à l'extérieur et la salle était exiguë et sombre. Le menu, écrit sur un tableau en ardoise derrière le comptoir tout en longueur, présentait toutes sortes de poisson frit. On sentait des effluves de poisson, de pâte à beignets et de pommes de terre. Elle en eut l'eau à la bouche et sentit son estomac gargouiller.

— Quelque chose te plaît ? demanda Ghost en s'approchant du comptoir.

— *Fish and chips*, naturellement, s'empressa de répondre Rayne. On ne peut quand même pas venir à Londres, dans un restaurant spécialisé, et commander du calamar…

— Alors, *Fish and chips* pour tout le monde.

Ghost se tourna vers le jeune homme derrière le comptoir et passa rapidement sa commande.

Rayne se proposa de payer, mais Ghost lui décocha un regard tellement dissuasif qu'elle recula en souriant, les deux mains levées en signe de capitulation.

— D'accord, d'accord. Calme-toi. Je le proposais, c'est tout.

Il secoua la tête, leva les yeux au ciel et sortit quelques livres pour payer leurs plats. Ils allèrent attendre à une petite table écaillée dans un coin.

Elle ne fut pas étonnée lorsque Ghost lui tira une chaise avant de s'asseoir dos au mur. Elle chercha un sujet de conversation intéressant.

— Alors… as-tu des tatouages ?

Il sourit.

— Je te montrerai les miens si tu me montres les tiens.

— Marché conclu.

Rayne s'amusa de son air intrigué.

— Vraiment ? Tu as un tatouage ?

— Ne prends pas cette mine ahurie ! Je ne suis pas aussi coincée que j'en ai l'air.

— Je ne t'aurais jamais traitée de coincée, Rayne. Raffinée, posée et élégante, mais pas coincée.

— Bon, eh bien, merci.

— Alors... Combien en as-tu ?

Elle s'adossa contre sa chaise, croisa les bras et les jambes avant de répondre :

— Trois. Et toi ?

— Vraiment ? Trois ?

— Vraiment.

Elle vit ses yeux envelopper son corps comme s'il essayait de voir à travers ses vêtements les tatouages dont il venait d'apprendre l'existence.

— On ne peut pas les voir quand je suis habillée.

Dès qu'elle eut prononcé ces mots, Rayne rougit. Ils avaient l'air bien plus suggestifs à haute voix que dans sa tête.

— Hmm, je suis impatient de découvrir ces mystérieuses œuvres à l'encre.

Sa réponse était innocente, mais le ton qu'il avait employé était assez intense pour lui donner envie de se mordre la lèvre et de se dérober à son regard insistant.

— Deux *fish and chips*. C'est servi !

L'interruption tombait à point nommé et Ghost se leva pour aller récupérer leurs plats. Il rapporta à la table les paniers débordants de poisson pané et d'épaisses frites grasses et demanda à Rayne si elle voulait du ketchup avec son repas. Elle secoua la tête et attaqua sans attendre que Ghost commence. Elle prit une frite, que les Britanniques appelaient *chip*, et la mordit en gémissant. C'était si chaud qu'elle faillit se brûler la bouche, mais délicieusement gras et savoureux.

Ils mangèrent en silence pendant un moment avant que Rayne demande :

— Combien en as-tu ?

Ghost savait très bien ce dont elle parlait.

— Un seul.

— Rien qu'un ?

— Oui.

— Je suppose qu'un espion comme toi n'a pas le droit d'avoir trop de tatouages que les méchants risqueraient de repérer, pas vrai ?

Ghost s'étrangla presque avec son verre d'eau. Il savait qu'elle plaisantait, mais elle s'approchait un peu trop de la vérité. Il choisit de jouer le jeu.

— Oh, oui, répondit-il avant de poursuivre avec un fort accent russe. Il ne faut pas que les ennemis reconnaissent mes tatouages.

Elle gloussa en tendant une frite vers lui.

— Je le savais !

Ghost se pencha et mordit dans la frite égarée avant d'éclater de rire lorsqu'elle s'écria :

— Eh ! C'est la mienne ! Mange tes propres frites !

Il n'avait pas passé un aussi bon moment en compagnie d'une femme depuis bien longtemps. En général, l'un ou l'autre était trop obnubilé par la fin de la soirée pour vraiment profiter du temps passé ensemble. Même s'il avait déjà imaginé Rayne, ébouriffée et comblée à côté de lui dans un lit, il appréciait l'attente plus que d'habitude. Il avait l'impression d'être blotti dans une couverture chaude qui l'enveloppait de sentiments joyeux, bien loin du désir tranchant qu'il éprouvait en temps normal avant d'emmener une femme au lit.

Ils terminèrent leur repas et Ghost repoussa son panier vide, posa les coudes sur la table et se pencha vers elle.

— Alors, que veux-tu faire aujourd'hui ?

Aussitôt, elle haussa les épaules.

— Je ne sais pas, qu'est-ce que toi, tu veux faire ?

Il marqua sa désapprobation.

— Allons, Rayne. Je sais que tu y as réfléchi. Que ferais-tu si tu étais seule et que tu passais la journée ici à Londres ?

— Si tu veux vraiment le savoir... commença-t-elle sans terminer sa phrase.

— Je veux vraiment le savoir. Je l'ai demandé, n'est-ce pas ?

— Ça ne veut pas dire que tu as *vraiment* envie de le savoir. Les gens font ça tout le temps, ils...

— Rayne... accouche.

Au lieu de se fâcher d'avoir été interrompue, elle éclata de rire.

— D'accord, d'accord, Monsieur l'Espion. Ne t'emballe pas. J'ai très envie de voir l'Abbaye de Westminster, et bien sûr Big Ben. Et si ce n'est pas trop loin, le Palais de Buckingham.

Ghost hocha la tête. Il se doutait bien d'une telle liste.

— Et la Tour de Londres ? Ou le méridien origine ?

— Le *quoi* ?

— Le méridien origine. C'est le point de départ de la longitude.

— Euh, le point de départ ?

— Oui. Si tu regardes un GPS, c'est l'endroit précis où les nombres indiquant l'est basculent sur l'ouest. Si tu te tiens là avec un GPS, les coordonnées ouest seraient : 000.00.000.

— Hmm, c'est bien quelque chose qu'un super-espion trouverait intéressant, pour être honnête.

Ghost rejeta la tête en arrière et éclata de rire. Pour la première fois depuis bien longtemps, c'était un rire franc et spontané. Il s'écarta de la table et rassembla leurs déchets.

— Viens, nous allons commencer par l'Abbaye de West-minster et nous continuerons à partir de là.

4

Ghost regardait le visage de Rayne pendant la visite de l'abbaye. Il lui avait pris la main lorsqu'ils avaient quitté le restaurant et ne l'avait jamais lâchée. Heureusement, de son côté, elle ne semblait pas vouloir s'éloigner.

Elle était adorable. Rayne s'extasiait en permanence. Ghost était un homme dur. Il en avait trop vu en trente-six années d'existence pour être encore surpris, ou même impressionné. Mais découvrir Londres par les yeux de Rayne, c'était une tout autre expérience. Il avait tendance à traverser la vie en coup de vent. Il voyait les choses, mais ne les analysait pas au-delà de la menace qu'elles représentaient... à moins, bien sûr, qu'il soit question de vie ou de mort. *Sa* vie et *sa* mort, ou celles de ses coéquipiers.

Mais Rayne ouvrait de grands yeux en écoutant le guide parler des nombreux rois et reines inhumés dans cette gigantesque église. De temps à autre, elle lui serrait la main et se penchait pour lui chuchoter : « waouh » ou « tu te rends compte ? »

Bien sûr, Ghost ne pouvait se concentrer sur rien d'autre

que sa présence à côté de lui, la sensation de sa poitrine, sa hanche appuyée contre la sienne... chacun de ses mouvements lui faisait espérer qu'elle choisirait de passer la nuit dans son lit plutôt que de poursuivre son chemin toute seule.

Le baiser qu'ils avaient échangé dans le taxi laissait une empreinte au fer rouge dans son cerveau. Elle s'était abandonnée entre ses bras comme si c'était la chose la plus naturelle du monde. Les soupirs et les gémissements légers qui étaient montés de sa gorge tandis qu'il dévorait sa bouche lui laissaient présager ce qu'il entendrait quand il dévorerait le reste de son anatomie. Elle offrait un mélange d'innocence et de lassitude, et ce paradoxe l'intriguait... énormément !

— C'est tellement bizarre de se dire que nous sommes exactement là où le prince William et Kate se sont mariés. C'est un endroit historique tellement formidable... et nous sommes là ! murmura Rayne, émerveillée.

Ils étaient en retrait du petit groupe de touristes qui suivaient le guide bénévole. Ghost l'entraîna dans une alcôve et la plaqua contre son corps, la poussant contre les pierres anciennes. Il referma les mains au creux de son dos et sourit lorsqu'elle se laissa aller contre lui, posant ses avant-bras sur son torse.

— Je parie que tu as regardé le mariage de la princesse Diana sur internet, n'est-ce pas ? demanda Ghost avec sérieux, même s'il connaissait parfaitement la réponse.

— Oh oui, répondit Rayne dans un souffle. Elle était tellement belle. Elle avait une traîne extrêmement longue que ses petits cousins tenaient. Savais-tu que Di et Charles avaient décidé de se marier à la cathédrale Saint-Paul et non ici parce qu'il y avait plus de places assises ? Mais elle s'est tenue *ici*. Juste ici. C'est fabuleux.

Ghost se sentit vaguement mal à l'aise tandis que Rayne continuait.

— Tu es une grande romantique, dit-il d'une drôle de voix.

Rayne tourna la tête vers lui et leva les yeux en acquiesçant.

— Oui. Je l'ai toujours été et je le serai toujours.

— Le monde n'est pas un conte de fées, Rayne, l'avertit Ghost.

Une fois de plus, il éprouvait un mauvais pressentiment.

— Je le sais bien. Je ne suis pas idiote. J'aime peut-être lire des romances et regarder des comédies romantiques, mais je suis réaliste.

— Je ne pense pas...

Rayne l'interrompit. Elle recula en enfonçant les ongles dans son torse. Ghost pensa qu'elle le faisait peut-être inconsciemment.

— La semaine dernière, dit-elle, j'étais dans un avion avec une femme qui se rendait à New York afin de subir une opération chirurgicale expérimentale pour un cancer du côlon. Elle voyageait seule et je me sentais mal pour elle. Alors après avoir servi les boissons, je me suis assise et j'ai discuté avec elle. Son mari ne pouvait pas l'accompagner à cause de son travail. Il ne lui restait plus de congés maladie et elle bénéficiait de sa mutuelle santé. Il ne pouvait pas se permettre de perdre son emploi, alors elle avait dû partir toute seule. Je n'imagine même pas comme elle devait avoir peur et comme son mari devait culpabiliser de ne pas pouvoir être à ses côtés. La semaine d'avant, j'avais remarqué une femme avec un œil au beurre noir, assise à côté d'un homme très costaud et antipathique, son mari sans doute. Il était évident qu'elle était maltraitée, mais je ne pouvais absolument rien y faire. Et la semaine passée, j'ai eu la désagréable expérience de devoir servir un homme, une femme et leurs deux enfants. Les gamins étaient incontrôlables et les parents s'en fichaient éperdument. Tout ce qu'ils voulaient, c'était boire le maximum de ces petites bouteilles d'alcool que nous proposons.

Elle se blottit contre Ghost comme si cela pouvait l'aider à souligner ce qu'elle voulait dire.

— Je vois bien que pour toi, être romantique c'est une mauvaise chose, et même si j'avoue sans problème que j'aimerais trouver un homme avec qui passer le restant de mes jours, je sais aussi que le monde n'est pas toujours un grand soleil ni un tapis de roses. La plupart du temps, c'est un ciel couvert et des buissons d'orties. C'est pour ça que je lis ce genre de livres et que je regarde ce genre de films. Si mon seul moyen de vivre quelque chose de romantique, c'est par mon imagination, les contes de fées et les mariages de la famille royale anglaise, c'est comme ça. Ne fais pas éclater ma bulle, Ghost. S'il te plaît, laisse-moi au moins cela.

Ghost voulait émettre une objection, lui dire qu'il y avait plus de connards que de princes charmants dans le monde et que lire des romans d'amour et regarder des films à l'eau de rose n'y changerait rien. Il voulait s'assurer qu'elle comprenne qu'il n'était pas un prince. Ce n'était peut-être pas un connard comme certaines personnes qu'il croisait dans son boulot, mais il ne voulait pas qu'elle se fasse d'illusions. Ce qu'il espérait faire avec elle plus tard ne les conduirait pas vers le plus beau film de leur vie ni rien de ce genre.

— Viens t'asseoir avec moi.

Il l'entraîna vers l'un des nombreux bancs de l'immense église et la fit avancer jusqu'au centre de la rangée. Puis il s'assit et attendit qu'elle prenne place à côté de lui. Elle était gênée. Les jointures de ses doigts étaient blanches sur le banc qu'elle agrippait.

Ghost n'avait pas l'intention de l'attrister, mais il devait être clair avec elle. Il ne voulait pas qu'elle tombe sous son charme. Il aurait mieux fait de se lever et de la laisser passer le reste de sa journée sans lui avant qu'elle interprète, dans ce qu'ils s'apprêtaient à faire, plus qu'il ne pouvait lui donner. Pourtant, il ne partirait pas. Il avait besoin de cette femme. Sa personnalité exubérante s'était frayé un chemin sous sa peau et il la désirait. Plus qu'il n'avait désiré aucune femme depuis très, très longtemps.

— Je ne suis pas un type romantique, Rayne. Je n'ai pas ce qu'il faut pour vivre une relation.

— N'importe quoi.

— Rayne...

— Non, je suis sérieuse.

Elle se tourna vers lui sur le banc.

— Je te croirai si tu me dis que tu ne veux pas de relation, mais je ne te croirai jamais si tu dis que tu n'es pas romantique.

— Je n'ai jamais offert de fleurs à une femme de toute ma vie. Je n'ai jamais demandé personne en mariage. Tu sais quoi ? Je ne reste jamais assez longtemps avec une femme ne serait-ce que pour lui dire que j'ai passé un bon moment avec elle.

Ses paroles étaient douloureuses, mais Rayne les encaissa. Elle savait à quoi elle s'exposait quand elle avait décidé de flâner à Londres avec lui. Mais elle voulait qu'il comprenne d'où elle venait, que ça lui plaise ou non.

— Bon, d'accord, tu es peut-être un homme des cavernes en ce qui concerne les relations amoureuses. Tu n'es pas parfait. Ce n'est rien. Je comprends. Mais Ghost, tu *es* romantique.

Il commença à secouer la tête, en signe de déni ou

même de dégoût – Rayne n'aurait su le dire –, mais elle posa la main sur son genou.

— Laisse-moi terminer.

Elle attendit qu'il finisse par hocher la tête, puis elle poursuivit :

— Tu as payé pour tout ce que nous avons fait aujourd'-hui, le taxi, le déjeuner, le pourboire à la conciergerie de l'hôtel. Quand nous marchions sur le trottoir jusqu'au métro, tu t'es placé entre les voitures et moi. Tu m'as protégée de la foule en montant dans la rame et en descendant. Tu m'as laissé une place et tu es resté debout devant moi. Tu prenais soin que personne ne s'approche trop près. Tu as même porté ma valise du taxi jusqu'à l'hôtel. Sérieusement, Ghost, tu fais tout cela sans même t'en rendre compte. C'est le signe d'un homme qui sait comment traiter les femmes. C'est exactement ce que les femmes trouvent romantique. On s'en fiche des fleurs, de toute façon ça finit par faner. Et même si tu pars sans dire au revoir à ta compagne d'un soir, je suis prête à parier tout ce que je possède que tu prends bien soin d'elle avant de t'en aller... pas vrai ?

Elle ne l'aurait pas cru si elle ne l'avait pas vu de ses yeux, et pourtant elle aurait juré voir les pommettes de Ghost rougir à ces mots.

— Alors, tu peux considérer que tu es un petit ami de merde, mais s'il te plaît, ne te vends pas au rabais en disant que tu n'es pas au moins un peu romantique. Être romantique, ce n'est pas tomber dans les pièges que la société nous a enfoncés au fond de la gorge depuis notre enfance. C'est montrer dans les petites choses que tu tiens à la personne avec qui tu es. Que tu la protégeras en cas de problème, que tu prendras soin d'elle, que tu lui laisseras choisir ce qu'elle veut faire et où elle veut manger, même si ce n'est pas ce que tu aurais choisi toi-même.

Ghost garda le silence pendant un moment et Rayne finit par penser qu'il ne répondrait pas, mais il prit la main qu'elle avait posé sur son genou et la porta à ses lèvres, posant un baiser sur sa paume.

— D'accord, tu as gagné. Je sais que je devrais te dire au revoir ici. Je devrais te laisser profiter de Londres et poursuivre ta vie comme si tu ne m'avais jamais rencontré.

Lorsqu'elle ouvrit la bouche pour protester, Ghost secoua la tête et s'empressa de continuer :

— Mais je ne peux pas. Je ne suis pas sûr d'adhérer à ta vision idéaliste du romantisme, mais je ne suis pas prêt à te tourner le dos. Tu es drôle, intéressante et tu me plais. J'ai envie de voir tes trois tatouages plus que je n'ai envie de partir. Mais sache que... je finirai par partir.

— Alors, c'est une aventure d'un soir.

Les mots de Rayne n'étaient pas interrogatifs.

— J'en ai peur.

— Ça me va. Je suis une romantique, tu n'es pas fait pour les relations, mais je t'assure que sur ce point, nous sommes sur la même longueur d'onde, Ghost. Détends-toi. Je ne vais pas t'offrir une bague de fiançailles à la fin de la nuit. Et je ne t'enchaînerai pas non plus au lit comme Kathy Bates dans le film *Misery*. Tout va bien.

Ghost hocha la tête.

Rayne ne put résister à une dernière pique.

— Bon sang, pour un super agent secret, tu te comportes un peu comme une mauviette.

Elle parvint à retenir un cri, eu égard au lieu où ils se trouvaient, lorsque Ghost passa à l'action. Aussitôt, elle se retrouva allongée sur le dos, les bras retenus au-dessus de sa tête sur le banc. Il pesait sur son buste de tout son poids, la maintenant immobile avant même qu'elle puisse tenter de lui échapper.

— Une mauviette ?

Rayne sourit. Elle savait qu'il ne lui ferait aucun mal en plein milieu de la journée, dans une église fréquentée, en présence de tous les touristes.

— Eh bien, pour ma défense, c'est toi qui as tenu à parler de tes sentiments. Aucun des hommes envers qui j'ai déjà été attirée par le passé n'a abordé ce sujet.

— Primo, je crois que je n'aime pas t'entendre parler d'autres hommes alors que tes tétons pointent et supplient que je les touche...

Rayne baissa les yeux et déglutit. Il avait raison. Il l'avait poussée avec précaution, sans lui faire le moindre mal, et la sensation de son corps ferme pressé contre le sien l'excitait. Ça se voyait.

— ... et deuxio, comme nous sommes sur la même longueur d'onde, je peux te garantir que nous ne *parlerons* pas beaucoup ce soir.

Rayne ne dit rien. Elle restait allongée sous son corps, à attendre ce qu'il allait faire. Au bout d'un moment, comme il n'avait toujours pas changé de position, elle se cambra légèrement et tira sur ses poignets pour les dégager.

Enfin, Ghost prit une grande inspiration, laissa courir ses yeux sur sa poitrine une dernière fois avant de les planter dans les siens. Il se pencha et déposa un baiser sur ses lèvres, chaste et doux, puis il se redressa, entraînant Rayne avec lui.

— Tu vas me tuer. Je ne peux quand même pas te peloter sur un banc de l'Abbaye de Westminster. Je suis peut-être fou, mais je ne préfère pas tenter ma chance à ce point. Il y a trop de fantômes qui regardent par-dessus mon épaule, ça me file les jetons. Viens, le Palais de Buckingham n'est pas très loin d'ici. C'est là que la princesse Diana, Catherine et William, et Meghan et Harry se sont donné leur tout premier baiser en public. Romantique comme tu l'es, ça doit bien t'intéresser, n'est-ce pas ?

Ghost sut qu'il avait fait le bon choix en voyant les yeux de Rayne s'illuminer. Elle dit dans un souffle :

— Vraiment ? Tu m'emmènes là-bas ?

— Venez, princesse. Allons admirer ce balcon.

5

―――

Ghost sourit à Rayne alors que la garde royale procédait à ses manœuvres. La pluie avait cessé pendant un moment, mais les nuages étaient toujours bas dans le ciel, annonçant le retour imminent de l'orage. Il ne pleuvait peut-être pas, mais l'humidité dans l'air créait une brume légère qui pouvait se changer en véritable déluge d'une seconde à l'autre. Pourtant, on aurait dit que la météo savait que Rayne voulait vraiment assister à la relève de la garde et voir le balcon où la famille royale se montrait au monde chaque fois qu'il le fallait.

— Ils font ça tous les jours ? demanda Rayne, essoufflée, sans détacher les yeux du spectacle qui se déroulait devant eux.

Ghost sourit. Il avait passé la journée avec un sourire ahuri, mais ça lui était égal. Rayne le rendait heureux. Elle voyait le monde à travers des lunettes si rafraîchissantes. Il n'aurait jamais cru que l'on puisse être aussi... pur, s'il ne le voyait pas de ses yeux. Fletch et les autres membres de l'équipe lui en feraient voir de toutes les couleurs pour le sourire bêta placardé sur son visage depuis qu'il était avec Rayne.

— Oui, princesse. Ils le font tous les jours.

Elle fronça le nez, avec cette grimace adorable dont elle avait le secret.

— Mais c'est tellement... pompeux.

Ghost partit d'un petit rire.

— C'est peut-être pompeux, mais c'est la tradition. Et les Britanniques tiennent beaucoup à leurs traditions.

Il aimait la franchise de Rayne. Elle ne craignait pas de dire ce qu'elle pensait. Pendant toute la journée, elle ne s'était jamais censurée. Elle avait déploré à haute voix que les dalles étaient humides dans l'Abbaye de Westminster et que quelqu'un risquait de tomber et de se fracasser la tête. Elle avait ajouté que du sang sur le sol de l'église ne serait sans doute pas nouveau dans un bâtiment vieux de plusieurs siècles, mais que ce ne serait pas une bonne idée de nos jours, avec tous ces touristes si prompts à intenter des procès. Ghost avait remarqué que peu de temps après l'observation de Rayne, on avait apporté un tapis et on l'avait déroulé devant les portes avant de placer un plot « attention, sol glissant » à proximité.

— Bien sûr, ils ont toujours fait comme ça, poursuivit Rayne, mais ils ne pourraient pas faire autre chose pour entretenir la tradition ? Je veux dire, les soldats doivent se lasser de tout cet apparat, sans compter que ça gêne la circulation. Ils doivent faire arrêter les voitures à chaque relève de la garde. C'est de la folie.

Ghost réprima un rire et s'efforça de changer de sujet.

— Alors, le balcon est-il conforme à tes attentes ?

Il s'attendait à une réponse immédiate et positive, mais elle l'étonna en prenant le temps de la réflexion.

Elle pencha la tête et leva les yeux vers le balcon vide, de l'autre côté d'une grande fontaine au milieu d'un rond-point. Ils se tenaient sur le trottoir, derrière l'immense grille en fer forgé qui entourait le palais. Ghost avait essayé de la rapprocher de la grille, mais elle lui avait dit qu'elle préférait rester de l'autre côté de la rue pour mieux voir.

— Crois-tu qu'ils sont au palais en ce moment et qu'ils nous regardent, nous et tous les passants, en regrettant de ne pas avoir des vies normales ? C'est vrai, je me dis que ce doit être formidable d'épouser un prince, de vivre au palais et d'être servie au doigt et à l'œil, mais comme tu l'as souligné de manière si éloquente aujourd'hui, le monde n'est pas une partie de plaisir et, après tout, ce n'est sans doute pas si romantique de faire partie de la famille royale.

— Rayne...

Comme d'habitude, elle lui coupa la parole.

— C'est vrai, Diana croyait peut-être qu'elle avait touché le jackpot. Elle était jeune, bien plus jeune que moi, et elle avait grandi en Angleterre. Elle avait toujours cru que la famille royale, c'était le nec plus ultra, le menu grand luxe avec double ration de frites – ou de *chips* comme on dit ici. Et puis elle a épousé le prince, et maintenant tout le monde sait que pour elle, ça n'a pas été une partie de plaisir. Alors, je...

Elle s'interrompit pour regarder Ghost et haussa les épaules, presque gênée par son enthousiasme débordant. Elle s'empressa de conclure :

— Oui, c'est sympa d'être ici et de voir le balcon.

— Veux-tu que je te prenne en photo ?

— Vraiment ? Oui, c'est gentil.

Rayne prit la pose sur le trottoir avec un sourire idiot et tendit le doigt vers le petit balcon sur la façade du Palais de Buckingham. Ghost lui rendit son téléphone, mais Rayne l'attira à elle.

— Viens, un selfie cette fois !

Ghost savait qu'il ne devrait pas. Il savait qu'il devrait lui dire qu'avec son métier, il ne pouvait pas prendre le risque que des photos de lui paraissent sur internet. Il aurait pu lui demander de ne pas la poster en ligne, mais même si elle acceptait maintenant, elle pouvait oublier, ou se fâcher, et la photo finirait par apparaître quelque part. Ce n'était tout simplement pas malin de se prendre en photo avec des compagnes d'une nuit. Point à la ligne. Le colonel les avait prévenus, et tout le monde dans l'équipe savait qu'il fallait à tout prix éviter les photos. Mais Rayne le connaissait sous le nom de John Benbrook, pas Keane Bryson, et après ce soir, il ne la reverrait plus jamais. Et puis, elle ne semblait pas être du genre à afficher chaque instant de sa vie sur les réseaux sociaux. Elle lui avait avoué n'avoir encore jamais vécu d'histoire d'un soir et il estimait pouvoir poser avec elle sur une photo sans prendre beaucoup de risques.

Ghost passa le bras autour de Rayne et l'attira contre lui. Elle éclata de rire et tendit son téléphone devant eux.

— Souris ! ordonna-t-elle.

Elle prit la photo et retourna l'appareil pour la regarder. Elle se tourna alors vers lui en fronçant les sourcils.

— Tu n'as pas souri, se plaignit-elle. Attends, prenons-en une autre. Et cette fois, *souris*, pour l'amour du ciel.

Ses mots étaient sévères, mais son intonation amusée.

Pour des raisons que Ghost ne comprenait pas – mais il ne prit pas le temps d'analyser son geste –, il sortit son propre téléphone.

— Sur le mien cette fois.

Rayne lui sourit, manifestement ravie qu'il veuille aussi garder une photo d'eux ensemble.

— D'accord. Mais on doit voir le balcon derrière. Ne coupe pas nos têtes. Oh, et si tu pouvais aussi avoir le…

— C'est bon, je gère ! lui dit Ghost en feignant l'agacement. Je suis un professionnel.

Rayne gloussa et passa les deux bras autour de sa taille, penchée contre lui.

— Un professionnel ? Mais professionnel de quoi, telle est la question...

Elle leva les yeux vers lui en souriant. La joie irradiait de tous les pores de son corps.

— Écoute, dit-elle, ce ne sera pas ma faute si tu n'as pas tout ce qu'il faut dans le cadre.

Ghost baissa les yeux vers la femme contre lui. Il avait un bras sur ses épaules et l'autre était tendue, son téléphone à la main, prêt à prendre la photo.

— J'ai bien ce qu'il faut dans le cadre, ne t'inquiète pas pour ça.

Rayne sourit et tourna la tête pour regarder son téléphone.

— D'accord, à trois... dit-elle d'un ton autoritaire. Un... deux... trois !

Ghost prit la photo et rangea le téléphone dans sa poche, avant que Rayne puisse le lui arracher pour l'inspecter.

— Ghost ! Je dois la voir et l'approuver !

— L'approuver ?

— Oui, tu sais, vérifier qu'elle mérite d'être conservée. Et si je ne ressemblais à rien ?

— Tu ne ressembles pas à rien, lui dit Ghost avec une parfaite honnêteté.

— Mais tu ne l'as même pas regardée. On ne peut pas se fier à l'opinion d'un homme.

— Ah bon ?

— Oui. Vous vous fichez de la coiffure, du maquillage, ou que la photo soit floue.

— Ta coiffure est très bien, tu n'es pas maquillée et la photo n'était pas floue.

— Qu'est-ce que tu en sais ? Tu ne l'as même pas regardée ! Et si j'avais les yeux fermés ? Quand tu la verras plus tard, tu seras déçu parce qu'au lieu de te vanter auprès de tes potes de la fille que tu t'es tapé à Londres, tu devras...

— Je ne me vanterai pas !

Rayne ne comprit pas le ton qu'elle percevait dans la voix de Ghost. Elle inclina la tête et dit avec sérieux :

— Je croyais que tous les hommes se vantaient de leurs conquêtes.

— D'abord, les hommes ne font pas ce genre de choses. C'est une attitude de connard. Et puis, je n'ai aucune envie de montrer ta photo à mes amis. Ce moment n'appartient qu'à nous.

— Mais...

— Bien sûr, ça me plairait que tous mes potes soient jaloux comme des poux que j'aie couché avec une femme splendide après une merveilleuse journée à Londres... mais ce que je fais, et avec qui je le fais, ça me regarde. Ça nous regarde. Toi et moi, personne d'autre.

— Waouh. Hmm, d'accord. Mais autant que tu le saches... dit Rayne en fronçant le nez, haussant les épaules d'un air contrit. J'en parlerai sans doute à ma copine Mary. Enfin, je n'entrerai pas dans les détails, mais après ce texto que je lui ai envoyé, elle voudra savoir comment ça s'est passé. Pour le moment, je ne peux pas savoir *comment* ça va se passer, mais je devine que tu vas me faire grimper aux rideaux. Et comme c'est mon premier coup d'un soir, je vais bien devoir le raconter un peu à ma meilleure amie. Ça fait partie du code entre filles.

Elle sentit Ghost ricaner tout contre elle.

— Tu dis toujours des choses complètement inattendues.

— J'espère que ce n'est pas négatif.

— Non, ce n'est pas négatif

— D'accord. Alors… je pourrais voir la photo pour m'assurer que je n'ai pas les yeux fermés ?

— Non.

Rayne leva les yeux au ciel. Elle finit par lui lâcher la taille et regarda les nuages. Il s'était remis à pleuvoir doucement. Elle soupira.

— Bon, très bien. Tu as gagné. Maintenant, il pleut.

Elle ne lui apprenait rien.

— Tu as suffisamment admiré le balcon ?

— Oui.

Rayne se tourna quelques instants vers le palais imposant.

— C'est vraiment très beau, n'est-ce pas ?

Ghost ne répondit pas. Enfin, elle le regarda.

— Je t'ai torturé bien assez longtemps. Quelle est la suite du programme ?

Il savait précisément ce qu'il avait envie de faire.

— Es-tu déjà montée dans une grande roue ?

— Naturellement.

— Pas comme celle-ci. Viens, dit-il en lui prenant la main avant de héler un taxi.

— Je ne sais pas trop, Ghost, dit Rayne nerveusement en serrant sa main dans la sienne alors qu'ils montaient dans l'un des compartiments du célèbre London Eye.

Jusqu'à présent, ils avaient passé une journée formidable. Rayne n'en revenait toujours pas d'avoir eu la chance de s'asseoir par hasard à côté de Ghost à l'aéroport, puis que leur vol ait été annulé et qu'ils aient pu passer la journée ensemble en ville. En tout cas, elle ne crachait pas dans la soupe. Elle se laissait porter par le courant en espérant que tout finirait pour le mieux.

— Tout va bien, princesse. Crois-tu que je nous ferais prendre le moindre risque ?

— Euh...

— Non, tu es en sécurité avec moi.

Rayne leva les yeux vers Ghost. *En sécurité avec lui.* Si elle l'avait pu, elle se serait liquéfiée à ses pieds. Il se moquait de sa nature romantique, mais si seulement il s'entendait parler. Elle avait bien essayé de lui expliquer à quel point tout ce qu'il avait fait jusqu'à présent *était* romantique, mais elle n'était pas certaine qu'il l'ait crue.

La vérité, c'était qu'elle se sentait en sécurité avec lui. Personne ne les dérangerait. Il suffisait de voir Ghost pour comprendre instinctivement que ce n'était pas le genre d'homme à qui chercher des noises. C'était exactement ce qu'elle avait pensé la première fois qu'elle l'avait vu à l'aéroport.

— Je sais.

Le chauffeur du taxi dans lequel ils étaient montés au Palais de Buckingham avait l'air très louche. Si elle avait été seule, elle aurait changé d'avis et elle aurait choisi de marcher ou d'appeler un autre taxi. Mais pas Ghost. Il l'avait fait monter sur la banquette, s'était penché en avant avec son téléphone pour prendre l'identification du chauffeur en photo avant d'écrire quelque chose. Puis il lui avait demandé de les conduire à la grande roue en précisant d'une voix intelligible qui ne donnait pas envie de plaisanter :

— Je viens d'envoyer votre identification à un ami, agent de la police de Londres. Si vous tenez à votre job, je vous conseille de nous y emmener en un seul morceau. Je dois lui envoyer un autre message dans dix minutes, ce qui nous laisse largement le temps d'arriver. S'il ne le reçoit pas, toutes les forces de l'ordre se mettront à la recherche de ce taxi... et de vous.

L'homme n'avait pas répondu, mais il avait hoché la tête – de manière plutôt nerveuse, avait remarqué Rayne. Elle ignorait si Ghost connaissait réellement quelqu'un à la police de Londres, mais honnêtement, rien ne l'étonnerait. Elle ne savait toujours pas ce qu'il faisait dans la vie et elle commençait à croire que chasseur de primes ou espion se rapprochaient de la réalité plus qu'elle ne l'avait cru. Quand elle en avait fait la supposition, elle plaisantait. À présent, elle n'en était plus très sûre.

Le chauffeur s'était engagé sur la route et les avait conduits jusqu'à l'attraction touristique en face de l'abbaye sans chercher à bavarder avec eux. En quittant le véhicule, Ghost s'était contenté de dire : « Bonne soirée. »

— Allez, tu vas adorer, lança-t-il, ramenant son attention sur l'instant présent et l'immense roue.

Il la poussa sur la banquette au milieu du compartiment.

Quand la porte se referma derrière eux, Rayne demanda, étonnée :

— Nous sommes seuls ? Cette cabine peut contenir au moins trente personnes, que se passe-t-il ?

— Il pleut et c'est un mercredi soir comme les autres, princesse. Il n'y a pas grand monde. J'ai donné cinquante livres au type et il a accepté de nous laisser le compartiment.

Rayne fronça les sourcils.

— Tu l'as soudoyé ?

— Oui.

— Mais...

Rayne ne trouva aucun argument valable. Ghost éclata de rire devant sa réaction stupéfaite.

— Profite, Rayne. Tout va bien.

— D'accord. Si tu le dis. Mais si tu n'as aucun ami dans la police, et si en descendant tu te fais arrêter et jeter en prison, ne compte pas sur moi pour payer ta caution.

Ils restèrent assis en silence, main dans la main, tandis que la roue amorçait le grand tour. Cela n'avait rien de commun avec les grandes roues qu'elle connaissait, aux États-Unis. Celle-ci était extrêmement lente et elle ne se rendait même pas compte qu'ils bougeaient, si ce n'est que le paysage s'éloignait de plus en plus au fur et à mesure qu'ils s'élevaient dans les airs.

Rayne se leva, agrippée à la rambarde devant la vitre. Elle sentit Ghost la rejoindre. Les mains de part et d'autre de ses hanches, il se pencha et entreprit de lui montrer différents endroits de la ville tandis qu'ils continuaient à prendre de la hauteur au-dessus de la Tamise.

— Là-bas, c'est la Tour de Londres.

— On n'y pratiquait pas la torture dans des oubliettes ?

Ghost ricana.

— L'histoire n'est pas ton fort, je me trompe, princesse ?

Rayne essaya de se tourner pour protester, mais Ghost posa les mains sur ses hanches afin de l'immobiliser. Il se pencha, la tête au même niveau que la sienne.

— Du calme. Je plaisante. La Tour de Londres, c'était là où vivait la famille royale à l'origine. C'était aussi une armurerie et la salle du trésor. Même les Joyaux de la Couronne d'Angleterre y sont conservés sous haute surveillance. Mais pour répondre à ta question, la tour a aussi servi de prison à une époque. Quoi qu'il en soit, même si l'histoire a tendance à nous faire exagérer, il n'y a eu que sept personnes exécutées là-bas avant les années 1940. Maintenant, c'est un site touristique comme un autre.

— Oh. C'est un peu décevant. J'aimais bien me dire que c'était une terrible prison hantée où les pires monstres avaient été enfermés. Tu en connais un rayon, observa Rayne.

Ghost haussa les épaules.

— Je m'intéresse à l'histoire militaire.

— Tu m'en diras tant.

Ghost sourit contre les cheveux de Rayne. Il aimait son espièglerie. Cette fille était une bouffée d'air frais en comparaison avec les gens qu'il fréquentait habituellement.

— Que dois-je voir d'autre ?

Ghost désigna d'autres points de repère qui se détachaient parmi les silhouettes des immeubles tandis qu'ils continuaient à gagner de l'altitude. Quand ils arrivèrent au sommet de la roue, il la tourna vers l'Abbaye de Westminster, loin en contrebas.

— Regarde, Ghost ! C'est Big Ben !

— En fait, son vrai nom est la Tour Elizabeth.

— Quoi ?

— La Tour Elizabeth. Big Ben n'est qu'un surnom. Avant cela, on disait simplement la Tour de l'Horloge.

Rayne se tourna vers Ghost et referma les bras autour de sa taille.

— Vraiment ? Heureusement qu'ils ont changé. La Tour de l'Horloge, c'est bien trop banal pour l'une des horloges les plus connues au monde. Quoi d'autre ?

— Comment ça ?

— Que sais-tu d'autre au sujet de Big Ben ?

Ghost lui sourit.

— Big Ben est le surnom de l'horloge et de la tour, mais c'est aussi le nom de la cloche elle-même. Et ce n'est pas la plus grande horloge à quatre faces du monde... figure-toi que la plus grande se trouve chez nous, aux États-Unis... plus précisément à Minneapolis. Aucun visiteur étranger n'a le droit de monter au sommet de la tour, mais les résidents du Royaume-Uni peuvent le faire si un membre du Parlement se porte garant pour eux.

— Autre chose ? demanda Rayne, fascinée par toutes les informations qu'il connaissait.

— Oui, il n'y a pas d'ascenseur. Pour aller tout en haut, il faut gravir les trois cent trente-quatre marches... puis redescendre les trois cent trente-quatre marches.

— Trois cent trente-quatre ? Tu inventes ! Comment le sais-tu ? Tu es déjà monté là-haut ?

Ghost lui sourit sans répondre.

— Tu es déjà monté ! Comment as-tu fait ? Connais-tu un membre du gouvernement en plus des forces de police ? Tu n'habites pas ici, n'est-ce pas ?

— Non. Je suis citoyen américain, tout comme toi.

Rayne regarda Ghost pendant une fraction de seconde en essayant d'utiliser des dons de télépathie qu'elle ne possédait pas afin de deviner tous ses secrets. Enfin, elle expira.

— J'avais raison... tu es clairement un espion. D'accord, ne me dis rien. La reine doit être ta meilleure amie ou quelque chose de ce genre.

Il y avait bien quelque chose, mais Ghost refusait d'en parler. Le réseau de contacts que lui valait son statut de soldat de la Delta Force était stupéfiant. Il avait protégé et même sauvé la vie de plusieurs hommes et femmes puissants au cours de sa carrière.

Il fit pivoter Rayne pour lui montrer à nouveau la ville. Le soleil discret se couchait et il commençait à faire nuit.

Rayne soupira tandis que Ghost la prenait dans ses bras. Lorsqu'il posa les mains sur ses hanches, elle frissonna. Cet homme était tellement agréable !

Sentant qu'elle frissonnait, il lui frotta les bras.

— Tu as froid, princesse ?

Seigneur. Princesse... Pouvait-il encore faire mieux que ça ? Il l'avait déjà appelée princesse à quelques reprises, mais il semblerait qu'il ait officiellement décidé d'en faire son nouveau surnom. Elle aurait dû s'en agacer, mais elle adorait cela.

— Non, pas vraiment.

— Viens ici.

Ghost l'attira dans une étreinte rapprochée. Ses bras l'enveloppaient. Il avait la main droite sur sa hanche gauche et la gauche sur sa droite. Rayne posa les mains sur ses avant-bras. Enfin, elle soupira.

— Que se passe-t-il dans ta tête ?

— J'ai passé un bon moment aujourd'hui.

— Et ? insista Ghost.

— Et je ne veux pas que ça se termine. Mais... ajouta-t-elle en sentant ses mains se resserrer. J'ai peur.

Aussitôt, il relâcha les bras et sa chaleur manqua à Rayne. Il la retourna physiquement pour qu'elle se retrouve face à lui. Un doigt sous son menton, il l'inclina de sorte qu'elle n'ait pas d'autre choix que de le regarder.

— Peur de moi ?

Rayne secoua la tête.

— Pas exactement.

— Parle-moi. Explique-moi.

Rayne se mordit inconsciemment la lèvre en s'efforçant de trouver les mots pour exprimer ses appréhensions.

— J'ai entendu ce que tu m'as dit plus tôt dans la journée... et je suis d'accord. Mais je n'ai jamais fait ça, dit-elle en faisant un geste entre eux deux. J'étais sérieuse quand je t'ai dit que j'étais coincée. Je ne couche pas pour un soir. Ça fait deux ans que je n'ai pas eu de petit ami. J'aime lire. Tu sais que je suis romantique. Si je couche avec toi, j'irai à l'encontre de tout ce que j'ai toujours pensé. Ce n'est pas prudent de coucher avec quelqu'un qu'on ne connaît pas. Tu pourrais avoir un sale virus ou être un pervers sexuel, qu'est-ce que j'en sais ? Après tout, ta pièce d'identité était peut-être fausse, tu ne t'appellerais pas vraiment John Benbrook et tu ne viendrais pas de Fort Worth. Alors... ça me fait peur. Et pourtant, je veux que tu saches que je n'ai encore jamais désiré un homme plus que toi. C'est la première fois que je dois me forcer à penser à autre chose qu'à l'envie de te voir torse nu ou de savoir si tu as une grosse... enfin, si tu as ce qu'il faut là où il faut et comment seront tes caresses sur ma peau. Tout ça me terrifie. Absolument tout. John, je crois que je ne devrais pas...

— Appelle-moi Ghost, lui demanda-t-il aussitôt.

Elle hocha la tête et il poursuivit :

— Tu as tout à fait raison, ce n'est pas raisonnable de coucher avec quelqu'un qu'on vient à peine de rencontrer. Mais laisse-moi te dire que je n'ai aucun virus et que je ne suis pas un pervers. Cela dit, j'ai envie de goûter chaque centimètre carré de ta peau, de te baiser si fort que tu me sentiras encore pendant plusieurs jours et de te dévorer une fois que tu auras explosé autour de ma queue, alors je dois reconnaître que j'ai peut-être un brin de perversité en moi. Princesse, tu n'es pas seule à être attirée. Je n'ai pas cessé de me demander ce qu'il y a sous cette tenue sexy depuis que tu t'es assise à côté de moi à l'aéroport. Il faut absolument qu'on le fasse. Chaque femme devrait connaître au moins un coup d'un soir dans sa vie. Je t'en prie, écoute tes envies. Écoute-moi. Je te l'ai déjà dit et je te le répète, tu es en sécurité avec moi, Rayne Jackson.

— Combien de temps reste-t-il avant que ce truc arrive en bas ?

— Je crois que nous avons encore un peu de temps,

murmura Ghost en penchant la tête. Bien assez pour que je goûte à nouveau ces lèvres délicieuses.

Rayne sourit en regardant l'homme devant elle et s'humecta les lèvres dans l'attente du baiser.

— Toi alors, grommela-t-il, tu me tues.

Sur ce, il avança les lèvres.

6

———

Ghost savait qu'il commettait l'une des plus grosses erreurs de sa vie, mais c'était plus fort que lui. Si Hollywood était là, il lui donnerait un sacré coup derrière la tête pour lui apprendre à *réfléchir*. Mais ni Hollywood ni ses autres co-équipiers n'étaient présents. Et Ghost était incapable de résister à la femme douce, amusante et un peu vieux jeu qui lui tenait la main comme si sa vie en dépendait, tout en essayant de maîtriser sa respiration.

Certes, il avait culpabilisé quand elle lui avait exprimé son trouble et ses craintes dans la grande roue, quand elle lui avait dit qu'elle avait peur que son nom ne soit pas réelle-ment John, mais pas au point d'empêcher ce qui allait se passer. Il avait *besoin* de Rayne. Il en avait besoin comme un toxicomane avait besoin de sa prochaine dose. Au fond, il savait qu'il le regretterait s'il ne l'emmenait pas dans son lit – non qu'il soit un chaud lapin, mais il avait la conviction que ces moments passés ensemble le changeraient en profondeur.

Il devenait sentimental, mais Rayne était la première femme depuis bien longtemps qui l'attirait tant par sa personnalité que par son corps. Elle disait ce qu'elle pensait, sans craindre de dévoiler ses émotions, et sa compagnie était agréable. Bien sûr, elle était canon et il était impatient de poser les mains sur son corps, mais il y avait plus que cela. Pour la première fois de sa vie, il se sentait connecté à une femme.

Ça le terrorisait, mais Ghost savait qu'il ne pouvait pas s'en aller. Il ne *voulait* pas s'en aller.

Et quand Rayne avait dit qu'elle avait imaginé son corps nu, qu'elle voulait savoir s'il était bien membré... en cet instant, elle aurait pu faire de lui tout ce qui lui chantait. Elle ne s'en doutait pas le moins du monde. Elle disait qu'elle avait peur de lui, mais en réalité, c'était tout l'inverse. C'était elle qui le terrifiait. De toute sa vie, il n'avait encore jamais ressenti cela. S'il ne pouvait pas la pénétrer, la goûter, la sentir, entendre son abandon sous ses mains, alors il aurait l'impression de n'avoir jamais vraiment vécu.

Mais c'était plus que cela. En son for intérieur, il savait qu'une nuit ne suffirait pas. Pour la toute première fois, il envisageait d'essayer de retrouver cette femme par la suite... de la revoir. Il n'avait pas menti en lui disant qu'il n'était pas un homme de relation. D'abord, son métier l'exigeait, et puis il n'avait jamais rencontré de femme qui l'intéresse suffisamment pour lui donner envie de la connaître plus en profondeur.

Cela faisait de lui un salaud, mais jusqu'à présent, personne ne s'en était jamais plaint. Il annonçait toujours aux femmes qu'il ne leur offrirait pas plus d'une nuit et si elles rechignaient, il n'hésitait pas à les laisser tomber. Une ou deux d'entre elles avaient bien essayé de modifier les conditions de leur accord après une nuit avec lui, mais Ghost était toujours parti.

Et pourtant, il avait envie d'en savoir plus au sujet de

Rayne. Il savait déjà qu'une seule nuit avec son corps sous le sien, sur le sien, dans toutes les positions qu'elle pourrait imaginer et même d'autres auxquelles elle ne pensait pas... ce ne serait pas suffisant. Il le savait jusque dans la moelle de ses os, mais cela ne changeait rien au fait qu'il ne pouvait pas avoir ce qu'il voulait.

Ghost était encore capable de lui résister et de s'en aller, mais quand elle avait dit qu'elle n'avait jamais connu d'histoire d'un soir et qu'elle n'avait pas eu de petit ami depuis deux ans, il n'avait pu s'empêcher de penser qu'elle était pure. *Pure.* Keane Bryson n'avait absolument rien de pur dans sa vie. Ses mains étaient souillées symboliquement par le sang des hommes et des femmes qu'il avait tués pour son pays.

Il avait vu trop de haine, de jalousie, d'avidité, d'égoïsme et de stupidité crasse dans ce monde. Ghost ne se doutait même pas qu'il puisse exister quelqu'un d'aussi frais et naïf que Rayne Jackson, sauf dans les films fleur bleue qu'elle regardait. Et même s'il le savait, il aurait été persuadé de ne pas avoir la moindre chance avec elle. Pourtant, elle lui avait avoué sans sourciller qu'elle avait imaginé sa peau contre la sienne, et il ne pouvait pas y résister.

Ghost n'était pas égoïste. Son équipe de la Delta Force passait en premier. Son pays arrivait à la deuxième place. Si l'un de ses hommes avait faim, il lui donnait son repas. Si l'un d'eux avait besoin d'une arme, il était heureux de lui céder la sienne. Il n'avait même pas peur de donner sa vie, si c'était pour sauver l'un de ses coéquipiers ou quelqu'un dont il était responsable dans le cadre d'une mission.

Mais là ? Il ne pouvait pas laisser passer ça. Ghost estimait que pour une fois, il méritait de se montrer égoïste.

Il avait besoin de Rayne. Et il comptait bien l'avoir. Pas une seule fois, aussi souvent qu'il le pourrait avant l'heure du départ. Il devait assouvir son obsession une bonne fois pour toutes, puis il conserverait le souvenir de cette femme magnifique séduite lors d'une bienheureuse escale à Londres.

Ils entrèrent dans le hall d'entrée de l'hôtel de Park Plaza. Après avoir récupéré leurs bagages à la conciergerie, ils faillirent bousculer une femme en fauteuil roulant avec son chien d'assistance. Ghost la contourna en bafouillant des excuses, sans lâcher Rayne un seul instant, se présenta à la réception et leur prit une chambre pour la nuit.

Ghost voyait bien que Rayne était gênée. Elle rougit lorsqu'il demanda leur plus grand lit avec vue sur le London Eye. Elle rougit lorsqu'il tendit sa carte de crédit à la femme derrière le bureau. Elle rougit même quand la dame en fauteuil roulant revint et les salua avant de rejoindre sa chambre.

— Tu n'as pas à être gênée, Rayne, dit Ghost tandis que la réceptionniste disparaissait dans une arrière-salle.

— J'ai l'impression d'avoir *coup d'un soir* et *traînée* tatoués sur le front, murmura-t-elle.

Ghost se pencha et posa un baiser sur sa tête.

— Je te garantis que non. Tu es si loin d'être une traînée que ce n'est même pas drôle. Détends-toi.

Il termina l'inscription, jeta son sac marin sur son épaule, attrapa la poignée de sa valise et, de sa main libre, prit la sienne. Ils ne parlèrent pas en montant dans l'ascenseur ni en descendant à leur étage.

Ghost ouvrit la porte et fit entrer Rayne devant lui. Il la vit poser son sac à main sur la commode et se diriger tout droit vers les grandes fenêtres. La chambre était coquette sans être immense, comme souvent dans les hôtels européens. Rayne tira les rideaux et en resta bouche bée.

Le soleil s'était couché pendant qu'ils s'inscrivaient à la

réception et leur chambre donnait sur le London Eye et l'Abbaye de Westminster.

— C'est beau, dit-elle dans un souffle en regardant les lumières de la ville qui scintillaient au loin.

Ghost s'approcha d'elle et posa les mains sur ses épaules.

— C'est *toi* qui es belle, dit-il avec honnêteté, écartant les cheveux de son épaule pour l'embrasser délicatement.

— Je crois que j'aperçois le Palais de Buckingham d'ici aussi. Nous étions si haut dans la grande roue ? Oh, à quelle heure décolle notre avion demain ? Tu es bien sur la liste d'attente, n'est-ce pas ? Faut-il demander à la réception qu'ils nous réveillent ?

Ghost tourna Rayne face à lui, dos à la fenêtre, conscient qu'elle était nerveuse à la perspective de la soirée.

— Oui. J'ai parlé avec la responsable des réservations et je lui ai demandé de figurer sur la liste d'attente. J'aurai la confirmation demain matin. Ne sois pas nerveuse, princesse. Nous irons à ton rythme, d'accord ?

Il la vit déglutir et hocher la tête.

— D'accord.

— Pourquoi tu n'irais pas enfiler une tenue plus confortable ? Ensuite, nous pourrons nous installer et bavarder.

— Bavarder ?

— Oui, pourquoi pas ? Si tu veux passer à autre chose, nous le ferons. À n'importe quel moment, si tu veux arrêter, nous arrêterons.

— C'est aussi simple que ça ?

— Oui, princesse, aussi simple que ça. Je t'ai dit que je ne te forcerais jamais à faire quelque chose que tu ne veux pas, et ça n'a pas changé. Même si j'espère que tu ne *voudras* pas arrêter. Je ferai tout mon possible pour te convaincre de continuer.

— J'ai envie de toi, Ghost. Je suis nerveuse, c'est tout. Merci d'être patient avec moi. Je vais m'y faire.

— Je peux attendre toute la nuit s'il le faut. Allez, va te changer. Je descends pour demander qu'on nous réveille à l'heure convenue.

Il savait bien qu'il n'était pas obligé de quitter la chambre pour prévoir le réveil, mais il sentait que Rayne se sentirait plus à l'aise s'il n'était pas là quand elle se changerait.

— Merci, Ghost. Je ne serai pas longue.

Ghost attira Rayne contre lui et passa les bras autour d'elle. Il attendit, heureux de sentir ses mains se refermer timidement dans son dos. Enfin, il s'écarta en déposant un tendre baiser sur ses lèvres avant de lui serrer les bras.

— Je reviens.

Il prit l'ascenseur et descendit dans le hall, sortit dans la rue et s'appuya contre le mur après un bref échange avec la femme derrière le bureau d'accueil. Il n'avait pas besoin de prévoir de réveil pour lui. Il se lèverait sans le moindre problème. Il se réveillait toujours très tôt. Ses coéquipiers comptaient toujours sur lui en guise de réveil. Mais il demanda qu'on appelle Rayne à six heures. Elle devait retourner à l'aéroport pour travailler et il ne voulait pas qu'elle rate le vol et s'attire des ennuis. Conscient qu'il prévoyait une manœuvre de connard, il s'arrangea pour que Rayne soit conduite à l'aéroport sans lui le lendemain matin. Il l'avait prévenue. Elle se doutait bien qu'elle se réveillerait seule... ou du moins, elle n'en serait pas étonnée.

Ghost attendit le temps qu'il estimait nécessaire pour que Rayne se change et fasse tout ce que font les femmes avant de se mettre au lit, puis il remonta à l'étage. Il inséra la clé dans la serrure et ouvrit lentement la porte. La lumière était tamisée et Ghost aperçut la silhouette de Rayne sur le lit. Il rejoignit son sac marin, s'en empara et entra dans la salle de bain.

Il en ressortit quelques minutes plus tard, torse nu et vêtu d'un pantalon de survêtement gris. Il tâtonna sur le lit et rejeta le drap. Il s'étendit sur le côté, sur un coude, tourné vers Rayne.

Elle était assise, les bras autour des genoux. Elle portait un débardeur noir et un pantalon ample violet vif. Ghost sourit.

— Violet, hein ?

Il vit Rayne sourire et tourner la tête vers lui.

— Oui, j'adore les couleurs vives.

— Je vois ça. Je te propose un jeu.

— Un jeu ?

Rayne fronça les sourcils, perplexe.

— Oui. Une association de mots. Je dirai quelque chose et tu me répondras la première chose qui te passe par la tête. Ensuite, tu me diras un mot et je ferai la même chose.

— Quel est l'intérêt ?

Ghost sourit à nouveau, amusé par sa franchise.

— L'intérêt, c'est de t'aider à te détendre un peu... et d'apprendre à se connaître mieux.

— En quoi ce jeu nous aidera à mieux nous connaître ? Et puis, ça ne va pas à l'encontre du principe d'une aventure d'un soir ?

— Soldat, dit Ghost sans répondre à sa question.

Le but de ce jeu était de détourner son attention de ce qu'ils s'apprêtaient à faire et de l'aider à baisser sa garde.

— Fort Hood, répondit-elle du tac au tac.

— Pourquoi Fort Hood ?

— Parce que c'est la base militaire la plus importante du Texas. Mon frère y travaille et c'est la première chose qui me vient.

Ghost pesta intérieurement. Manque de chance, il fallait que son frère soit basé au même endroit que lui. Malgré cette nouvelle information, il ne voulait pas tourner le dos à Rayne. Il avait trop besoin d'elle pour y renoncer maintenant.

— Bon, à ton tour.

— Londres, dit-elle avec une lueur dans les yeux.

— T'embrasser sur le London Eye, répondit immédiatement Ghost.

Il vit Rayne sourire et ajouta :

— Sexe.

— Embarrassant.

Aussitôt, elle plaqua une main sur sa bouche et ferma les yeux, mortifiée.

Ghost posa une main sur son pied.

— Tu trouves ça embarrassant ?

— Malheureusement, oui.

— Comment ça ?

— Pour plein de raisons. C'est bizarre. Se déshabiller devant quelqu'un, se demander où poser les mains, attendre qu'il ait fini... disons que c'est bizarre.

À l'entendre, les battements de cœur de Ghost redoublèrent. Évidemment, elle n'était pas vierge, mais il avait très envie de lui faire connaître la passion. Si elle se laissait aller à l'instinct du moment, elle ne se soucierait pas de savoir où poser les mains et ne se demanderait pas s'il prenait du plaisir.

— À toi, dit-il d'une voix étranglée.

Rayne s'adossa contre les oreillers et étendit ses jambes devant elle. La main de Ghost quitta son pied pour remonter sur sa cuisse.

— Maison.

Le premier mot qui lui vint à l'esprit fut « nulle part », mais il savait qu'il ne pouvait pas répondre cela.

— Fort Worth.

Le silence retomba pendant un moment dans la chambre, puis elle dit à mi-voix.

— À toi.

— Parle-moi de ta famille.

— Ma famille ? Je ne pense pas que ça me mette dans l'ambiance, Ghost.

Il ricana.

— Raconte-moi quand même.

Il vit Rayne se détendre un peu. Son plan fonctionnait comme il l'escomptait.

— Eh bien, j'ai un frère et une sœur. Je suis l'enfant du milieu. Ma sœur a trois ans de plus que moi et j'ai deux ans de plus que mon frère. Samantha est actrice, elle vit en Californie. Elle a joué dans quelques films, mais elle attend encore de percer.

— Et ton frère ?

— Chase habite à Killeen. Il est lieutenant dans l'armée. Il est basé à Fort Hood. Il a toujours voulu travailler dans l'armée et il a été accepté à West Point. Ce sera un militaire de carrière. Je l'ai toujours taquiné en lui disant que je ne ferais jamais le salut devant lui... même s'il devenait général un jour.

Elle rit tout bas.

— Général Jackson ? demanda-t-il en s'efforçant de garder un ton léger.

— Oui. C'est ridicule, pas vrai ? Je crois qu'il avait ce métier dans le sang.

— Tu n'as jamais envisagé de t'enrôler ? C'est un autre moyen de découvrir le monde.

Rayne le regarda avec une telle horreur sur le visage qu'il ne put retenir un sourire.

— Hors de question. Je ferais un soldat lamentable. Franchement, si c'était l'apocalypse, je ferais partie de ceux qui se font tuer en premier par les zombies parce que je ne serais même pas capable de courir pour sauver ma peau.

— La survie n'exige pas uniquement de savoir courir, princesse.

— De toute façon, je ne sais pas faire des pompes et je n'ai pas fait d'abdos depuis l'âge de huit ans. Et si tu veux tout savoir, je ne suis pas très douée en orientation.

Comme Ghost ne répondait pas, Rayne descendit dans le lit pour adopter la même position que lui, tournée sur le côté, hissée sur un coude et la tête dans sa main. On aurait dit qu'il réfléchissait et elle n'insista pas.

— Je ne verrai plus jamais la pluie de la même manière, dit-il sans aucun rapport avec leur conversation.

— Quoi ?

— Sans cet orage, le vol n'aurait pas été annulé et je ne serais pas ici avec toi, tellement excité que je suis incapable de penser.

Rayne le regarda avec surprise.

— C'est vrai ?

— Oh oui, princesse. J'ai l'impression d'avoir retrouvé mes quinze ans, quand j'étais avec Whitney Pumperfield sous les gradins au match de foot.

Rayne gloussa et Ghost continua l'histoire qu'il inventait au fur et à mesure.

— Elle avait un an de moins que moi, mais elle était plutôt précoce, parce qu'elle avait la plus belle paire de seins que j'aie jamais vue. Je mourais d'envie de les toucher.

— Continue... tu as réussi ?

— Oh, ça oui.

Ghost marqua une pause pour ménager son effet.

— Elle s'est laissé embrasser pendant un moment. J'ai trouvé ça tellement sensuel. J'ai passé une main sous son petit haut et je suis remonté lentement. J'ai directement attrapé le bord de son soutien-gorge et je l'ai tiré vers le bas, puis j'ai pris son sein voluptueux dans ma paume et j'ai senti son téton pointer en dessous.

— Et ?

Rayne souriait en lui faisant signe de continuer.

— Ne me laisse pas en plein suspense.

Ghost s'approcha d'elle et posa la main sur sa hanche.

— Au moment où elle a gémi dans ma bouche, j'ai éjaculé dans mon pantalon et sa meilleure amie l'a appelée au coin des gradins. Alors, elle est partie et j'ai perdu l'occasion de faire autre chose avec elle.

— Tu as joui rien qu'en lui touchant la poitrine ?

— Princesse, j'avais quinze ans. Et tu n'as pas vu ses nichons.

Une fois de plus, Rayne éclata de rire, mais aussitôt elle l'étouffa derrière sa main.

— Oui, je peux en rire maintenant, mais à l'époque j'étais à la fois humilié et furieux. J'avais envie de la toucher... partout ! Mais plus tard ce soir-là, son amie l'a convaincue que je cherchais seulement à coucher avec elle et elle a refusé de sortir avec moi.

— Cherchais-tu seulement à coucher avec elle ?

— Tu m'as entendu, j'avais quinze ans ! plaisanta Ghost.

— Oui, c'est vrai. Désolée, répondit-elle en riant.

Ghost remercia sa bonne étoile que Rayne commence enfin à se détendre.

— Comme je te l'ai dit, en ce moment je suis tellement excité que j'ai l'impression d'être comme à l'époque, la main sur le sein de Whitney.

Sa main caressait lentement le corps de Rayne.

— Tu vas perdre le contrôle quand tu me toucheras la poitrine ?

— Non, bien sûr. J'ai assez d'entraînement pour me maîtriser maintenant.

— Embrasse-moi, Ghost.

— Avec plaisir.

Il se pencha en avant et éprouva une intense satisfaction au creux du ventre quand Rayne céda aisément à ce mouvement et s'étendit sur le dos, s'ouvrant à lui et le regardant dans les yeux comme s'il était son tout premier.

— Je vais t'embrasser, princesse. Puis je verrai enfin ta splendide poitrine. Je l'ai imaginée tout l'après-midi. Je sais que Whitney Pumperfield ne sera qu'un souvenir lointain une fois que j'aurai vu la tienne. Ensuite, je t'enlèverai cet affreux pantalon violet pour voir si tes jambes sont aussi longues qu'elles le paraissaient aujourd'hui avec cette jupe.

— Eh, mon pantalon n'est pas affreux !

Ghost ignora ses protestations et poursuivit :

— Et enfin, je te prendrai. Je te prendrai lentement, avec douceur, jusqu'à ce que tu me supplies de te faire jouir. Pendant que tu jouiras, je te prendrai avec force. Tu ne pourras plus penser au sexe sans penser à moi. Et... princesse ? Je te garantis qu'après ce soir, tu ne considéreras plus jamais le sexe comme une activité embarrassante. Tu verras ce que tu as raté pendant tout ce temps.

Il marqua une pause, attendant qu'elle dise quelque chose, qu'elle l'arrête. Comme elle ne bougeait pas un muscle, pas même pour respirer, Ghost sourit.

— Oh non, tu n'as rien à envier à Whitney.

Alors qu'il se penchait pour l'embrasser, Rayne lui fit le plaisir de se tendre pour rencontrer sa bouche. Hourra !

Rayne avait du mal à croire qu'elle s'apprêtait à vivre une aventure d'un soir avec un type qu'elle avait croisé dans un aéroport. Honnêtement, c'était l'homme le plus sexy qu'elle ait jamais vu. Des bras musclés, des tablettes de chocolat, quelques mots tatoués sur le côté gauche... il aurait pu être mannequin sans les innombrables cicatrices qui lui striaient le torse. Ce détail mis à part, il était beau et elle avait envie de le toucher de la plus crue des manières. Pourquoi il s'intéressait à elle, si quelconque et banale, elle n'en avait aucune idée, mais ce n'était pas le moment de se poser la question.

Elle avait envie de lui. Terriblement. Rayne leva le menton et passa la langue sur ses lèvres au moment où la tête de Ghost descendait vers la sienne. Elle garda les yeux ouverts pour ne pas rater une seule seconde de l'expérience.

Ghost sentait son cœur battre dans sa poitrine à la perspective de voir Rayne nue, de la pénétrer, la sentir contre lui. Il ne se rappelait pas avoir été aussi excité par la promesse de voir une femme dévêtue depuis très, très longtemps... sans doute depuis ses quinze ans.

Ses lèvres touchèrent enfin les siennes et Ghost posa la main droite sur son visage. Son bras gauche le soutenait au-dessus de Rayne. Leurs langues se mêlèrent tandis qu'ils découvraient le goût de leurs bouches. Il lui caressa la joue avec son pouce, leurs têtes se penchèrent d'un côté, puis de l'autre. Ils se dévoraient.

Ghost recula enfin et déglutit péniblement. Il voulait précipiter les choses. Il avait envie de pénétrer cette femme merveilleuse plus encore qu'il avait besoin de respirer, mais il ne voulait pas l'effaroucher, et surtout, il voulait lui offrir quelque chose de romantique. Ce n'était peut-être qu'une histoire d'un soir, mais son côté romantique, profondément enfoui en temps normal, souhaitait lui offrir une nuit dont elle se souviendrait encore pendant longtemps.

— Tu as un goût de menthe.

Ghost sourit à Rayne.

— Toi aussi.

Un instant plus tard, il demanda :

— Tout va bien ?

Elle acquiesça.

— Ça va.

— Tu es à ton aise ?

— Hmm, oui. Pourquoi ?

— Parce que j'ai le pressentiment que tu vas rester sur le dos un bon moment.

Rayne partit d'un rire un peu nerveux et leva la main pour tâter ses biceps. Elle remarqua d'un air absent que ses doigts étaient loin de se rejoindre quand elle les refermait autour de son bras.

— Vraiment ?

— Oui.

— Je ne t'imaginais pas vraiment du genre missionnaire.

Ghost se pencha et lui embrassa la mâchoire sans

répondre. Puis il entreprit de mordiller et de lécher la peau sous son oreille. Il changea de position et prit son lobe entre ses dents, le suçant délicatement, le caressant sous sa langue. Enfin, il écarta ses lèvres pour lui chuchoter à l'oreille :

— Je suis du genre missionnaire, du genre levrette, du genre amazone et toutes sortes de positions. J'ai envie de toi, de n'importe quelle manière, et j'ai bien l'intention de profiter de chaque minute de notre nuit pour te donner du plaisir. Mais je veux commencer par te goûter... et la meilleure position pour cela, c'est que tu restes sur le dos. Tu comprends ?

Elle prit une brève inspiration en guise de réponse. Ghost leva la tête et Rayne vit ses yeux assombris par le désir. Il laissa glisser sa main de sa joue jusqu'à sa poitrine, effleurant le téton durci avant de rejoindre sa taille. Sans la quitter des yeux, il souleva son débardeur et passa la main en dessous.

Aucun d'eux ne parla tandis que la main de Ghost remontait lentement pour se poser sur son sein. Elle ne portait pas de soutien-gorge et sa main la recouvrait entièrement. Il exerça une légère pression.

Rayne se trémoussa sur le lit. Elle mouillait déjà sous sa caresse pleine d'assurance.

— Je suis impatient de voir ces beautés, murmura Ghost avec vénération. Tu es tellement douce. Ton téton me supplie de le toucher.

— Ghost, je t'en prie.

— Quoi donc, princesse ?

Il lui souriait, conscient que ses caresses l'excitaient. Manifestement, les mouvements incontrôlables de son corps sous le sien lui plaisaient beaucoup.

— Touche-moi.

— Je te touche.

— Ghost...

Elle avait prononcé son nom dans un gémissement et Rayne se sentit honteuse dès qu'il eut franchi ses lèvres. Elle n'avait pourtant aucun souci à se faire.

— J'adore t'entendre perdre la raison. Et je n'ai même pas commencé. Lève les bras. Je vais te débarrasser de ton débardeur.

Rayne hésita pendant une seconde. *Ça y est.* Si elle voulait reculer, c'était le moment ou jamais.

Mais dès l'instant où cette idée lui effleura l'esprit, elle la chassa. Elle avait envie de Ghost. Il s'était comporté comme un gentleman toute la journée. Il l'avait protégée constamment dans leurs allées et venues, et il avait un côté amusant bien caché sous un premier abord un peu bourru. Il n'avait fait que la rassurer et il ne ferait rien qu'elle ne veuille pas faire. Même si elle ressemblait à l'une de ces écervelées dans les films d'horreur, elle lui ferait confiance.

Elle leva les bras.

Ghost prit une grande inspiration et se détendit lorsque Rayne tendit enfin les bras, lui donnant ainsi le feu vert pour qu'il retire son débardeur. Pendant un moment, il avait craint qu'elle décide d'arrêter. Ça l'aurait tué, mais il se serait effacé. Heureusement, elle était toujours partante.

Ghost s'assit dans le lit, enfourcha ses hanches et caressa son ventre par-dessus le débardeur. Il voulait faire durer le moment. Baissant enfin les yeux sur ses mains – et son butin – il les passa sous son haut et, le plus lentement du monde, le remonta lentement. Son nombril lui apparut, puis la courbe sous ses seins et enfin, alors que ses mains passaient sur ses tétons, sa poitrine dans son ensemble.

Elle était belle. Pas parfaite, et il savait que si on le lui demandait, elle désignerait sans doute toutes les parties de son corps qui, selon elle, laissaient à désirer. Mais ses formes voluptueuses le faisaient bander encore plus fort. La première impression qu'elle lui avait faite était confirmée, elle ressemblait à Marilyn Monroe. Ses hanches étaient larges et ses seins généreux. Ses tétons se dressaient, comme s'ils le suppliaient de les caresser. Elle avait un petit ventre, mais Ghost ne voyait qu'un paradis délicieux.

Incapable d'attendre, il passa le débardeur par-dessus sa tête et ses bras, puis il se pencha et prit l'un de ses tétons dans sa bouche. Il gémit. Sa pointe était dure et il sentit qu'elle se tendait encore davantage lorsqu'il la prit entre ses dents.

À présent, il avait les mains libres. De l'une, il empoigna le sein qu'il avait dans sa bouche, et de l'autre, il pétrit le second.

Il sentit Rayne se cambrer sous ses mains et il sourit. Certains hommes adoraient les fesses, mais sa préférence allait directement aux seins. Sans lever les yeux, il passa de l'autre côté de sa poitrine, déposant des baisers sur la courbe de son sein lourd. Enfin, il leva la tête vers son visage tout en donnant un coup de langue au téton négligé.

Rayne le regardait, la bouche entrouverte. Il entendait sa respiration rapide. À nouveau, il se concentra sur ce qu'il faisait.

— Il n'y a rien que j'aime plus au monde qu'une belle paire de seins. Et princesse, je dois dire que les tiens sont absolument parfaits.

— Mieux que ceux de Whitney Pumperfield ?

Il fallut un moment à Ghost pour comprendre de qui elle parlait. Étant donné que Whitney n'existait pas, il put répondre en toute honnêteté, avec un grand sourire :

— Un million de fois mieux que ceux de Whitney.

Il recula et s'assit, à nouveau penché au-dessus de

Rayne. Ses mains ne quittaient pas sa poitrine tandis qu'il continuait de la caresser et de la palper.

— Les tiens sont assez charnus pour que je puisse imaginer ma queue glisser entre eux si je fais ça, dit-il en les pressant l'un contre l'autre.

Sans prêter attention à la vive inspiration de Rayne, il poursuivit, approchant ses doigts pour lui pincer les tétons.

— Tes tétons sont larges et magnifiques quand ils se dressent. Ça me donne quelque chose à quoi me raccrocher quand j'ai envie de faire ça…

Ghost tourna légèrement les doigts. Il adorait la rougeur qui remonta jusque dans le cou de Rayne. Il savait qu'il ne lui faisait pas mal, car elle ondulait inconsciemment les hanches sous son corps. Un petit gémissement lui échappa et il sentit ses ongles s'enfoncer dans la chair de ses propres hanches lorsqu'elle s'y agrippa. Plus important encore, elle ne lui demanda pas d'arrêter et elle ne chercha pas à se dégager.

— Tu es belle, princesse.

À nouveau, il passa les paumes sur ses seins comme pour apaiser la douleur, les regonflant délicatement par en dessous.

Quelque chose attira son attention et il se pencha pour regarder de plus près.

— Ah, tatouage numéro un.

Presque dissimulé, il serait passé inaperçu si elle était debout. C'était un petit ruban rose, tatoué sous son sein gauche. Il y avait un minuscule cœur violet juste à côté. Le tatouage était discret, peut-être un centimètre de largeur. Ghost se baissa pour y passer la langue. Puis il l'embrassa tout doucement avant de se redresser.

— Curieux endroit pour un tatouage. Ça a dû faire mal.

Rayne hocha la tête.

— C'est pour mon amie, Mary. Elle a eu un cancer du sein et je me le suis fait par solidarité. La douleur que ça m'a causée est infime en comparaison avec celles qu'elle a endurées.

— La femme à qui tu as envoyé mes informations ?

— Hmm, oui. Euh... Ghost...

— Oui, princesse ?

Ghost savait exactement l'effet qu'il lui faisait en stimulant son téton droit tout en parlant. Il avait soulevé son sein gauche pour contempler la petite marque et il sentait son cœur cavaler aussi vite qu'un lièvre sous sa paume.

— On pourrait en parler plus tard ?

— Parler de quoi ?

— Bon sang, Ghost. De mon tatouage. De ma copine Mary. Du cancer du sein. Tout ça.

— Oui, tu as raison. J'étais en train de faire quelque chose, n'est-ce pas ?

Rayne hocha la tête avec enthousiasme.

— D'accord, princesse. Ça fait un tatouage. Je suis impatient de découvrir les deux autres.

Il rit tout bas lorsqu'elle gémit. Reculant les hanches le long de son corps, il s'arrêta au-dessus de ses genoux.

— Écarte les jambes pour moi.

Il se réjouit qu'elle fasse exactement ce qu'il lui demandait. Il se pencha pour les ouvrir un peu plus et s'installa à genoux entre ses cuisses. Il remonta légèrement pour la forcer à les écarter davantage, puis il posa les mains sur ses hanches et la dévisagea.

Au bout d'un moment, elle leva les yeux vers lui. Ses mains s'agitaient nerveusement le long de son corps, comme si elle ne savait pas qu'en faire.

— Je sens l'odeur de ton excitation, princesse. Tu as toujours envie de moi ? Envie de ça ?

Elle hocha la tête et déglutit.

— Tant mieux.

Il prit le cordon dans sa main et tira lentement, libérant l'élastique de son pantalon en coton violet. Les pouces contre les os de sa hanche, il descendit lentement, sans se presser.

Puis il se baissa, son nez juste sous son nombril. Avec le menton, il repoussa son pantalon plus bas sur ses hanches. Enfin, il leva les yeux, étonné.

— Tu ne portes pas de culotte, observa-t-il.

— Je sais. Je me suis dit que si je me mettais au lit avec toi, je finirais par la quitter, alors autant gagner du temps et ne rien enfiler.

— Eh bien, pas étonnant que je te sente si facilement.

Sans bouger les mains, Ghost enfouit son nez entre ses jambes et prit une grande inspiration.

Gênée et impatiente qu'il passe à autre chose, elle s'agita en disant d'un ton sec :

— Tu sais, ce serait plus rapide si tu te servais de tes mains.

Ghost réprima un éclat de rire. Elle était tordante.

— Je sais, mais j'aime prendre mon temps.

— Même si ça me plaît beaucoup, nous n'avons qu'une nuit, Ghost. On s'y met ?

La lueur dans les yeux de Ghost était presque électrique.

— Tu es prête pour moi ?

— Oui.

Ghost recula et se leva à côté du lit. Alors que ses mains se posaient sur l'élastique de son propre pantalon de survêtement, il désigna le sien et ordonna brusquement :

— Enlève-le.

Rayne décolla les hanches et baissa son pantalon de yoga préféré, utilisant ses pieds pour le pousser jusqu'au sol.

Elle était incapable de détacher ses yeux de Ghost. De son côté, il avait baissé son jogging. Debout près du lit, il la contemplait comme si c'était un repas et qu'il n'avait pas mangé depuis des jours.

Bon sang, qu'il était beau ! Il avait une autre vilaine cicatrice à la cuisse gauche, mais à part cela, il était parfait. Elle voyait l'inscription tatouée sous ses côtes, mais elle était incapable de la lire. Son attention était accaparée par son sexe, qui se dressait entre ses cuisses, long et épais. Avant qu'elle puisse se rassasier du spectacle, Ghost passa une jambe sur son corps et s'installa de nouveau entre ses genoux.

Une fois de plus, il remonta le long de son corps jusqu'à ce que les jambes de Rayne s'ouvrent de part et d'autre de ses hanches. Elle plia les genoux pour l'accueillir et tressaillit lorsqu'il glissa les deux mains sous ses fesses pour la soulever.

Elle se retint à ses bras et haleta, au comble de l'excitation. Ce n'était pas la première fois qu'on lui ferait un cunnilingus, mais aucun de ses partenaires n'avait jamais paru aussi... intense à cette perspective. Ghost lui avait dit qu'il *voulait* qu'elle s'abandonne à la passion et il semblerait bien qu'elle s'en approche.

— Tatouage numéro deux, commenta-t-il.

Il regardait le petit tatouage sur son aine, presque à l'intérieur de sa cuisse. Il se pencha et passa la langue sur le symbole chinois. Elle sentit la chair de poule remonter le long de ses bras.

— Qu'est-ce que ça signifie ?

— Tu veux dire que tu ne sais pas lire le chinois ? fit Rayne dans un souffle tandis qu'il léchait à nouveau l'écriture à l'encre.

— Non.

— Tu parles d'un espion. Ça signifie *force*.

— Hmm, ça me plaît.

— Merci...

Rayne aurait ajouté autre chose, mais de toute évidence, Ghost avait fini de parler de son tatouage. Il venait de commencer à lécher tout doucement son clitoris. Il n'avait pas perdu de temps en jeux préliminaires, entrant directement dans le vif du sujet.

— Ghost... oh, mon Dieu ! Waouh... oui, c'est ça...

Ghost agrippa fermement les hanches de Rayne tandis qu'elle se trémoussait. Une fois qu'il l'aurait envoyée au septième ciel, il ne voulait pas perdre plus de temps. Son odeur était divine et ses lèvres luisaient d'excitation. Il éprouvait une envie soudaine de la voir s'abandonner entre ses bras, se laisser aller et lui faire entièrement confiance pour cela.

Il sentait ses ongles s'enfoncer dans sa chair. Elle cherchait quelque chose à quoi se raccrocher. Ghost adorait entendre ses murmures incohérents tandis qu'il la dévorait. Comme il avait les mains occupées, il ne pouvait pas s'en servir pour l'aider à prendre son pied. Il avança la bouche et donna un grand coup de langue entre ses plis. Elle était trempée et Ghost recula un instant pour contempler son sexe rose.

Elle s'agitait toujours sous sa poigne et il sourit. Décidément, elle était merveilleuse. Penchant à nouveau la tête, il entreprit de la conduire jusqu'à l'extase. Sa langue dansait énergiquement sur son clitoris tandis que son menton frottait sur sa vulve.

— Oui, juste là. Plus vite... oh, oui... Ghost... Je vais...

Elle n'avait pas à le prévenir, Ghost savait reconnaître les signes. Il accentua sa pression inflexible sur le petit renflement nerveux. Elle se cambra vers lui et un frisson la traversa lorsque son orgasme déferla. Il reposa ses hanches sur le matelas sans atténuer la force de son assaut. Les mains enfin libres, il enfonça lentement un doigt en elle sans cesser de lui donner de grands coups de langue vigoureux.

Il gémit en sentant la gaine chaude et étroite autour de son doigt. Il le retira pour en ajouter un deuxième. Il poursuivit son va-et-vient dans un rythme régulier. Ghost sentit les mains de Rayne sur sa tête. Elle essayait de le pousser encore plus fort contre elle.

S'écartant d'un centimètre à peine, il souffla sur son clitoris. Puis il leva les yeux et constata qu'elle le regardait.

— Tu aimes ce que tu vois, princesse ?

— Hmm, oui.

Sans la quitter des yeux, Ghost dit :

— C'est ça, la passion. C'est se perdre dans les sensations de son corps. Vouloir voir son partenaire prendre du plaisir. Tu es belle, Rayne. Tellement belle, putain !

À ces mots, elle laissa retomber sa tête sur l'oreiller et poussa un gémissement. Ses hanches bougèrent sous sa main, l'invitant à continuer. Ghost pencha la tête pour mieux se concentrer sur sa mission, à savoir faire perdurer la passion de Rayne tout aussi vivement que la sienne. Ghost aimait donner du plaisir de cette manière, mais en temps normal c'était un moyen pour une fin. Plus la femme mouillait, plus le corps-à-corps qui s'ensuivait était bon.

Mais avec Rayne, c'était différent. En la voyant jouir sous sa langue, il avait l'impression d'être le roi du monde. Il ne s'agissait pas de lui faire prendre son pied pour pouvoir ensuite prendre le sien. Il serait ravi de lui donner orgasme sur orgasme, même s'il devait renoncer au sien.

C'était cette pensée qui contractait chaque muscle de son corps, y compris les doigts qu'il avait insérés en elle.

Sans le faire exprès, il referma les dents sur son clitoris sensible, et même s'il relâcha immédiatement la pression, c'était trop tard. Une fois de plus, elle explosa dans ses bras. Ghost sentit sa moiteur recouvrir ses doigts et elle se resserra tout autour, au point de lui faire mal. La pensée de cette même sensation autour de sa queue était presque insoutenable.

Récupérant la main qui soutenait ses fesses, il empoigna fougueusement la base de son sexe pour se retenir d'éjaculer sur les draps. Bordel de merde, quel pied !

8

———

Ghost était un homme qui gardait toujours le contrôle de ce qui l'entourait, y compris de son corps. Le fait qu'il ait failli perdre les pédales rien qu'en imaginant la sensation du corps de Rayne autour de lui ne lui plaisait pas.

Elle revenait à peine de son deuxième orgasme quand Ghost tendit la main vers la table de nuit pour s'emparer du préservatif qu'il y avait posé avant de rejoindre Rayne au lit. Il l'enfila rapidement, incapable de retenir une grimace tant sa sensibilité était exacerbée. Il rampa sur le corps de Rayne jusqu'à l'enfourcher et posa les deux mains de part et d'autre de ses épaules, attendant qu'elle ouvre les yeux.

Étendue paresseusement, Rayne ouvrit lentement les paupières. Stupéfaite de voir le visage de Ghost si près du sien, elle sourit et leva les bras pour lui empoigner les biceps.

— Salut, dit-elle.

— Salut à toi.

— C'était... waouh.

— Tu es belle quand tu jouis.

— Euh, merci ?

— De rien. Tu es prête pour moi ?

— Oh ! Oui, désolée. À ton tour maintenant.

Rayne leva les jambes, pliant à nouveau les genoux, le bassin surélevé.

— Je suis prête.

Comme Ghost ne bougeait pas, elle pencha la tête en arrière et fronça les sourcils.

— Ghost ?

— Ce n'est pas du donnant-donnant, Rayne.

— Je ne comprends pas.

— Tu réagis comme si je pouvais te pénétrer parce que je t'ai donné du plaisir, comme si une fois que j'aurai joui nous serons quittes.

— Oh, eh bien, tu n'as pas... tu sais... pas encore, et moi si.

— Et ce n'est pas fini.

— Ghost, sérieusement. Je sais que tu es un super espion de folie, mais ça ne fonctionne pas comme ça.

— Rayne, ça fonctionne exactement comme ça. Tu veux savoir à quoi je pensais quand j'avais ma langue à l'intérieur de toi, quand tu as joui autour de mes doigts ?

— Euh, non, pas vraiment.

Sans tenir compte de sa réponse adorable et troublée, Ghost enchaîna :

— Je me disais que je pourrais te regarder jouir toute la nuit et être parfaitement satisfait, même si mon tour ne vient jamais.

— Quoi ? C'est... je ne sais pas.

— C'est honnête. Voilà ce que c'est.

— Mais tu es dur, tu es prêt.

Rayne décolla les hanches jusqu'à ce que le gland de Ghost effleure son bas-ventre.

Il gémit, mais se força à continuer.

— C'est vrai, je suis prêt. Mais je veux que toi, tu sois prête. Je veux que tu sois sûre de toi. Je peux prendre du plaisir sans te pénétrer. Nous pouvons choisir cette façon-là si c'est ce que tu souhaites.

Il vit les pupilles de Rayne se dilater à ces mots. C'était tellement agréable que ses paroles puissent l'exciter à ce point.

— Je veux te sentir en moi. S'il te plaît, Ghost.

— Prends-moi dans ta main. Mets-moi où tu veux.

Ghost savait qu'il marchait sur des œufs. Les mains de Rayne sur lui allaient tester à l'extrême sa maîtrise de soi. Quand elle glissa la main entre leurs deux corps, frottant contre son ventre, il contracta tous ses muscles, s'efforçant de penser à tout sauf à la sensation divine.

Il sentit qu'elle prenait son sexe à la main et le dirigeait vers elle. Ghost s'avança jusqu'à sentir son corps chaud contre le sien. Bientôt, il fut incapable de retenir un grognement lorsqu'il sentit ses petites lèvres s'ouvrir autour de sa queue.

Conscient qu'elle le plaçait exactement là où il souhaitait être, Rayne retira sa main, qu'elle posa sur le flanc de Ghost. Elle y enfonça les ongles pour l'attirer contre elle.

— Baise-moi, Ghost. S'il te plaît.

— Oh, princesse...

On aurait dit que ses paroles libéraient quelque chose en lui. Lentement, mais sûrement, il se fit un chemin en elle jusqu'à ne plus pouvoir aller plus loin. Puis il souleva les hanches de Rayne, gagnant ainsi quelques précieux millimètres. Il sentit ses bourses se réchauffer contre la peau de ses fesses.

— Ghost, oh oui. C'est trop bon.

Il ferma les yeux, savourant la pression des muscles internes de Rayne autour de sa queue. Putain de merde ! Il s'était tapé un paquet de femmes. Il n'avait pas honte de son expérience sexuelle, et pourtant c'était d'un tout autre niveau. Rayne était plus serrée, plus chaude, plus moite... il n'avait jamais rien ressenti d'aussi bon.

Il ouvrit les yeux et baissa la tête. Rayne ne le regardait pas. Calée contre l'oreiller, elle avait les yeux rivés entre leurs corps, à l'endroit où ils se rejoignaient.

Ghost recula les hanches de quelques centimètres avant de la pénétrer à nouveau. Il adorait l'expression sur le visage de Rayne, qui regardait toujours. Il recommença, ressortant un peu plus avant de revenir lentement, la remplissant tout entière. Ghost vit Rayne commencer à haleter et il sentit ses hanches bouger pour mieux l'accueillir.

Il recommença, encore et encore. Rayne restait obnubilée par sa queue, enduite et luisante, qui allait et venait entre ses jambes. En temps normal, il aimait voir son propre sexe lorsqu'il s'enfonçait dans le corps d'une femme, mais il préférait de loin contempler Rayne en cet instant. Elle soupirait, gémissait et se mordait la lèvre tandis qu'il revenait inlassablement à l'assaut de ses sens. Pas une seule fois elle ne détacha le regard de son sexe.

Ghost savait qu'il était proche. Il s'écarta, laissant seulement le bout de sa queue dans la chaleur de Rayne et il attendit... Enfin, elle ondula presque imperceptiblement les hanches et il revint s'empaler en elle. Elle détourna les yeux du point de jonction de leurs sexes et laissa retomber sa tête sur l'oreiller en gémissant.

Aucun d'eux ne parlait, mais à chaque coup de reins, Ghost sentait qu'ils communiquaient tout de même. Impatient de sentir ses muscles se contracter autour de sa queue lorsqu'elle jouirait comme ils l'avaient fait autour de ses doigts, il passa la main entre leurs deux corps et caressa son clitoris tout en allant et venant entre ses cuisses. Enfin, alors qu'il pensait jouir sans elle, Ghost sentit la contraction annonciatrice de ses muscles autour de lui et elle resserra sa poigne sur ses hanches.

— Plus fort, Ghost, oui, frotte-moi plus fort... oui, c'est ça... Ghost !

Son nom dans un soupir annonçait son orgasme. Elle se cambra, éperdue dans le plaisir qu'il lui procurait, et ses hanches se plaquèrent contre lui.

Ghost demeura immobile pendant un moment en sentant la pression délicieuse qui s'exerçait de l'intérieur autour de sa queue, puis ce fut à son tour de se laisser aller. Il donna un coup de reins, puis deux, et resta enfoncé en elle tandis que l'extase montait de ses bourses avant de gicler entre ses cuisses.

Ensemble, ils frémirent et gémirent tandis que leurs muscles tressautaient une dernière fois, puis lentement, Ghost ramena son corps contre Rayne. Il la serra dans ses bras. Ensemble, ils haletaient en essayant de reprendre leur souffle.

Ghost aimait sentir ses parois internes l'agripper et le relâcher par spasmes successifs avant qu'elle revienne enfin à elle. Il passa une main sur ses cheveux, rempli de fierté à l'idée d'être la cause de la fine pellicule de sueur qui lui couvrait le front.

— Ça va ? demanda-t-il d'une voix douce.

— Non, je crois que tu m'as tuée.

Sa voix était basse et éraillée. Elle se racla la gorge en rouvrant les yeux.

— Mais c'est une belle mort.

Ils se sourirent pendant une fraction de seconde avant que Ghost ne dise :

— Je dois me débarrasser du préservatif. Ne bouge pas.

— De toute façon, je ne pourrais pas bouger même si ma vie en dépendait.

Ghost sourit, content de lui, et recula les hanches. Ils gémirent tous les deux lorsqu'il se retira de son corps.

— Je reviens tout de suite.

— D'accord.

Ghost alla jeter le préservatif dans la salle de bain avant de rejoindre Rayne. Elle n'avait pas bougé d'un muscle et il se glissa délicatement dans le lit à côté d'elle. Il s'allongea sur le dos et elle se blottit contre lui, un bras autour de sa cage thoracique et la tête sur son épaule. Il passa le bras autour d'elle, émerveillé par la sensation délicieuse de son corps.

— Je sais que je devrais être fatiguée, mais je suis en pleine forme, murmura Rayne. Je me sens détendue et sereine, mais pas encore prête à dormir. Est-ce normal ?

Ghost ricana.

— Je n'en ai aucune idée, mais moi aussi, je ressens la même chose.

Ils gardèrent le silence pendant un instant, puis Ghost demanda :

— Raconte-moi la chose la plus excentrique qui te soit arrivée pendant un vol.

— Je croyais que c'étaient les femmes qui voulaient toujours parler après l'amour ? demanda-t-elle sur le ton de la plaisanterie.

Ghost haussa les épaules.

— Je me suis dit que nous pourrions passer le temps avant d'être prêts à recommencer.

— Recommencer ? fit Rayne en se hissant sur un coude, le regardant attentivement.

— Oui. Tu ne croyais tout de même pas qu'une fois

serait suffisante, j'espère ! Il y a tant de choses que j'aimerais te faire avant la fin de la nuit, princesse.

Elle se rallongea aussitôt, manifestement gênée.

— Oh, d'accord. Bon, très bien. Dans ce cas, parler en attendant de... se remettre, pourquoi pas ?

Ghost ricana. Elle semblait avoir honte et il trouvait cela adorable. Négligemment, il laissait courir sa main le long de son dos. Il prit son autre main dans la sienne et joua avec ses doigts tandis qu'elle lui répondait.

— La chose la plus bizarre que j'aie vue lors d'un vol, c'est ça ? Hmm, bien sûr j'ai déjà surpris des couples qui cherchaient à s'envoyer en l'air au sens propre du terme... mais honnêtement, je n'imagine rien de pire que de le faire dans de minuscules toilettes d'avion. Ce n'est absolument pas hygiénique ni confortable !

Ghost partit d'un petit rire, comme elle s'y attendait, et elle reprit :

— Je crois que je devrais diviser ta question en différentes catégories. La chose la plus incroyable que j'aie vue lors d'un vol, c'est quand le pilote a informé les passagers que l'avion rapatriait aux États-Unis les corps de deux soldats américains. L'un des passagers a lancé une quête impromptue pour les anciens combattants. Je te jure que tout le monde à bord de l'avion ce jour-là a donné au moins un dollar.

— C'est formidable, dit Ghost à mi-voix dans le silence qui suivit.

Rayne renifla.

— Je sais. Je crois que ça m'a tout spécialement touchée parce que Chase est dans l'armée. Il avait été envoyé en Irak pour sa première période de service et ça m'a frappée. Ça aurait pu être lui dans un cercueil en soute. J'ai le plus profond respect pour les militaires. C'est une vie difficile et ils doivent faire des choses que les civils ne comprendront jamais. Je les admire.

Gêné par l'orientation que prenait la conversation, Ghost essaya de revenir en terrain neutre.

— Donc c'est le plus incroyable. Et le reste ?

Rayne s'éclaircit la voix.

— Bon, alors le plus bizarre... c'était à bord d'un vol entre le Gabon, en Afrique, et Paris. Il y avait toute une famille... et par *toute*, je veux dire qu'ils étaient une vingtaine. J'ignore quels étaient leurs liens de parenté, mais en plein vol, quelqu'un a sorti un poulet plumé et s'est mis à essayer de le cuisiner sur un petit réchaud à gaz.

— Comment ont-ils pu apporter ça avec eux ? demanda Ghot, stupéfait.

— Aucune idée. Il faut croire que la sécurité est bien différente là-bas. Alors, ils ont commencé à le faire cuire. Des passagers se sont plaints et d'autres avaient des haut-le-cœur. Toute la famille s'est mise à se disputer au sujet du poulet. Certains voulaient le cuisiner, d'autres s'y opposaient. Ils criaient et s'énervaient. C'était franchement bizarre.

— Comment l'histoire s'est-elle résolue ?

— L'une des femmes les plus âgées a donné à un jeune homme une tape derrière la tête en le houspillant. Le poulet et le réchaud ont disparu dans un sac et ça s'est terminé comme ça. Comme je te l'ai dit, c'était bizarre.

Ghost adorait être là, étendu auprès de Rayne, à écouter ses histoires.

— Continue.

— Bon, voyons... le moment le plus flippant ? Un atterrissage d'urgence, presque un crash.

Ghost sentit qu'elle se crispait et il se pencha pour déposer un baiser sur son front.

— J'imagine ta peur, mais j'en déduis que ça s'est bien terminé, puisque tu es ici.

— Oui. Ghost... Je ne sais pas comment l'expliquer. J'ai cru que j'allais mourir. Nous étions en train de servir des boissons quand l'avion a traversé des turbulences folles. À tel point que les passagers sans ceinture ont décollé de leurs sièges. J'ai été projetée et ma tête a heurté le plafond de l'avion avant que je retombe par terre. Nous avons vite rangé les chariots des boissons et nous nous sommes attachés sur nos strapontins. Le pilote est arrivé pour nous annoncer que nous avions traversé un orage, que nous avions été touchés par un éclair et que nous subissions des turbulences. L'un des moteurs était endommagé et nous allions atterrir en urgence à l'aéroport le plus proche.

Rayne s'interrompit et prit une grande inspiration avant de poursuivre.

— J'étais assise à côté de la porte avec un hublot et je voyais l'extérieur. Je ne voyais qu'une immense chaîne de montagnes. Je croyais que nous allions nous écraser. J'étais en paix avec ça, parce que je me disais que je ne souffrirais pas. Je ne voulais pas mourir et cette possibilité était sinistre, mais j'acceptais de mourir sur le coup, sans douleur. Nous avons cahoté pendant encore vingt minutes avant d'atterrir. C'était mouvementé, hors de contrôle, mais en fin de compte nous avons atterri en un seul morceau.

— Et tu es toujours agent de bord ?

Rayne eut un rire sans joie en percevant l'incrédulité et l'admiration dans la question de Ghost.

— Oui, c'est de la folie, n'est-ce pas ? Je crois que c'est la seule fois où j'ai frôlé la mort. J'ai suivi une thérapie et j'ai pris le temps de bien y réfléchir. Nous allons tous mourir, tôt ou tard. J'aime ce que je fais... du moins, pour l'instant. Je ne voulais pas que ça s'arrête. Le pilote savait ce qu'il faisait et même si c'était terrifiant, ce sont des choses qui arrivent en permanence.

— C'est un point de vue intéressant, observa Ghost.

— Oui, eh bien, c'était ça ou reprendre l'enseignement, plaisanta Rayne en riant.

— Je vois ce que tu veux dire.

— Et toi ?

— Quoi donc ?

— As-tu déjà eu une grosse frayeur ?

Ghost chercha fébrilement dans ses souvenirs pour voir s'il trouvait quelque chose à lui raconter. Rejetant tout ce qui s'était passé dans sa vie à l'armée, il essaya d'inventer une histoire plausible.

— Un jour, j'ai été braqué par une arme.

— Vraiment ?

Non. Il avait horreur de lui mentir, mais il n'avait pas le choix.

— Oui, vraiment.

— Qu'est-il arrivé ?

— J'étais à Fort Worth. Je sortais d'un restaurant en compagnie d'une femme, et un type a surgi de nulle part. Il a tendu une arme sous notre nez en nous demandant de lui donner tout notre fric.

— Oh, mon Dieu ! Qu'avez-vous fait ?

— Nous lui avons donné tout notre fric, bien sûr.

— Et que s'est-il passé ?

— Il est parti.

Il regrettait de mentir à Rayne. Ghost ne demandait rien de plus que de pouvoir lui raconter de véritables souvenirs de ses moments de terreur... quand il était étendu dans le sable, en Irak, à attendre de voir si l'homme qu'ils traquaient abattrait son propre fils sous leurs yeux... à voir son ami et coéquipier, Fletch, se faire passer à tabac par des extrémistes qui avaient eu la chance de mettre la main sur eux. Il lui avait semblé que ce moment durait éternellement, mais il n'avait fallu que deux heures avant que le reste de l'équipe débarque et les tire de ce mauvais pas.

— C'est tout ? Il est parti ? fit-elle, tirant Ghost de ses pensées.

— Oui.

— Et tu as eu peur ?

Ghost ne put retenir un grand éclat de rire devant son air médusé.

— Princesse, il braquait son arme sur la femme avec qui je sortais... et j'avais tout un plan de séduction prévu pour ce soir-là. S'il nous avait tiré dessus, mes projets seraient tombés à l'eau.

Rayne lui frappa le torse d'un geste taquin.

— Oh, toi alors !

Ghost sourit et lui attrapa la main, qu'il posa à plat sur ses pectoraux, la caressant sous son pouce.

— Quels sont tes rêves, princesse ?

Elle changea de position avant de parler.

— Je ne sais pas. Avant, je croyais vouloir une grande famille et vivre dans une petite maison avec une clôture blanche, mais après avoir vu le monde comme je l'ai vu, je ne suis plus très sûre de le vouloir.

— Et qu'est-ce que tu veux ?

— Je ne sais pas, murmura-t-elle d'une voix ensommeillée. J'aime visiter de nouveaux pays, découvrir des cultures différentes, et pourtant je ne suis pas toujours très à l'aise. Parfois, ça me fait peur d'être dans des pays sous alerte terroriste constante. Je sais que je n'ai que vingt-huit ans, mais j'ai l'impression que si je décide de faire autre chose maintenant que j'ai gâché tout ce temps... avec mon diplôme, puis ce boulot. Je ne sais absolument pas ce que je devrais ou pourrais faire d'autre.

Ghost n'aimait pas imaginer Rayne dans des villes et des pays dangereux, mais il n'avait aucune réponse à lui apporter. Il restait détendu sous son corps, lui caressant doucement le dos.

— Mary travaille dans une banque, au pays. Elle me dit qu'elle pourrait m'obtenir un poste là-bas, mais je ne pense pas que ça me conviendrait.

Ils restèrent allongés en silence pendant un moment, chacun perdu dans ses propres pensées.

— Je pourrais toujours être une espionne top-secrète, dit-elle pour plaisanter.

Sa voix était traînante, somnolente. De toute évidence, elle allait bientôt s'endormir.

— Ce n'est pas aussi génial qu'on le dit, répondit Ghost, à peine assez fort pour qu'elle l'entende. Maintenant, dors, princesse. Je veille sur toi.

Peu de temps après, leurs respirations étaient régulières et profondes. Ils dormaient du sommeil des amants comblés, en sécurité dans les bras l'un de l'autre.

Rayne remua et soupira. Elle se sentait *bien*. Mieux que bien, à vrai dire. Merveilleusement bien. Elle venait de faire un rêve fabuleux... Elle allait s'étirer quand elle se rendit compte que deux bras puissants la retenaient.

Elle ouvrit les paupières et étouffa un cri en baissant les yeux.

Ghost était allongé sur le ventre, entre ses jambes, et il la léchait paresseusement. Elle poussa un grognement, rejetant la tête en arrière. Soudain, tout son corps prenait vie, en proie à une violente excitation.

— Depuis combien de temps es-tu là ? demanda-t-elle, intriguée.

— Assez longtemps pour te voir mouiller de plus en plus. J'ai appris que ton corps préférait la stimulation directe sur ton clitoris à des manœuvres plus subtiles.

— Oh, mon Dieu. Ghost, sérieusement ?

— Oui, je suis sérieux. Quand je fais ça... dit-il en écrasant fougueusement la langue sur son clitoris, la faisant sursauter... Tu mouilles bien plus que lorsque je fais ça.

Sur ce, il passa la langue autour de l'affleurement nerveux, l'évitant soigneusement. Cette deuxième démonstration était agréable, mais ce n'était pas comparable avec le coup de langue franc et vigoureux sur son clitoris.

— Oui, d'accord... Je veux bien te croire.

Rayne sentit un doigt épais la pénétrer et réprima à peine un gémissement.

— Mais je me disais... reprit-il.

— Oh, oui !

Ghost continua comme si Rayne ne l'avait pas interrompu.

— Je me disais que j'avais vu deux tatouages, pourtant tu en as trois. Je n'ai pas encore trouvé le dernier. J'ai vérifié tes chevilles et tes bras pendant ton sommeil, mais je n'ai rien vu. Il ne me reste qu'un endroit où chercher. Tourne-toi, princesse.

— J'aimerais regarder les tiens, Ghost.

— Tu le feras... après. Tourne-toi.

Non sans nervosité, car elle ignorait ce que Ghost penserait de son tatouage – il était très différent des autres –, elle se retourna maladroitement, enfouit son visage dans ses bras et retint son souffle.

— À genoux, princesse.

Ghost exerça une pression sur ses jambes et elle se mit à quatre pattes, toujours penchée en avant. Elle se sentait particulièrement exposée, les fesses en l'air et les seins lâches, mais c'était une position parfaite pour donner à Ghost un aperçu plus personnel de son tatouage.

Comme il ne disait rien, Rayne fit un commentaire :

— Il est un peu plus grand que les deux autres.

Devant le silence persistant de Ghost, elle risqua un œil derrière elle. Elle ne savait pas à quoi s'attendre. Le tatouage était bel et bien plus grand que les autres. En réalité, il occupait tout le bas de son dos. Quand elle s'était rendue au salon, ce n'était pas pour quelque chose d'aussi voyant, mais l'artiste avait dessiné exactement ce dont elle avait envie. C'était si beau qu'elle avait accepté sa suggestion, optant pour un tatouage plus grand que prévu.

— Ghost ?

— Tu n'as pas idée à quel point il est parfait.

La voix de Ghost était basse, presque révérencieuse.

Enfin, Rayne sentit qu'il la touchait. Il laissa courir ses doigts le long de son dos, soulignant les contours du tatouage.

— Dis-moi ce qu'il représente pour toi, demanda-t-il avec une intonation à la fois douce et insistante.

Elle posa sa tête sur l'oreiller, tournée sans le voir vers le réveil sur la table de chevet. Il était deux heures et demie du matin. Ils n'avaient dormi qu'une heure et demie.

— L'aigle illustre mon métier... l'amour pour la vie dans le ciel et pour mon pays. Le logo de l'armée est en l'honneur de Chase. J'ai choisi une fleur dans les serres d'une patte et un fusil dans l'autre pour représenter mon frère et ma sœur... Samantha adore les œillets.

— Et l'éclair ?

Rayne ne comprenait pas son timbre de voix, mais elle poursuivit :

— Tu te rappelles quand je t'ai raconté ma plus grande frayeur dans l'avion ? Avec l'éclair ? C'était un moment important de ma vie... et je me suis dit que ça irait bien avec le reste du tatouage.

— C'est parfait, dit Ghost dans un souffle.

Il n'en croyait pas ses yeux. S'il avait dessiné un tatouage pour lui-même, il serait en tout point semblable à celui qui s'étendait à l'encre sur ses reins. L'aigle, le symbole patriotique des États-Unis, dont les ailes déployées faisaient toute la largeur de son dos. Le bout de chaque aile était légèrement recourbé au niveau de sa taille. Le logo de l'armée, le fusil... même l'éclair, intégré au logo de la Delta Force, figurait sur le tatouage. Le seul détail qu'il n'aurait pas inclus, c'était l'œillet... il l'aurait remplacé par une baguette magique ou quelque chose de ce genre. Certes, les princesses n'avaient pas de baguette, mais ça lui ferait penser à Rayne.

Ghost se sentit durcir douloureusement. Putain, cette femme était faite pour lui.

Il secoua la tête comme pour le refuser. Non, elle n'était pas pour lui. C'était impossible. Elle le prenait pour John Benbrook. Elle ne savait rien de lui. Elle ne devait rien savoir, pour leur sécurité à tous les deux.

Il se pencha, prit un préservatif sur la table de nuit et eut tôt fait de le dérouler sur sa queue d'acier. Il s'avança jusqu'à sentir sa chaleur contre lui, puis il souleva ses hanches, l'alignant à la perfection.

— Attends, murmura-t-il avant de s'enfoncer jusqu'aux bourses, en un seul coup de reins.

Il gardait les yeux rivés sur l'aigle tout en se retirant pour la pénétrer à nouveau. Ghost lui caressait le dos, les dents serrées pour contenir l'émotion qui l'étreignait. Elle était parfaite. Aussi délicieuse qu'une sucrerie. Attentionnée et loyale envers ses amis et sa famille. Mais cet énorme tatouage dans son dos indiquait aussi un côté rebelle.

Faite pour lui.

Putain. Il devait arrêter d'y penser.

— J'en déduis que tu approuves le tatouage ? gémit Rayne, un sourire dans la voix.

— Oui. Je l'approuve, princesse. Oh, oui, je l'approuve.

Rayne retenait son souffle tandis que Ghost la labourait par de petits coups vigoureux. Elle se plaqua contre lui, se redressant sur les mains et les genoux lorsqu'il redoubla d'ardeur.

— Touche-toi, Rayne. Jouis sur ma queue.

Ses paroles avaient beau être crues, elles excitaient Rayne au plus haut point. Soutenue à une main, elle tendit le bras sous son corps vers leur point de jonction et le caressa au moment où il s'écartait. Elle l'entendit pousser un juron.

— Touche-*toi*, princesse, pas moi.

— Mais j'aime te toucher, dit-elle en faisant la moue.

— J'aime aussi que tu me touches, mais si tu continues ce sera terminé trop tôt.

— Rabat-joie, murmura-t-elle en reportant son attention sur son propre corps.

Tandis que Ghost allait et venait dans son écrin sensible, elle se mit à caresser son clitoris, doucement d'abord, puis avec plus de vigueur. Bientôt, elle sut que l'orgasme était proche.

— Je vais jouir, Ghost.

— Oui, c'est bien. Je veux le sentir.

Rayne exerça une dernière pression contre son clitoris, puis elle posa sa main pour garder l'équilibre quand l'orgasme déferla. Elle se cambra vers lui en tremblant. Heureusement que Ghost était derrière elle et la soutenait, car elle serait tombée la tête la première contre le matelas.

— Oh, Rayne, oui ! Tu es tellement bonne. Je vais...
putain...

Ghost se retira du corps encore tremblant de Rayne et
arracha le préservatif. Avec sa main, il exerça un va-et-vient
autour de sa queue, puis un autre, et vit son sperme gicler
sur le dos de Rayne, en plein milieu de son tatouage. Il se
caressa encore à quelques reprises, se vidant au maximum.
Puis, à deux mains, il l'étala au bas de son dos... sur son
tatouage.

Il prit de grandes inspirations tout en voyant sa peau
absorber lentement son sperme. Ce n'était pas ce qu'il avait
prévu de faire, ni même quelque chose qu'il avait déjà fait
auparavant, mais il avait envie de la marquer de son
empreinte. Il voulait enduire ce tatouage. Ce tatouage était
important pour elle, et tout ce qu'il représentait se rappor-
tait également à sa propre vie.

— Tu vas bien ?

La voix de Rayne était à la fois basse et soucieuse. De
toute évidence, il lui caressait le dos depuis plus longtemps
qu'il ne le pensait. Les yeux de Ghost se posèrent sur les
siens. Elle était hissée sur un coude et le regardait. Il caressa
une dernière fois son tatouage, baissa les mains et s'éloigna
d'elle pendant quelques instants, lui laissant la place de se
retourner. Il poussa un soupir de regret quand le tatouage
disparut à sa vue.

— Je vais mieux que bien, princesse.

Rayne s'assit et posa une main sur son torse.

— À mon tour de regarder le tien. Allonge-toi.

Il sourit et s'étendit à côté d'elle, pliant un bras derrière
sa tête.

— Fais-toi plaisir.

De sa main libre, il désignait son côté.

Rayne se pencha en avant sans prêter attention à sa

propre nudité et observa les mots inscrits sous ses côtes gauches. Ghost savait qu'ils ne trahiraient aucun de ses secrets. Ses coéquipiers et lui avaient réfléchi longuement avant de décider ce qu'ils se feraient tatouer sur le corps. C'était leur code, leur credo. La citation comportait la raison de leur combat et ce que leur service signifiait pour eux.

Je défendrai mes frères et leurs femmes,
  Sans oublier que la liberté se paie.
  Discrétion, rigueur et humilité.

Ghost savait que ce n'était pas vraiment de la poésie, mais ça leur plaisait, à ses coéquipiers et lui. Ils se sentaient tous frères. Ils se protégeraient jusqu'à la mort, mais ils avaient inclus dans la citation les femmes qu'ils pourraient avoir dans l'avenir. C'était important pour chacun de savoir que l'équipe défendrait aussi leurs femmes… s'il devait leur arriver quelque chose.

Quant à la dernière ligne, c'était une référence à leur métier d'agents de la Delta Force. Peu de gens les connaissaient ni ne savaient ce qu'ils faisaient, et ils devaient rester discrets.

Ghost attendit que Rayne lise les mots sur sa peau. Elle effleura chaque ligne du bout des doigts, comme il l'avait fait avec son tatouage. Il frissonna, convaincu qu'il se souviendrait pendant le restant de ses jours de la sensation de sa main alors qu'elle caressait ce qui le représentait le plus intimement.

— C'est très beau.

— Oui.

— Ça te va bien.

Ghost pencha la tête d'un air interrogateur, l'encourageant à s'étendre à côté de lui.

En se blottissant contre son flanc, la tête sur son épaule et le bras autour de son corps, elle dit en hochant la tête :

— Oui. J'ai dit pour plaisanter que tu étais un espion, mais si je devais vraiment deviner, je dirais que ton métier est en lien avec l'armée.

Lorsqu'il se crispa, elle posa la main sur son cou dans un geste rassurant.

— Je me suis sentie en sécurité aujourd'hui. Totalement. Je me fichais que le chauffeur de taxi soit louche, parce que j'étais avec toi. Je ne serais jamais montée dans cette grande roue si tu n'étais pas là. Et je n'aurais jamais, au grand jamais, couché avec toi si je ne te faisais pas confiance. Tout ce que je dis, c'est que tu es le genre de gars que j'aimerais avoir dans mon camp si je me battais pour mon pays.

Ghost ne dit rien, mais il changea de position afin de poser une main au creux de son dos, sur son tatouage.

— Je te trouve formidable, moi aussi, dit-il à voix basse.

— Hmm. C'est la première fois que je suis contente que mon vol ait été annulé.

— Moi aussi, princesse. Moi aussi.

Ghost garda les bras autour de Rayne tandis qu'elle sombrait dans le sommeil et dormait pendant les deux heures qui suivirent. Il avait envie de faire tant de choses avec elle. Il y avait tant de positions qu'il n'avait pas eu le temps d'essayer, mais de toute évidence, elle était épuisée. Elle avait le sommeil profond et ne remua même pas lorsqu'il effleura son sein du bout des doigts. Ses tétons se raidirent sous sa caresse, mais sa respiration demeurait régulière. Ghost avait envie de prendre dans sa bouche ses tétons durs comme de la pierre, de les voir rebondir tandis qu'elle le chevaucherait, mais il n'avait pas le cœur de la réveiller.

Il ne s'était encore jamais senti aussi bien. Jamais.

D'habitude, il avait quitté le lit et il était de retour chez lui cinq minutes après son orgasme, mais avec Rayne, il était détendu... et excité. Même si elle dormait.

Elle était belle. Sa peau était douce, son teint harmonieux. Ses seins étaient assez gros pour qu'il les tienne dans ses mains, mais pas au point de déséquilibrer sa silhouette. Elle avait un petit ventre et des cuisses qu'il pouvait empoigner sans craindre de lui faire mal. Il avait envie de lui faire l'amour de mille manières, d'apprendre à la connaître... mais chaque seconde qui s'égrenait les rapprochait de la fin.

Il savait qu'il jouait avec sa chance, mais il ne quitta pas son lit avant d'avoir dépassé d'une heure le moment qu'il s'était fixé. Après s'être habillé, Ghost se pencha sur Rayne qui dormait sur le ventre, un oreiller contre sa poitrine, et déposa un baiser sur sa tempe.

— Envole-toi, princesse, murmura-t-il à son oreille avant de se lever.

Ghost se retourna et se dirigea vers la porte. Il s'arrêta, une main sur la poignée. Avec un soupir résigné, il revint auprès de la femme merveilleuse dans le lit et tira lentement le drap, révélant la courbe de sa colonne vertébrale... et le tatouage qui lui avait fait perdre l'esprit. Il le regarda longuement, en proie à un dilemme intérieur. Elle avait réussi à capter l'essence même de sa personne sans pourtant le connaître. C'était troublant ! Ghost savait qu'il se montrait sentimental, mais c'était plus fort que lui.

La partie de son être qui souhaitait conserver éternellement un souvenir de cette nuit l'emporta, et il s'empressa de sortir son téléphone pour immortaliser le tatouage unique, prenant soin de ne rien photographier d'indécent. Son beau fessier n'était que pour ses yeux.

Il ramena délicatement le drap sur elle et se pencha une dernière fois. Inspirant son parfum, mélange de sexe et de fragrances estompées, il posa un baiser sur ses propres doigts avant de les porter contre les lèvres de Rayne. Puis il se retourna brusquement et se dirigea à nouveau vers la porte. Il sortit sans un bruit et disparut dans l'immense métropole comme s'il n'avait jamais existé.

9

Une sonnerie stridente tira Rayne d'un profond sommeil. Elle se pencha et répondit d'un ton vaseux.

— Allô ?

Elle écouta le message de réveil pré-enregistré, raccrocha et se redressa lentement. Elle regarda à côté d'elle et constata qu'elle était seule dans le lit.

— Ghost ?

Sa voix résonna dans la chambre vide. Au fond, elle était consciente qu'elle ne le trouverait pas, mais elle se dégagea des draps et posa les pieds au sol. Elle rejoignit la salle de bain sur la pointe des pieds et jeta un œil à l'intérieur. Personne.

Elle ramassa le débardeur et le pantalon qu'elle portait la veille au soir, les enfila et s'approcha de la fenêtre pour regarder à l'extérieur. La grande roue du London Eye était immobile et silencieuse, attendant le prochain groupe de touristes. Big Ben et l'Abbaye de Westminster paraissaient tout aussi imposants et majestueux que la veille. En fait, tout était identique, y compris le ciel nuageux... mais Rayne se *sentait* différente.

Ghost avait été franc et honnête avec elle depuis le début. Il lui avait dit qu'il était l'homme d'un soir et qu'il ne s'engageait jamais dans une relation de couple. Elle lui avait répondu que ça ne la dérangeait pas, et c'était vrai, mais quand il l'avait serrée dans ses bras en lui offrant de multiples orgasmes, ses barrières avaient cédé. Elle s'était mise à imaginer qu'ils se réveilleraient tous les deux au matin, qu'il lui annoncerait qu'il ne pouvait pas vivre sans elle. Ils rentreraient aux États-Unis et sortiraient ensemble pendant quelque temps avant sa demande en mariage.

C'était ridicule. Elle avait passé l'âge de vivre dans un monde idéalisé.

Soudain glacée, Rayne retourna au lit et se blottit sous les couvertures. Elle ramena le drap sous son menton et se roula en boule sur le côté. Tournant la tête, elle prit une inspiration. Seigneur, l'oreiller avait encore l'odeur de Ghost.

Ghost. Le fantôme. Ce surnom lui allait à merveille. Elle ne savait absolument rien de lui, si ce n'est qu'elle se sentait en sécurité à ses côtés. Elle se sentait désirée, attirante. Il avait un tatouage et... quoi d'autre ? Il s'appelait John Benbrook et il habitait à Fort Worth. Cette pensée la réjouit. Elle pourrait le chercher quand elle rentrerait chez elle, et...

Non. Il était parti. Ils avaient passé une nuit ensemble, c'était tout. Il ne voulait rien de plus. Sinon, il le lui aurait dit. Rayne en avait la conviction. Pour lui, elle n'était qu'un coup d'un soir, voilà tout.

Enfin, elle rejeta le drap et descendit du lit pour la deuxième fois de la matinée. Très bien. Après tout, elle était une femme du monde. Elle pouvait vivre une aventure d'un soir et garder toute sa dignité. Non que coucher avec quelqu'un le jour où on le rencontrait soit très digne, mais tout de même. Elle en était capable.

Rayne se livra à sa routine matinale habituelle. Elle prit une douche et se prépara pour aller travailler. Elle rentrerait chez elle à Dallas/Fort Worth, puis elle aurait deux jours de congé avant de reprendre l'avion. Elle ne se rappelait plus où aurait lieu son prochain service, au Moyen-Orient peut-être. Ce n'était pas sa destination préférée, mais elle était impatiente de reprendre le travail et d'essayer d'oublier l'homme merveilleux qu'elle avait rencontré.

Alors qu'elle quittait l'hôtel, le concierge lui tendit un mot en disant :

— Votre compagnon m'a demandé de vous remettre ceci en s'excusant d'avoir dû partir aussi tôt.

Rayne remercia poliment l'homme. Elle ne put s'empêcher de rougir, certaine qu'il savait que Ghost s'était enfui au petit matin et qu'ils étaient presque deux inconnus l'un pour l'autre.

Elle rangea le message dans sa poche. Elle n'était pas encore prête à le lire. Elle arriva à Heathrow juste à temps pour retrouver les autres agents de bord avec lesquels elle travaillerait. Elle avait espéré que Ghost serait dans son avion, comme c'était prévu la veille, mais quand arriva le moment de fermer la porte, il n'était pas là.

Quatre heures après le décollage, une fois qu'ils eurent servi le premier repas et les premières boissons, Rayne sortit le mot que Ghost lui avait écrit. Elle y avait pensé pendant des heures et ne pouvait plus retarder sa lecture. Dépliant la petite feuille de papier, elle la lissa avant de la lire :

Princesse,

Je t'ai dit que je ne m'engageais jamais... et c'est la vérité. Mais ce matin, pour la première fois de ma vie, j'aurais aimé qu'il en soit autrement. Prends soin de toi.

~ Ghost

Les yeux secs, Rayne glissa le message dans le livre qu'elle lisait avant que sa vie tout entière bascule sur son axe. Consciente que désormais, et pendant un long moment, il y aurait un avant et un après Ghost, elle soupira.

Se laissant aller sur l'appuie-tête, elle ferma les yeux et murmura à part elle :

— Ne prends pas tes rêves pour des réalités.

* * *

Keane Ghost Bryson, parfois connu sous le nom de John Benbrook, était assis en première classe, la seule place qu'il avait pu trouver au dernier moment ce matin. Il regardait la photo sur son téléphone. C'était Rayne qui le regardait en riant, devant le Palais de Buckingham. C'était un vrai rayon de soleil malgré la brume ambiante. Elle avait les bras autour de sa taille et il baissait les yeux sur elle comme si elle était le bien le plus précieux dans ce monde. Le balcon qu'elle souhaitait tant voir était flou en arrière-plan.

Ghost pouvait presque sentir ses bras et entendre son rire. Il soupira et effleura l'écran du pouce pour passer à la photo suivante. Il réfléchissait déjà aux modifications qu'il apporterait au tatouage qu'il envisageait de se faire. Il en avait *besoin*. Avec le même tatouage sur sa peau, il aurait presque l'impression de l'avoir dans sa vie.

Alors que Londres disparaissait en contrebas, Ghost savait qu'il avait laissé dans cet hôtel la meilleure chose qui lui soit jamais arrivée. Il avait failli remonter dans la chambre à deux reprises avant de griffonner un petit mot et demander au concierge de le remettre à Rayne.

S'il était un autre homme... mais ce n'était pas le cas. Il était un agent de la Delta Force et il devait sa vie à son pays pendant au moins cinq autres années. Il ne demanderait à aucune femme de subir l'inquiétude d'être mariée à quelqu'un comme lui. Il ne serait jamais capable de lui dire où il allait ni quand il rentrerait. Ils ne pourraient jamais s'asseoir et discuter de leurs projets communs.

Sans parler des enfants qu'ils auraient. La possibilité que son enfant se retrouve orphelin de père était bien plus élevée que la moyenne... même pour un soldat. Non, c'était mieux ainsi. Rayne trouverait un autre homme, qu'elle pourrait aimer et en qui elle aurait confiance.

Cela n'empêcherait pas Ghost de regretter ce qui aurait pu exister entre eux. Il aurait aimé rencontrer Rayne des années plus tôt, passer plus de temps avec elle, ou...

— Bon sang, murmura-t-il, interrompant le fil de ses pensées. Ne prends pas tes rêves pour des réalités.

10

———

Six mois plus tard

Rayne soupira lorsque Mary la réprimanda pour la millième fois.

— Tu dois te sortir la tête du sable et revenir dans le jeu, Rayne.

— Je sais, Mary. Je *sais*.

— Tu dis ça, mais tu te comportes autrement. Écoute, on en a déjà parlé. Je sais que tu as passé un merveilleux moment avec Ghost et je suis ravie pour toi que tu aies enfin sauté le pas avec cette histoire d'un soir... mais il a quitté Londres sans te dire au revoir, à l'exception de ce mot énigmatique, et tu n'as plus jamais entendu parler de lui. Je ne comprends pas où est le problème.

Rayne soupira, la main sur son menton, remuant négligemment sa paille dans son Martini au Midori. Elle ne comprenait pas son problème, elle non plus. Ghost avait toujours été franc et sincère avec elle.

Il lui avait dit que les relations de couple n'étaient pas

faites pour lui. Il lui avait dit que leur histoire ne durerait qu'une nuit. Et le pire, c'était qu'elle avait accepté. Mais entre le moment où Ghost avait dardé sur le chauffeur de taxi un regard assassin qui lui aurait fichu la frousse et celui où il avait caressé le tatouage dans son dos, elle était tombée amoureuse de lui... pour de bon.

Ils avaient fait l'amour – non, ils avaient baisé – à plusieurs reprises cette nuit-là et elle s'était abandonnée. Il était à la fois tendre et dominant. Il l'avait attisée, et même s'il lui avait clairement fait comprendre qu'ils ne passeraient qu'une nuit ensemble, elle avait fait exactement ce qu'il redoutait qu'elle fasse : elle avait cru qu'ils pourraient vivre quelque chose après cette nuit-là.

Son réveil dans la chambre d'hôtel, encore endolorie et comblée, mais seule, n'avait pas été facile. Même le mot qu'il lui avait laissé pour lui dire qu'il regrettait de ne pas être différent n'avait pas suffi à lui permettre d'oublier.

Mary soupira.

— Ça fait six mois, Rayne. Il ne reviendra pas. Tu ne peux pas t'infliger ça. Tu dois recommencer à sortir.

— Tu as raison. Je sais bien que tu as raison.

— Bien sûr que j'ai raison, se récria Mary avant d'aspirer à la paille le reste de son rhum au Coca Light. Bon, je ne dis pas que tu dois ramener l'un de ces types chez toi et faire tout le kamasutra avec lui d'ici demain matin, mais lâche-toi un peu et amuse-toi. Viens, allons danser. Rien que danser.

Rayne hocha la tête et se pencha pour terminer son verre. Mary avait peut-être raison, mais ça ne la réjouissait pas. Bien sûr, il était temps de passer à autre chose. Il était *grand* temps qu'elle passe à autre chose. Mais aucun des hommes qu'elle avait rencontrés depuis cette nuit incroyable à Londres, des mois plus tôt, n'arrivait à la cheville de Ghost et ne lui faisait ressentir un iota de ce qu'elle avait ressenti avec lui.

Dès qu'elle l'avait vu à l'aéroport d'Heathrow, elle avait senti quelque chose. Il était assis, un bras sur le dossier du siège voisin. Il tournait le dos au mur, comme s'il observait les gens qui l'entouraient. C'était un condensé de testostérone, et même si beaucoup l'évitaient, Rayne se sentait attirée par lui comme un papillon de nuit par une flamme.

Elle ignorait ce qui lui avait donné le cran d'aller lui parler comme à un vieil ami, mais elle l'avait fait. Ils s'étaient mis à discuter, et l'instant d'après, ils visitaient Londres ensemble.

Le déjeuner, l'Abbaye de Westminster, le Palais de Buckingham et le London Eye. Tout cela était merveilleux, mais ce n'est qu'après leurs corps-à-corps qu'elle avait senti son désir se changer en un sentiment plus profond.

Oh, il était évident que Ghost avait beaucoup d'expérience en la matière, mais c'était son comportement avec elle qui avait fait battre son cœur. C'était stupide, il était sans doute ainsi avec chaque femme qu'il mettait dans son lit, mais elle ne pouvait aller à l'encontre de ses sentiments.

Il avait pris son temps avec elle, découvrant lentement son corps. Il lui avait donné l'impression qu'elle n'était pas un coup d'un soir, et c'était précisément ce qui lui faisait le plus de peine. Jusqu'au dernier moment, il n'avait pas cessé de s'interrompre pour lui demander si elle était certaine de le vouloir. Il s'était comporté en véritable gentleman et le mélange entre le mâle dominant, le dur à cuire capable de tout endurer, et l'homme prévenant, attentif à son ressenti et qui n'avait pas son pareil pour la faire grimper aux rideaux, était aussi irrésistible dans son souvenir qu'il ne l'était dans cette chambre d'hôtel à Londres, quand elle était dans ses bras.

Elle songea à la visite qu'elle avait rendue sur un coup de tête au salon de tatouage. Trois mois plus tôt, elle était retournée voir le même artiste qui avait dessiné celui qu'elle arborait au bas du dos et lui avait demandé cet ajout. Elle n'en avait pas parlé à Mary, mais comme elle savait qu'elle ne pouvait rien cacher à sa meilleure amie, elle avait décidé de garder le secret jusqu'à ce qu'il cicatrise. Puis elle le lui avait montré. Mary s'était exclamée :

— Oh, Rayne. C'est magnifique. Je crois que tu n'aurais pas dû le faire, mais c'est magnifique.

Rayne n'avait jamais songé que son tatouage était spécial, et pourtant chaque fois qu'elle se rappelait les caresses de Ghost dans son dos et le moment où il l'avait marquée en éjaculant, elle en avait le frisson. D'une certaine manière, elle avait souhaité immortaliser cette nuit... la rendre plus permanente qu'elle ne l'avait été.

Elle n'aurait jamais cru être du genre à se faire tatouer, mais tout avait commencé avec le petit symbole chinois du mot *force*, sur la ligne du maillot. Quand on avait diagnostiqué à Mary un cancer du sein, elles étaient allées se faire tatouer ensemble, se jurant d'être fortes quoi qu'il advienne. Puis Mary avait vaincu la maladie et Rayne avait ajouté le petit ruban rose sur sa peau, pile sous son sein gauche. Elle n'avait jamais rien ressenti d'aussi douloureux, mais elle l'avait enduré courageusement en se disant que Mary avait subi bien pire.

Après une longue discussion avec son frère un soir, elle avait pris la décision de se faire faire un troisième tatouage. Elle voulait quelque chose de discret et féminin, mais quand elle était ressortie du salon, c'était avec un dessin sur toute la largeur de son dos. Elle voulait le regretter, mais elle en était incapable. Il représentait sa famille, et à ses yeux, c'était plus important que tout. L'aigle se dressait fièrement, les ailes déployées presque recourbées sous ses côtes. C'est dire comme il était grand.

La dernière fois que Ghost l'avait prise, quand elle était penchée devant lui, il avait eu une réaction presque viscérale en voyant son tatouage. Elle ignorait pourquoi, mais il l'avait prise avec plus de force et plus d'intensité qu'à n'importe quel autre moment de la nuit.

Rayne avait demandé à l'artiste d'ajouter Big Ben derrière l'aigle, toujours dans son dos, mais du côté gauche. Ainsi, il avait reproduit à la perfection la silhouette du monument anglais à côté du rapace, parvenant même à intégrer l'éclair dans le dessin de l'horloge. Elle lui avait demandé de placer les aiguilles à deux heures et demie... la dernière fois qu'elle avait songé à regarder l'heure quand elle était avec Ghost.

Puis l'artiste avait ajouté *Discrétion, rigueur et humilité* dans une écriture raffinée autour de la pointe de l'horloge. Ces mots étaient gravés sous les côtes de Ghost et ils lui allaient comme un gant. Il n'était pas le genre d'homme à attirer l'attention sur lui, il faisait son devoir sans se faire remarquer.

Le dernier ajout à ce tatouage déjà bien plus imposant qu'elle ne l'avait souhaité au départ était un petit fantôme flottant autour de la pointe de l'horloge. Il semblait en décalage avec le reste de l'œuvre et même l'artiste avait protesté, mais elle avait insisté afin d'avoir un rappel indélébile de la journée et de la nuit les plus mémorables de sa vie.

Rayne s'était dit qu'elle risquait de le regretter, mais elle l'avait fait malgré tout. À présent, trois mois après cet ajout, elle était toujours sans nouvelles de cet homme qui avait su toucher son cœur avec une force aussi inexplicable, et pourtant elle ne regrettait absolument rien. Ce tatouage l'apaisait. Elle se sentait bien.

— Tu viens ? lança Mary avec humeur.

Rayne se rendait bien compte que Mary arrivait à bout de sa patience envers le marasme de son amie.

— J'arrive, ma belle, il n'y a pas le feu ! plaisanta Rayne en s'écartant de la petite table du bar à thème où elles étaient assises.

Un sourire aux lèvres, elle rejoignit Mary sur la piste de danse en bois. Une chanson au rythme plus enlevé succéda à la précédente et elles s'en donnèrent à cœur joie en riant. Elles ne dansaient pas très bien, ni l'une ni l'autre, mais elles étaient expertes en country.

Elles avaient l'air un peu ridicules, sans doute. Mary était grande et mince. Sa chevelure brune tombait sur ses épaules, et quand elle bougeait, ses quelques mèches roses et violettes virevoltaient. Rayne avait la même taille que Mary, mais elle n'était pas aussi svelte. Elle avait tiré un trait sur les magasins tendance qui ne proposaient que des vêtements compris entre les tailles 32 et 40, mais ça lui était égal. Elle aimait la bonne chère, avait horreur des régimes et elle savait que sa taille était normale. Au diable les médias qui essayaient de faire croire aux femmes que le 36 était la norme.

Rayne se fichait éperdument de sa taille. On ne s'était jamais moqué d'elle et elle ne gardait aucun souvenir d'une période noire où on l'aurait harcelée ou malmenée. Elle adorait Mary, qui portait du 36 sans effort, quoi qu'elle mange. Malheureusement, son amie avait perdu du poids à cause de son cancer. Elle devait faire un petit 34 en ce moment. Les gens étaient ce qu'ils étaient, et qu'importe que l'on fasse du XS ou du XL.

Rayne riait avec Mary tout en dansant. Quelques hommes essayèrent de les draguer, mais pour une fois, Mary ne cherchait pas à caser son amie.

Plus tard ce soir-là, alors que Rayne était au fond de son lit, un peu pompette, elle se remit à penser à Ghost. Mary avait raison. Il était temps de le chasser de son esprit une bonne fois pour toutes. Ça faisait six mois. S'il avait voulu la retrouver et lui déclarer sa flamme éternelle, il l'aurait déjà fait. Et pourtant, rien.

Sans lui demander la permission, Mary avait essayé de le chercher à partir des informations qu'elle avait trouvées sur sa pièce d'identité à l'aéroport et lui avait envoyées. Rayne voulait se protéger et elle s'était dit qu'en communiquant à sa meilleure amie la photo du permis de conduire de Ghost, elle s'assurait que quelqu'un sache avec qui elle était partie explorer Londres.

C'était une bonne idée… si ce n'est que Mary n'avait jamais pu retrouver John Benbrook. Elle s'était même rendue en voiture jusqu'à Fort Worth, à l'adresse indiquée sur la pièce d'identité, et elle avait trouvé un immense complexe d'appartements. Quand elle avait interrogé le bureau d'accueil, on lui avait répondu qu'aucun locataire ne correspondait à cette identité et on avait refusé de lui communiquer les noms des anciens occupants, invoquant la loi sur la protection de la vie privée.

Mary n'était pas prête à baisser les bras, mais Rayne avait fini par mettre un terme à ses recherches, décrétant que la moitié des habitants du Texas devaient avoir une ancienne adresse sur leur permis de conduire. Après tout, qui pensait à avertir le service d'immatriculation tout de suite après un déménagement ?

Pour être honnête, Rayne savait qu'elle aurait de loin préféré que ce soit John, alias Ghost, qui la recherche plutôt que l'inverse. Pourtant, allongée dans son grand lit, elle se remémorait le regret et la tristesse qu'elle avait décelés sur son visage après qu'il l'eut prise par-derrière, les yeux sur son tatouage. Elle y songerait pendant encore longtemps.

Elle avait été anéantie de se dire qu'il regrettait peut-être d'avoir passé cette nuit avec elle. Même avec le mot à la fois énigmatique et tendre qu'il lui avait laissé, il était évident que leur court moment n'était rien de plus que ce qu'il avait annoncé... un coup d'un soir. Un soir magnifique, inoubliable, mais un soir tout de même.

Rayne se tourna sur le côté sans prêter attention à la chambre qui tournait légèrement sous ses yeux à cause de l'alcool qu'elle avait consommé. En fermant les paupières, elle prit la décision résolue de tourner la page une bonne fois pour toutes. Pourtant, elle dit à mi-voix :

— Où que tu sois, John Benbrook, j'espère que tu es en sécurité et heureux.

11

En silence, Ghost fit signe à ses coéquipiers de la Delta Force. Blade et Hollywood arrivèrent derrière lui pour le couvrir tandis qu'ils se frayaient un chemin dans les rues du Caire.

L'Égypte était devenue de plus en plus instable au fil des mois. Les miliciens voulaient prendre le contrôle du gouvernement sans se soucier de tuer des civils pour y parvenir. Jusqu'à présent, les États-Unis se tenaient officiellement à l'écart des escarmouches dans le pays – notamment dans la capitale –, mais officieusement, la Delta Force et d'autres forces d'intervention spéciales étaient envoyées pour recueillir des renseignements et essayer de débusquer les meneurs des Frères musulmans.

Le groupe avait été désigné comme organisation terroriste par de nombreux pays du Moyen-Orient après une révolution de quelques années. Les Frères musulmans étaient un mouvement plus qu'un parti politique, mais quand l'un de leurs partisans avait été élu président d'Égypte, un coup d'État avait suivi et les Frères musulmans avaient été chassés. À présent, ils rassemblaient leurs forces, et les États-Unis ainsi que d'autres pays craignaient des ripostes sanglantes ou une prise de pouvoir.

Au point du jour, le trio progressait en silence dans les rues désertes après un renseignement qu'ils avaient reçu le soir précédent. Apparemment, le groupe tenait une réunion dans une mosquée à l'est de la ville et Ghost et son équipe allaient y jeter un œil pour savoir combien de personnes ils avaient réussi à rallier à leur cause.

S'il y avait entre cinquante et cent participants, le gouvernement ne serait pas très inquiet. Il était peu probable qu'un si petit groupe parvienne à mobiliser des hommes pour renverser le gouvernement. S'ils étaient plus nombreux, en revanche, il faudrait prendre d'autres mesures afin d'essayer d'endiguer les risques.

Ghost fit un signe à Blade et Hollywood, et les deux soldats disparurent dans la lumière grise du matin. S'il ne les regardait pas, il ne saurait pas où ils étaient partis. Ils se mêlèrent aux ombres autour de l'imposante bâtisse et Ghost finit par les perdre de vue. Il savait que le reste de l'équipe – Fletch, Coach, Beatle et Truck – était avec eux. Ils arrivaient de deux directions différentes, mais ils étaient présents, eux aussi, tapis dans l'ombre.

Le rôle de Ghost était de surveiller l'entrée principale, d'observer les véhicules susceptibles d'arriver et les hommes qui en sortaient. Pour l'instant, tout était calme... trop calme, ce qui confirmait qu'ils étaient au bon endroit. Dans une ville comme Le Caire, grouillante d'animation, il aurait dû y avoir du mouvement dans les rues, malgré cette heure matinale. Le silence lugubre et l'absence notable de passants étaient le signe qu'il se passait quelque chose d'alarmant.

Comme cela arrivait parfois, une image de Rayne vint à l'esprit de Ghost alors qu'il montait la garde dans l'ombre d'un bâtiment voisin, tourné vers la vieille mosquée. Elle avait admiré l'Abbaye de Westminster comme si elle n'avait jamais rien vu d'aussi beau de toute sa vie. Ghost passa une main sur son torse, se frottant le cœur sans en avoir conscience.

Elle lui manquait. Rayne posait sur la vie un regard léger comme Ghost en avait rarement vu. Bon sang, il ne l'avait connue qu'une seule journée, mais elle était pétillante, enjouée et il avait sincèrement apprécié les moments passés avec elle. Elle devait être un formidable agent de bord. Quand ils étaient ensemble, elle avait su le mettre à l'aise et lui donner le sentiment d'être le centre de toutes ses attentions. Il l'imaginait aisément discuter avec les passagers, apaiser les angoisses des plus nerveux, amicale et ouverte, capable de rendre plus agréable un trajet somme toute assez ennuyeux.

Une idée en entraîna une autre... Si elle pouvait *le* mettre à son aise, elle en ferait de même avec n'importe quel autre homme à bord de son avion. En l'imaginant sourire ou rire, et même esquiver les avances des hommes d'affaires libidineux qui devaient fréquenter assidûment ses vols long-courriers, il serra les poings le long de son corps.

Ghost prit une grande inspiration en espérant se calmer les nerfs. Cela ne lui servait absolument à rien.

Il n'avait pas le droit d'être jaloux. Après tout, c'était lui qui l'avait laissée. C'était pour leur bien à tous les deux, mais il avait du mal à s'en remettre. La vision de Rayne sous son corps, la tête en arrière alors que l'orgasme la faisait chavirer, apparut dans son esprit et il retint sa respiration pendant quelques instants. Depuis qu'il avait quitté sa chambre, six mois plus tôt, il avait très souvent revécu par la pensée chaque seconde passée avec elle, mais cette image, quand il l'avait fait jouir la dernière fois qu'il l'avait prise, tournait en boucle devant ses yeux.

Elle était absolument parfaite. Elle lui avait fait confiance, l'avait laissé faire ce qu'il voulait lui faire – non, ce qu'il avait *besoin* de lui faire. Ensuite, elle était restée alanguie entre ses bras, aussi confiante que s'ils étaient amants de longue date, et non comme s'ils venaient de se rencontrer le jour même. Ghost se rappelait encore son goût, sa façon de rire, la caresse régulière de ses doigts sur les poils de son torse tandis qu'ils se reposaient entre deux étreintes, l'éclat dans ses yeux quand elle le comparait en plaisantant à un super espion.

Chaque détail de sa personne était gravé dans son cerveau, et au lieu de s'estomper, les images devenaient de plus en plus vives avec le temps. C'était l'expérience la plus étrange qu'il ait jamais connue, sans compter que les souvenirs lui revenaient aux moments les plus inopportuns... comme en cet instant précis.

Ghost tressaillit lorsqu'un camion ralentit devant l'entrée du bâtiment. Merde, il devait se concentrer. La dernière chose qu'il voulait, c'était que ses souvenirs le fassent tuer, lui ou les membres de son équipe.

Le véhicule s'arrêta et un nombre incroyable de silhouettes, bien plus qu'un camion de cette taille n'aurait dû en contenir, en sortit pour entrer dans la mosquée. On aurait dit l'une de ces voitures de clowns, dans les cirques ! Il compta une vingtaine de personnes au bas mot, qui se faufilèrent en silence à l'intérieur. Il n'avait pas manqué de remarquer les fusils et autres armes que les hommes transportaient.

Après trente minutes au cours desquelles les nouveaux venus ne cessèrent d'affluer, Ghost quitta l'ombre du bâtiment où il se cachait et s'engagea dans une ruelle obscure. Il traversa encore quelques rues jusqu'à rejoindre le point de ralliement. Les autres étaient déjà là. Sans un mot, ils montèrent dans le camion qu'ils avaient garé au préalable et retournèrent à leur planque. Cette fois, leur mission n'était ni d'interrompre la réunion ni d'arrêter les miliciens. Leur mission consistait à observer et à transmettre un compte-rendu.

De toute évidence, ce n'était pas une opération de petite envergure. Il y avait bien plus d'une centaine d'hommes impliqués. Manifestement, les Frères musulmans bénéficiaient de nombreux soutiens et le peuple égyptien était à l'aube d'un combat sérieux... peut-être plus tôt qu'on ne le pensait.

Tandis que Beatle les conduisait en silence jusqu'à leur point de rendez-vous, les pensées de Ghost vagabondèrent à nouveau en direction de Rayne. Comment allait-elle ? Était-elle en sécurité ? Où était-elle maintenant ? Était-elle au travail ? Sortait-elle avec quelqu'un ?

Il secoua la tête. Il n'avait même pas le droit de se poser ces questions. Pourtant, en s'humectant les lèvres, Ghost pouvait encore y sentir les siennes. Elles étaient humides et souples sous sa bouche. Il se souvenait de l'avoir réveillée, la deuxième fois, en la léchant entre les jambes. Il avait pris beaucoup de plaisir à lui en procurer avant qu'elle ne frémisse enfin dans ses bras.

Il avait pris son temps à la câliner, à apprendre ses préférences. Elle avait beau dormir, son corps avait réagi en son nom. Ses caresses étaient restées légères, dans un premier temps. Il ne voulait pas la réveiller avant qu'elle soit prête, mais il n'avait pas pu résister à l'envie de goûter son petit renflement nerveux. Dès qu'il l'avait sucé, elle avait remué sous son corps et son sexe était devenu moite presque instantanément, prêt à l'accueillir. Il ne lui avait fallu qu'un doigt et...

— Ghost, nous sommes arrivés.

Ses pensées furent brusquement interrompues par l'annonce de Fletch. Il hocha la tête, retrouvant son rôle de chef d'équipe.

— Au rapport dans dix minutes. Nous ferons notre compte-rendu au quartier général, puis nous ficherons le camp d'ici.

— Ça marche. On se retrouve dans dix minutes, répondit Fletch pour le reste du groupe.

Ghost vit ses hommes entrer dans le petit bâtiment et il prit une grande inspiration. Il devait absolument se sortir Rayne de la tête. Il avait envisagé de se dégoter une jolie célibataire dévergondée ou une expatriée divorcée pour s'amuser pendant une nuit, mais sa queue n'avait même pas réagi à cette perspective. Bon sang, il devait se remettre en selle, mais comment ?

On aurait dit que Rayne s'était fait une place dans son cœur et refusait d'en partir... même s'il lui avait dit qu'il n'était pas homme à s'engager. Son cerveau semblait comploter contre lui, car il ne cessait de lui projeter des images de leurs moments intimes, comme si cela rendait possible une relation avec elle.

Ghost faillit ricaner tout en rassemblant son matériel avant de suivre ses coéquipiers dans le bâtiment. Une relation avec elle ne fonctionnerait jamais. Primo, il lui avait menti... sur toute la ligne, depuis le moment où ils s'étaient rencontrés jusqu'à celui où il avait quitté sa chambre d'hôtel. Secundo, il était membre de la Delta Force, le groupe le plus secret de l'armée américaine. Il ne pouvait pas dire à Rayne ce qu'il faisait, où il était ni même quand il rentrerait.

Jamais une vie de couple ne survivrait à de telles contraintes.

Tertio, il était toujours en danger. Toujours. Dès l'instant où il quittait le pays jusqu'à ce qu'il revienne, on cherchait à le tuer. À le tuer pour ce qu'il avait fait dans le passé et pour ce que l'on craignait qu'il fasse à l'avenir. Les soldats de la Delta Force figuraient sur la liste des cibles prioritaires d'Al Qaeda, ISIS et toutes les organisations terroristes. Ils feraient leur possible pour mettre la main sur l'un d'entre eux... ne serait-ce que pour faire un exemple et dissuader les autres soldats.

Ghost secoua la tête en rangeant son matériel, puis il se prépara pour la réunion avec son équipe. Ça ne pouvait pas fonctionner. D'une manière ou d'une autre, il devait chasser la belle Rayne de ses pensées. Une bonne fois pour toutes.

— Où que tu sois, Rayne Jackson, j'espère que tu es en sécurité et heureuse. Je ne t'oublierai jamais.

12

— Quand viendras-tu me rendre visite ? demanda Chase à sa sœur avec impatience.

Rayne soupira.

— J'aimerais avoir le temps, mais je pars demain matin à l'international.

— Où vas-tu cette fois ?

— France, Italie, Égypte, puis retour en France et à la maison.

— Combien de temps ?

— Je crois que c'est un déplacement de deux semaines.

— Ça fait une éternité que je ne t'ai pas vue, frangine... grommela Chase.

Rayne sourit en retrouvant dans sa voix le petit garçon qu'il avait été.

— Je sais, mais je reviens à la fin du mois. On pourra se voir.

— J'y compte bien, rétorqua Chase avant de retrouver une intonation sérieuse. Je n'aime pas te savoir en Égypte. Promets-moi que tu ne feras rien d'imprudent, comme partir en exploration sur un coup de tête.

— Bien sûr que non. L'Égypte est parfaitement sûre, Chase. Le Caire n'est pas une place centrale du terrorisme en ce moment, dit-elle sur un ton impassible.

— Mais tu as vu les infos. Ça bouge là-bas. L'autre jour, j'ai entendu dire que la majeure partie des bateaux de croisière avaient rayé les ports égyptiens de leurs itinéraires. Crois-moi quand je te dis que c'est dangereux.

Dans les paroles de Chase, elle devinait une émotion qui dépassait le simple souci d'un frère pour sa sœur.

— Dangereux ?

— Oui.

Comme il ne lui donnait pas plus de détails, Rayne essaya de le rassurer.

— Chase, sérieusement, ça va aller. Ce sera comme tous les autres vols dans ce secteur. Je prends un avion Athènes-Le Caire. Nous partons en journée et nous revenons le lendemain. Il y aura trois allers-retours, puis j'ai une journée de congé au Caire et enfin Paris, et je rentre. Je l'ai déjà fait. Ce n'est rien.

— Eh bien, une fois de plus, ne te promène pas toute seule. D'ailleurs, l'idéal serait que tu restes à l'hôtel pendant ton jour de congé, mais je suppose que tu n'en feras qu'à ta tête.

Rayne sourit et cala son téléphone contre son épaule tout en sortant un verre de son placard pour se verser un jus d'orange.

— Tu me connais. J'aime explorer. Je ne sais pas si l'occasion se présentera à nouveau. Je te promets que je ne sortirai pas toute seule. Si je n'arrive pas à convaincre quelqu'un de m'accompagner, je resterai à l'hôtel, à m'ennuyer à mourir. C'est dommage d'être en Égypte sans voir le moindre chameau, mais au moins, je serai en sécurité. Tu es content ?

Ce qu'elle ne lui disait pas, c'était que partir en visite toute seule après son escapade à Londres avec Ghost ne présentait plus le moindre intérêt à ses yeux.

— Non, mais je vais devoir m'en contenter. Appelle-moi dès que tu atterriras à Dallas. Tu auras une semaine entière après ton service, n'est-ce pas ?

— Oui.

— Bon, alors tu pourras venir me rendre visite à Fort Hood.

C'était plus un ordre qu'une question, mais comme Rayne avait l'intention de le faire, elle ne protesta pas.

— Ça marche ! Tu as des nouvelles de Sam ?

— Tu connais notre sœur... Elle fréquente tout le gratin à Los Angeles.

Rayne éclata de rire. En effet, elle connaissait bien sa sœur.

— Elle sort avec qui en ce moment ?

— Aucune idée, mais apparemment elle a décroché un rôle dans le prochain *Jurassic Park* qu'ils tournent en ce moment.

Rayne gémit.

— Ne me dis pas qu'elle se fait dévorer par un gigantesque dinosaure génétiquement modifié...

Chase éclata de rire.

— Peut-être. Tu as vu les derniers volets, il y a un tas de figurants qui courent et qui se font croquer par ces carnivores volants. En tout cas, je ne t'ai rien dit. Je suis sûr qu'elle a envie de t'appeler pour te l'annoncer elle-même.

— Motus et bouche cousue. Je suis tellement fière d'elle, et de toi aussi.

La voix de Chase se radoucit.

— Je sais. Mais sérieusement, frangine. Sois prudente.

Ça gronde en Égypte et je n'aime pas te savoir au milieu de ça.

— Je ne serai au milieu de rien du tout... enfin, en pleine ville, c'est tout. Du calme, Chase. J'ai presque vingt-neuf ans, je suis assez grande pour me débrouiller seule.

— Tu as peut-être deux ans de plus que moi, mais je me ferai toujours du souci pour toi.

Elle avait parfois l'impression que Chase était ce que l'on appelle une vieille âme. Il ne se comportait pas comme s'il avait vingt-six ans. Elle était persuadée qu'il gravirait en un rien de temps les échelons du corps des officiers. Pour éviter de verser dans les sentiments, Rayne changea de sujet, assise sur son canapé en zappant sans conviction.

— Et toi, alors, comment vas-tu ?

— Bien. Le mois prochain, je monte en grade.

Elle le savait.

— Tu vas devenir capitaine. Ce n'est qu'une question de temps.

— Je l'espère. Je suis prêt.

— Tu vas assurer. Sais-tu quelle sera ta première mission ?

— Aucune idée. Mais peu importe, je sais que ça me plaira.

— Tu auras une mut' ?

Rayne avait mis un certain temps avant de maîtriser le jargon militaire, mais elle avait fini par s'y faire. La mut', ou mutation, c'était quand l'armée vous affectait dans une base différente.

— Certainement.

— Ça craint.

Chase lui dit en riant :

— Tu as eu de la chance que je sois affecté au Texas.

— C'est vrai.

— Je te tiendrai au courant dès que j'en saurai plus.

— Intérêt !

Ils continuèrent à discuter en riant avant que Rayne lui dise à regret :

— Je dois y aller.

— Un rencard ?

— Ah, ah ! Non. Je dois terminer ma valise et rappeler à Mary de surveiller mon appartement, récupérer mon courrier, ce genre de trucs.

— Un rencard, ça me semblerait plus intéressant. Tu n'es pas sortie avec Mary l'autre soir ?

— Euh... si, et alors ?

— Tu n'as pas rencontré quelqu'un ?

— Pour l'amour du ciel, Chase ! Comme si j'allais te le raconter. Et puis, je ne suis pas une fille d'un soir.

C'était un petit mensonge, mais il n'en savait rien.

— Pitié, Rayne, je ne parlais pas de ramener un type pour la nuit. Je te demandais si tu avais rencontré quelqu'un que tu pourrais envisager de *revoir*. Tu sais... un dîner, un ciné, une promenade sur la plage.

Rayne éclata de rire.

— Nous n'avons pas de plages à Fort Worth. En plus, c'était un bar country. Je n'allais pas rencontrer le futur Monsieur Rayne Jackson dans un bar. Franchement !

— Oh, on ne sait jamais. Tu peux rencontrer le bon n'importe où. As-tu déjà essayé les sites de rencontres ?

— Bon, cette conversation est officiellement terminée, déclara Rayne avec aplomb. Je refuse que mon petit frère me donne des conseils de drague. D'ailleurs, on ne peut pas dire que tu montres l'exemple, Monsieur Tu-devrais-sortir-plus-souvent Jackson.

— D'accord, d'accord. J'abandonne. Tu as raison. Je n'interviendrai pas dans ta vie amoureuse si tu n'interviens pas dans la mienne.

— Marché conclu. Maintenant, je dois vraiment filer. Prends soin de toi. Je t'appelle en atterrissant dans deux semaines pour savoir quand je peux venir passer quelques jours.

— Ça marche. Je t'aime. À plus tard.

— Au revoir, Chase. Je t'aime aussi.

— Bye.

Après avoir raccroché, Rayne s'adossa contre les coussins du canapé en essayant de se motiver pour se lever et terminer de boucler sa valise comme elle l'avait annoncé à son frère. Elle avait de plus en plus de mal à retrouver de l'enthousiasme pour son travail. Les vols ne la dérangeaient pas, mais chaque fois qu'elle avait une escale dans une ville étrangère, elle pensait à Ghost... et c'était douloureux.

Elle n'avait pas menti en disant à Chase qu'elle ne s'aventurerait pas seule au Caire. Elle n'avait plus aucune envie d'explorer les villes où elle séjournait... pas sans Ghost. Avec lui, c'était amusant et elle se sentait en parfaite sécurité. Une main dans son dos, s'interposant entre elle et les passants qui risquaient de la bousculer... C'étaient toutes ces petites choses qui lui manquaient toujours chaque fois qu'elle se promenait seule désormais.

Ce fut la pensée de Ghost, en train de rire avec elle quand ils parlaient d'on ne sait quoi dans l'Abbaye de Westminster, qui la motiva à se lever du canapé pour rejoindre sa chambre. Il avait été d'une patience exemplaire avec elle, même s'il n'était pas ouvertement romantique. Dans ses souvenirs, il souriait toujours, ou il riait, même quand il n'était pas d'accord avec ce qu'elle disait. Toujours patient, mais jamais condescendant. On aurait dit qu'elle avait dressé une liste de tout ce qu'elle désirait chez un homme et qu'il correspondait à chaque critère. Il avait traversé sa vie de manière si furtive qu'elle n'avait même pas eu le temps de comprendre sa chance avant de la perdre.

Rayne ouvrit le couvercle de sa valise et entreprit de la remplir avec le nécessaire pour le voyage. Elle n'avait pas le temps de s'apitoyer sur ce qu'elle ne pouvait pas avoir. Nul doute que cet homme avait des défauts, mais elle ne l'avait pas fréquenté assez longtemps pour les identifier. Elle allait avancer... lentement, mais sûrement. Ce serait peut-être *le* voyage qui lui permettrait de surmonter Ghost une bonne fois pour toutes.

13

Rayne sourit au groupe qui bavardait derrière elle dans le bus. Ils avaient atterri au Caire et l'équipage partageait une navette qui les conduisait depuis l'aéroport jusqu'à l'un des charmants hôtels touristiques des environs. Elle aimait rester avec le même groupe d'agents de bord pendant plusieurs vols. Ça rendait le travail plus facile et le temps passait plus vite.

Il y avait quatre couples dans le bus avec eux, qui discutaient de leurs projets pour le lendemain. Apparemment, ils allaient passer plusieurs jours dans la capitale avant d'aller visiter les fameuses pyramides d'Égypte.

— Vous voulez venir avec nous ?

C'était une Hispanique rondelette qui leur adressait cette proposition. Elle était avec son mari et ils s'étaient tenu la main pendant toute la durée du vol, et même après l'atterrissage. Rayne avait remarqué que l'homme costaud était extrêmement protecteur envers sa femme, gardant sa main dans la sienne la majeure partie du temps. Immanquablement, elle avait pensé au comportement de Ghost avec elle, même si elle s'efforçait de chasser son souvenir.

Rayne se retourna sur son siège et demanda :

— Pardon ?

— Je vous demandais si vous vouliez nous accompagner demain. Nous avons réservé une visite privée et le nombre de participants est de dix au maximum, mais nous ne sommes que huit. Le prix est très raisonnable et nous verrons un tas de choses... les pyramides de Gizeh, le Sphinx, le Musée égyptien, puis nous terminerons par la place Tahrir et nous visiterons le Mogamma, un bâtiment gouvernemental.

— Qu'a-t-elle de spécial, cette place ? Elle n'est pas comme n'importe quelle place de centre-ville ?

La femme s'exclama avec un enthousiasme manifeste :

— Oh, non ! C'est bien plus qu'un rond-point entouré de bâtiments anodins. C'est là que tout le pays s'est rassemblé pour protester contre le gouvernement d'Hosni Moubarak. Il devait y avoir deux cent cinquante mille citoyens qui exigeaient sa démission sur cette même place. Et ça a fonctionné ! Quelques années après, c'est aussi là qu'a eu lieu la révolte contre le nouveau président. Une fois de plus, ils ont demandé sa démission. Je trouve tout cela fascinant. Ce sera formidable de visiter cet endroit capital pour l'histoire du pays !

Le pilote, le copilote, et trois des autres agents de bord déclinèrent poliment, mais Rayne se dit qu'elle avait peut-être besoin de cela pour sortir de son marasme. Visiter la ville en compagnie d'un groupe, voilà qui était parfait. Ensemble, ils ne risquaient pas grand-chose.

Elle se tourna vers Sarah, l'une des nouvelles hôtesses avec qui elle voyageait depuis une semaine et demie.

— Ça te dit ? Nous sommes libres demain.

Sarah acquiesça en haussant les épaules.

— Oui, pourquoi pas ?

— Génial ! s'écria la femme d'une voix vibrante. Je m'appelle Diana. Voici mon mari Eduardo. Nous venons de Houston. Derrière, c'est Paula et son petit ami, Léon, puis Becky et Michael et enfin Tracy et Steve. Nous sommes tous de Houston, nous fréquentons la même église. Nous avons toujours rêvé de voir les Grandes Pyramides, alors nous avons franchi le pas.

Rayne adressa un sourire poli à chacun des couples avant de se tourner vers Diana.

— Alors, quel est le programme ?

— Rendez-vous demain à neuf heures dans le hall de l'hôtel. On passera nous chercher et nous devrions être de retour à l'hôtel vers quinze heures. Ça ne dure que six heures, mais nous verrons le maximum. C'est formidable que vous veniez avec nous !

Ensuite, ils parlèrent du prix et quand le bus se gara devant l'hôtel, Diana s'exclama :

— Ce sera mémorable ! À demain matin !

— Elle est un peu survoltée, non ? dit Sarah tandis qu'elles récupéraient leurs bagages et entraient dans le hall de l'hôtel.

— Oui, mais c'est mieux que l'indifférence. Tu as vu cet autre couple ? Ils avaient toujours les sourcils froncés, commenta Rayne en riant.

— C'est vrai. Je t'avoue que j'ai très envie de visiter la ville, mais je commence à me demander si on ne ferait pas mieux d'y aller de notre côté.

— Non, tout se passera bien. Que pourrait-il arriver ?

* * *

— Oh, mon Dieu. C'est pire que je le pensais ! souffla Sarah tandis que Michael réprimandait le chauffeur.

La matinée avait plutôt bien commencé. Ils s'étaient tous retrouvés à neuf heures précises dans le hall, où ils avaient rencontré leur chauffeur, Hamadi. Il avait un minivan dans lequel ils avaient réussi à s'entasser. C'était serré, mais après tout, ils étaient en Égypte. Tout le monde se déplaçait comme ça.

Ils avaient passé la matinée à admirer les pyramides de Gizeh... la visite était brève, mais elles étaient majestueuses. Rayne n'aurait jamais cru voir le Sphinx un jour. Ils prirent une tonne de photos et passèrent deux heures au Musée égyptien. Enfin, ils se promenèrent sur la place que Diana était si impatiente de découvrir.

À présent, ils allaient visiter le Mogamma, un édifice gouvernemental. Rayne ne le trouvait pas exceptionnel, mais elle suivait le groupe. Après avoir traversé la vaste place autour du bâtiment, ils faisaient la queue avec des centaines d'autres touristes pour attendre leur tour et pénétrer dans l'immeuble imposant.

Ils étaient tous fatigués et ils avaient faim, mais Michael et Becky se montraient particulièrement désagréables.

— J'espère que vous n'attendrez aucun pourboire de notre part. Je croyais que nous avions opté pour la visite grand luxe ? Combien de temps allons-nous devoir attendre dans cette file ? Grand luxe, à d'autres ! vociférait Michael. Debout à cuire en plein soleil. Ridicule !

Rayne regarda le chauffeur. Il s'était montré très patient et s'était débrouillé à merveille pour conduire son minivan dans la circulation chaotique de la ville, mais le couple avait passé toute la journée à se plaindre.

— Ne l'écoutez pas, dit Rayne à Hamadi sur un ton avenant avant de se tourner vers Michael. Vous avez fait un travail formidable aujourd'hui. Nous n'aurions jamais pu voir autant de monuments avec un circuit classique. Merci.

L'homme lui adressa un bref sourire, mais ses yeux demeuraient froids.

— Le karma s'en chargera, lui dit-il avec sérieux, un brin théâtral, avant de se tourner vers le groupe. J'ai les billets d'entrée, mais nous devons attendre dans la file pour passer au poste de sécurité. Une fois à l'intérieur, nous pourrons nous regrouper pour la visite de luxe de ce beau bâtiment.

— Merveilleux, dit Paula. Je suis impatiente d'y entrer.

Pendant toute la journée, elle avait joué les pacificatrices pour éviter que la mauvaise humeur de Michael ne se propage à l'ensemble du groupe.

— Je trouve toujours que c'est n'importe quoi, grommela Michael. Et d'abord, que croient-ils trouver dans nos sacs ?

Sarah se pencha pour murmurer à l'oreille de Rayne :

— Euh, des pistolets, des couteaux et des bombes ? Quel abruti.

Rayne étouffa un petit rire en fixant le sol du regard pour retrouver toute sa contenance. Il y en avait dans chaque groupe. Une personne ou un couple revêche qui se comportait comme un enfant gâté et ne comprenait pas les cultures différentes de la sienne. Elle se demandait bien comment ils pouvaient être amis avec Diana et les autres, si gentils et décontractés. De toute évidence, Michael et Becky ne s'entendaient avec personne.

Pour la millième fois de la journée, Rayne pensa à Ghost. Elle essayait vraiment d'éviter ça, mais c'était plus fort qu'elle. Quand Michael avait critiqué Hamadi devant tout le monde, elle *savait* que Ghost ne l'aurait pas toléré. Il aurait taillé un costard à cet enfoiré sans même se salir les mains.

Avec Ghost, elle se serait sentie plus en sécurité. La ville du Caire n'était pas affreusement dangereuse, comme elle l'avait dit à son frère, mais malgré tout, Rayne était un peu nerveuse. Elle n'arrêtait pas de penser à ce qu'il avait dit, à savoir que ce n'était pas un lieu très sûr. Elle se sentait mieux avec le groupe et leur guide, mais par moments, elle regardait autour d'elle avec méfiance, quand il les déposait devant un site avant d'aller discuter avec d'autres hommes dans des recoins à l'écart.

Il ne faisait rien de suspicieux, mais elle ne pouvait s'empêcher d'être sur ses gardes. Il avait bien le droit de discuter avec ses amis pendant qu'ils visitaient les divers monuments, et pourtant de temps à autre, elle surprenait sur son visage une expression qui ne ressemblait pas à celle du guide affable qu'il affichait le reste du temps. Au fond, Rayne savait que Ghost l'aurait tranquillisée en lui disant qu'elle se faisait des idées. Et même si ce n'était pas le cas, il l'aurait prise par la main et l'aurait ramenée à l'hôtel pour pouvoir...

Elle interrompit ses pensées avant d'aller plus loin. Bon sang, elle devait tourner la page. Son excursion de la journée devait symboliser son premier pas... Malheureusement, il lui manquait encore plus. C'était une erreur et Rayne espérait que la visite du bâtiment serait vite expédiée. Son lit d'hôtel l'appelait. Elle avait un livre à lire et un homme à oublier.

Enfin, ils arrivèrent en première ligne et tous franchirent le portique de sécurité sans encombre, à l'exception de Steve. On lui retira le canif qu'il avait dans sa poche. Il n'était pas très content, mais il se comportait en adulte mature et n'en faisait pas un esclandre, contrairement à ce que Michael n'aurait pas manqué de faire si c'était *son* canif que l'on avait confisqué.

Rayne pensa à la barrette qu'elle portait dans ses cheveux. Chase la lui avait offerte à Noël et elle s'était moquée de lui, mais en fin de compte, elle la portait tous les jours. Elle était d'apparence plutôt simple, mais en réalité, c'était un véritable couteau suisse, comme le vantait son emballage.

Il y avait trois tournevis dissimulés à l'intérieur, un cruciforme, une grosse tête plate et une petite. Il y avait un trou qui pouvait faire office de clé à molette 8 mm, dont un côté servait de règle graduée. Mais pour Chase, les deux dernières fonctions étaient les plus utiles. L'un des côtés de la barrette était en dents de scie. Elle ne pourrait rien trancher de très épais, mais si l'on était assez déterminé, on pouvait causer de sérieux dégâts. Et la cerise sur le gâteau, à laquelle Chase était persuadé que les fabricants n'avaient même pas pensé, ou du moins qu'ils ne présentaient pas en tant que telle, c'était la pointe de la barrette, qui pouvait servir de pique ou d'arme pointue. Chase avait recommandé à sa sœur de viser les yeux si elle devait s'en servir contre un agresseur. Cette diversion lui laisserait le temps de s'enfuir à toutes jambes. Il lui avait dit qu'elle ne devait jamais rester pour tenter de se battre si elle avait la possibilité de détaler.

Pas une seule fois n'avait-on inspecté sa barrette dans les divers points de sécurité qu'elle avait franchis. Cela aurait dû la rendre nerveuse, mais elle se réjouissait de cette protection supplémentaire et de la tranquillité d'esprit qui l'accompagnait. Bien sûr, elle n'avait absolument rien d'un James Bond au féminin, mais si elle était poussée dans ses retranchements, elle pourrait toujours s'en servir pour se tirer d'une situation délicate.

Comme Hamadi l'avait annoncé, après le passage à la sécurité, ils retrouvèrent un autre homme qui les conduisit à l'écart des autres touristes. Hamadi leur expliqua qu'il viendrait les chercher à la fin de la visite, avant de disparaître dans le flot de touristes qui attendaient leurs groupes. Leur nouveau guide parlait anglais avec un fort accent que Rayne avait du mal à comprendre. Elle avait hâte que cette journée se termine. Elle était fatiguée, elle avait chaud, et honnêtement, la visite d'un bâtiment gouvernemental était loin de figurer pas sur sa liste d'envies.

Le nouveau guide les conduisit dans une succession de salles, leur expliquant le rôle de chacune et leur parlant des œuvres d'art accrochées sur les murs. Enfin, après un quart d'heure de visite, l'Égyptien les fit entrer dans une salle sans fenêtres à l'ameublement sommaire. Les plafonds étaient hauts et les murs finement sculptés.

— Attendez ici, ordonna-t-il.

Sa voix résonnait sur les murs caverneux.

— Je reviens.

Avant de leur laisser le temps de répondre – ou plutôt, avant que *Michael* puisse se plaindre comme il en avait l'habitude – l'homme disparut. Il était sorti par l'une des trois portes et son bruit, lorsqu'elle se referma, retentit dans la salle à la décoration succincte. Il y avait là un petit sofa d'apparence rigide, couvert de fausse fourrure, et deux chaises en bois qui semblaient à deux doigts de s'effondrer si l'on s'y asseyait. Un grand tapis rectangulaire marron à franges occupait la majeure partie du plancher. C'était le genre de meubles que l'on pouvait s'attendre à découvrir dans un musée, mais pas dans un bâtiment administratif encore en fonctionnement.

— Michael, je suis fatiguée. Ça m'ennuie. Je croyais que nous verrions des trônes, des joyaux, ce genre de choses. C'est nul.

Rayne poussa un soupir inaudible. Elle s'attendait aussi à ce que la visite soit plus palpitante, mais il ne lui serait pas venu à l'idée de se plaindre comme Becky.

— Ne t'inquiète pas. Je vais trouver Hamadi et je lui demanderai de nous ramener au mini-van. De toute façon, il est presque deux heures et demie, je suis sûr qu'on peut écourter la visite, lui dit Michael sans même demander leur avis au reste du groupe.

Il se dirigea vers la porte que le guide avait franchie et tira sur la poignée, mais rien ne bougea. Perplexe, Michael se tourna vers le groupe.

— C'est bizarre. On dirait que c'est coincé.

— Vous en êtes certain ? demanda Sarah. Elle est peut-être bêtement bloquée.

Michael tira plus fort. Toujours rien.

Léon, un grand gentleman d'une soixantaine d'années, avec des cheveux aussi blancs que les nuages du ciel, s'approcha d'une autre porte. Il essaya d'actionner la poignée, mais de toute évidence, celle-ci aussi était bloquée.

Franchement inquiet, Steve se rua vers la porte par laquelle ils étaient entrés. Il constata qu'elle était fermée à clé. Tout le monde se regardait, hébété.

— Je suis sûre qu'Hamadi ne va pas tarder. Enfin, c'est une visite officielle. Ils ne peuvent pas nous enfermer éternellement dans cette pièce, dit Tracy avec une assurance totale.

— C'est ahurissant ! fulminait Michael en donnant des coups de pied dans la porte derrière laquelle leur guide avait disparu. Je suis *impatient* d'entendre son explication pour cette mascarade.

Même si Rayne n'aimait pas Michael, elle était d'accord avec lui sur ce point. Cela n'avait aucun sens, mais ils ne pouvaient rien faire qu'attendre.

Une demi-heure s'écoula, puis une heure. Rayne s'était assise, adossée contre un mur, et avait refermé les bras autour de ses genoux. Sarah était à côté d'elle.

Léon et Paula s'étaient installés sur le sofa. Comme ils étaient les plus âgés, tout le monde avait accepté de leur accorder un tant soit peu de confort. Paula sanglotait et Léon s'efforçait de la réconforter. Tracy et Steve étaient assis contre le mur opposé, comme s'ils attendaient eux aussi le retour d'Hamadi.

Michael avait fait les cent pas dans la salle tout en pestant et insultant les Égyptiens de tous les noms – une pure bêtise, car presque tous les hommes et les femmes qu'ils avaient rencontrés s'étaient montrés très polis et conciliants. Il avait même frappé sur chaque porte en hurlant à pleins poumons afin qu'on vienne les délivrer, en vain. Au début, Becky aussi s'était fâchée, mais au fil du temps, elle avait commencé à avoir peur... comme le reste du groupe.

Eduardo et Diana étaient assis sur les deux chaises, la main dans la main, comme à leur habitude. De temps à autre, il se penchait pour murmurer en espagnol à son oreille et elle hochait la tête. C'était le couple le plus adorable que Rayne ait jamais connu. Dommage que ce soit en de telles circonstances... bien indéfinissables, du reste.

Sarah se pencha vers Rayne et chuchota :

— Putain, que se passe-t-il ?

Elle se contenta de secouer la tête.

— Aucune idée. Je ne comprends vraiment pas.

— Tu crois que le guide a fait exprès de nous enfermer ? Ou c'était un accident ?

Rayne se posait la même question.

— Il devait bien le savoir. C'est vrai, nous n'avons pas vu beaucoup de monde dans les dernières salles que nous avons traversées. Et il semblait très bien savoir où il allait... n'est-ce pas ?

Comme Sarah acquiesçait, Rayne reprit à haute voix de sorte que tout le monde l'entende :

— Diana, comment avez-vous organisé cette journée de visite ?

Elle leva la tête et Rayne décela une certaine inquiétude dans son front plissé.

— C'était à l'aéroport. Nous avions franchi la douane et nous attendions dans le bus quand Hamadi est venu pour nous demander si une excursion nous intéressait. Il était très gentil et il parlait un anglais parfait. Nous avons négocié un prix et il a dit qu'il passerait nous chercher à l'hôtel ce matin.

— Vous lui avez dit que vous seriez huit ?

— Oh, oui. Il nous a suggéré de trouver deux autres personnes, car il y avait suffisamment de place dans son mini-van. C'est pour ça que nous vous avons proposé de venir toutes les deux.

C'était une méthode souvent employée dans les pays défavorisés, où l'on essayait d'arnaquer les riches touristes qui arrivaient en ville. Les pensées de Rayne étaient en ébullition. Elle songeait à ce que son frère avait tenté de lui apprendre sur la sécurité. Bon sang, l'une des premières choses qu'il lui avait apprises, c'était de ne jamais parler avec quelqu'un qui ne travaillait pas pour un organisme de tourisme légitime et encore moins partir avec eux. Elle croyait que c'était élémentaire et que tout le monde le savait, mais il fallait croire que non. Elle n'avait même pas pensé à poser à Diana et aux autres plus de questions sur la façon dont ils avaient réservé la visite. Elle était partie du principe qu'ils avaient pris leurs précautions. Diana lui avait dit qu'elle avait rencontré Hamadi à l'aéroport, mais Rayne ne s'était pas rendu compte avant cet instant qu'il ne travaillait pas pour un voyagiste réputé. Elle avait envie de se gifler. Chase serait déçu.

— Ils avaient prévu dix personnes, mais huit, ça leur

convenait aussi, dit Rayne, réfléchissant à haute voix. J'ai vu Hamadi parler avec plusieurs groupes d'hommes dans les divers sites touristiques aujourd'hui. Ils manigançaient peut-être quelque chose ?

— Quoi donc ? Putain, mais qu'est-ce que vous racontez, vous ? demanda Michael sur un ton caustique.

— Je ne sais pas *quoi*, la raison pour laquelle nous sommes enfermés dans une pièce sans fenêtres au milieu d'un bâtiment gouvernemental sur la place Tahrir, répliqua Rayne sèchement sans prendre la peine d'être polie.

— Je suis certain qu'on nous a simplement oubliés. Dès qu'ils nous retrouveront, nous retournerons à l'hôtel et nous en rigolerons, dit Paula d'une voix larmoyante.

Au même instant, une détonation se fit entendre dans l'immeuble. Puis une autre, et une dernière qui fit trembler le sol sous leurs pieds.

— Oh, mon Dieu, mais que se passe-t-il ? demanda Sarah en se levant brusquement, en même temps que Rayne.

— Vite, venez tous, ordonna Rayne en retrouvant ses réflexes d'agent de bord.

Une fois de plus, la salle fut ébranlée et des éclats de plâtre se détachèrent du plafond pour pleuvoir sur le petit groupe.

Les quatre couples se plaquèrent contre les murs, suivant l'exemple de Sarah et Rayne, s'éloignant le plus possible de l'origine des détonations. Sarah et Rayne essayaient de rassurer le groupe, faisant appel à leur expérience pour essayer de calmer tout le monde, même si personne ne savait ce qui les rendait aussi fébriles.

Lorsqu'une autre explosion se fit entendre, bien plus proche que les autres, Rayne jeta un regard circulaire dans la salle.

— Sarah ! Aide-moi avec le canapé.

Les deux femmes traînèrent la petite banquette devant le groupe.

— À genoux derrière ! Ce n'est pas grand-chose, mais c'est toujours mieux que rien.

Michael gardait le silence. De toute évidence, il n'avait plus aucune répartie ni remarque cinglante dans ce genre de situation dangereuse. Le groupe se pelotonna derrière la protection dérisoire du canapé en se demandant ce qui se passait.

14

———

Ghost et son équipe étaient assis en silence dans l'avion C-17 qui volait au-dessus de l'océan Atlantique. Ils étaient rentrés de leur mission de renseignements en Égypte deux semaines auparavant, et maintenant ils y retournaient. Cette fois, ce n'était pas pour une mission d'enquête, mais pour un sauvetage.

L'enfer s'était déchaîné en Égypte et le gouvernement américain s'efforçait de rapatrier tous les ressortissants. Les miliciens étaient passés à l'action, en pleine journée, en pleine semaine. C'était audacieux. Personne ne s'y attendait, ce qui avait contribué au succès de l'attaque.

Le coup d'État avait commencé en pleine ville, là où tout était parti à vau-l'eau quelques années auparavant. À présent, les rues autour du bâtiment officiel et de la place étaient désertes. Dans le passé, elles grouillaient de journalistes de télévision et autres médias, mais cette fois, la menace des violences dissuadait tout le monde. Ils avaient placé une série de bombes sur la place et, profitant de cette diversion, ils avaient pris d'assaut l'immeuble gouvernemental.

Leur plan était simple et efficace. Le groupe avait déployé des centaines d'hommes qui s'étaient fait passer pour des guides touristiques. Lentement, mais sûrement, ils avaient infiltré le bâtiment et mémorisé son agencement et son plan. Ils avaient attendu et soudoyé les agents de sécurité. Ils avaient bien calculé leur coup. Chacun des hommes avait amené autant de touristes que possible, si bien qu'il y avait maintenant d'innombrables Américains et ressortissants d'autres nationalités en otage à l'intérieur du vaste complexe. C'était devenu un véritable cauchemar politique.

Les miliciens faisaient défiler leurs captifs devant les fenêtres de l'immeuble. Comme le gouvernement égyptien n'avait pas réagi immédiatement à leurs exigences, ils avaient commencé à les exécuter.

L'armée américaine avait déjà envoyé plusieurs unités sur la zone et ils travaillaient avec l'armée égyptienne pour sécuriser les rues autour de l'immeuble assiégé, mais il avait fallu attendre que les cadavres de deux hommes et deux femmes soient jetés par la fenêtre du deuxième étage de l'un des bâtiments pour que la Delta Force et les forces spéciales ne soient appelées en renfort.

Les corps des touristes tués gisaient toujours là où ils avaient atterri. Toute tentative pour aller les récupérer avait été contrecarrée par les miliciens. De toute évidence, ils aimaient les laisser ainsi à la vue de tous les journalistes qui s'étaient installés dans les immeubles autour de la place. Il y avait des caméras à toutes les fenêtres.

Ghost avait eu la surprise de retrouver à l'aéroport l'équipe des forces spéciales qu'ils avaient secourue six mois plus tôt en Turquie. À l'époque, les forces spéciales escortaient le sergent Penelope Turner chez elle après l'avoir sauvée au nez et à la barbe d'ISIS, mais leur plan avait été découvert ou les terroristes avaient eu la chance de tomber sur eux, toujours est-il qu'ils avaient été interceptés alors qu'ils rentraient. L'équipe de Ghost était alors intervenue, avait fait le ménage dans les rangs et escorté les forces spéciales et le sergent Turner en lieu sûr avant de repartir.

Ils n'avaient pas passé beaucoup de temps avec les autres hommes, mais Ghost et son équipe avaient un profond respect pour l'action des forces spéciales et la façon dont ils avaient géré cette mission. La perspective de travailler à nouveau avec eux lui plaisait. D'après Ghost, son ami de toujours et frères d'armes, Tex, n'était pas étranger au fait qu'ils se retrouvent à cette occasion. Certes, ce n'était pas lui qui décidait quelles missions leur revenaient, mais il avait un don pour réussir ce que d'autres auraient cru impossible. Une suggestion ici, un message codé par là... et voilà ! Honnêtement, Ghost n'était pas étonné d'apprendre que non seulement chacun des hommes de l'équipe des forces spéciales connaissait Tex, mais qu'ils étaient également amis.

Tex connaissait tout le monde. Comme c'était un ancien membre des forces spéciales, il était bien naturel que Wolf et son équipe lui fassent confiance pour les renseignements nécessaires. Tex avait été blessé lors d'une mission et avait pris sa retraite pour des raisons médicales, mais il semblait tout aussi actif aujourd'hui que lorsqu'il travaillait avec les équipes, sinon plus.

Ghost l'avait salué chaleureusement.

— Quel plaisir de te voir, Wolf.

— Pareil pour moi, Ghost. Allons-y, nous ferons le point en chemin.

Ghost et son équipe avaient pour habitude de voyager avec les compagnies aériennes classiques pour des raisons de discrétion, mais la réussite de cette mission était une question de temps et plus vite ils arrivaient au Caire pour contribuer au sauvetage des otages, mieux cela vaudrait. Tout le monde les prenait pour des membres des forces spéciales et non de la Delta Force.

Une fois que les treize hommes furent montés à bord et que l'avion eut décollé, Ghost, le soldat le plus haut gradé, commença le topo, allant droit au but.

— Bon, voilà ce que nous savons... pas grand-chose. Les infos qui nous viennent du Caire sont floues et personne ne semble vraiment savoir ce qui se passe à l'intérieur de ce bâtiment. Le nombre de miliciens n'est pas clair et on ignore combien de personnes ils détiennent en otage.

— Ça fait un sacré nombre d'inconnues ! lâcha Wolf, manifestement agacé.

— On peut le dire, acquiesça Ghost.

— Ce n'est pas idéal, mais nous allons devoir prendre un jour ou deux pour une mission de reconnaissance, déclara Fletch. Nous ne pouvons pas passer à l'action tant que nous ignorerons où sont détenus les otages.

— Je suis d'accord, répondit Abe, soldat des forces spéciales. Nous devons absolument éviter de tuer des innocents lors de l'assaut.

Les hommes avaient horreur de perdre du temps, mais c'était nécessaire.

— Très bien. Élaborons le plan A. Ensuite, nous déterminerons des plans B, C et D. Si tout le reste échoue, on se tire de là et on se replie en sécurité avec le maximum d'otages possible, ordonna Ghost en dépliant la carte sur la table devant eux.

Mozart, un autre membre des forces spéciales, grommela.

— Plus facile à dire qu'à faire.

— Sans blague, rétorqua Beatle.

— Bon, voilà le plan...

En survolant l'océan, les hommes établirent leurs stratégies, avançant leurs arguments et discutant des divers plans d'action. Enfin, plusieurs heures après le décollage, l'avion militaire atterrit. Les treize hommes à son bord étaient armés jusqu'aux dents, prêts à abattre autant d'ennemis que possible et à ramener un maximum d'otages sains et saufs au pays.

* * *

Rayne réprima le gémissement d'effroi qui montait de sa gorge. Ils étaient restés enfermés dans la salle pendant des heures, mais lorsqu'ils avaient enfin été libérés, la situation était pire qu'ils ne l'avaient imaginée.

Un Égyptien maussade avait ouvert la porte, suivi par trois autres hommes. Armés de fusils automatiques, ils leur avaient tout de suite donné des ordres dans leur langue.

Michael, encore lui, eut la stupidité de se plaindre qu'il ne comprenait pas ce qu'ils disaient. Son insolence lui valut un coup de crosse au visage. Après quoi, Michael cessa de se plaindre.

On les conduisit dans une autre salle, où une vingtaine de touristes étaient enfermés, tenus en respect par cinq hommes et jeunes garçons armés. Rayne et Sarah se serraient l'une contre l'autre pour ne pas être séparées. Les autres couples en faisaient de même. La gorge de Rayne se noua lorsqu'elle vit Léon, Eduardo et Steve s'interposer entre les fusils des hommes et leurs épouses. Enfin, une heure plus tard, tout le groupe fut déplacé dans une autre salle, dépourvue de fenêtres cette fois. On ferma les portes à clé, les emprisonnant à nouveau.

La trentaine d'otages passèrent la journée en proie à la faim, à la terreur et à la confusion la plus totale. Rayne se sentait poisseuse dans son t-shirt et son jean, et aussi futile que soit cette pensée, elle rêvait de pouvoir laver sa sueur et sa peur sous une douche brûlante.

À quelques reprises, les hommes tentaient de frapper les portes à coups de poing et de pied, mais en vain. Enfin, alors qu'ils étaient tous morts de peur et avaient abandonné l'idée de se rebeller, ils furent conduits dans une autre pièce. On aurait dit une ancienne salle de bal.

Il y avait des gravures et des peintures aux murs, et des tentures rouges pendaient aux fenêtres comme des rideaux. L'incongruité était saisissante entre l'opulence des lieux et leur situation – ils se sentaient abattus, affamés, malodorants et apeurés. Dans l'ensemble, il devait y avoir une soixantaine d'otages dans la vaste salle. Rayne ignorait leurs nationalités, mais tous ne parlaient pas anglais. Elle reconnut du français, de l'allemand, de l'espagnol et des intonations slaves dans le brouhaha. Quoi qu'il en soit, en cet instant, la nationalité n'avait aucune importance. Ils étaient tous alliés, victimes du destin.

Sarah et Rayne se dirigèrent immédiatement au fond de la salle, loin des fenêtres et des portes, où elles s'assirent contre le mur. D'un ton urgent, Rayne murmura en essuyant la sueur sur son front, causée par le stress et la chaleur ambiante :

— Évite d'attirer l'attention. À tout prix, tu m'entends ? Ne fais pas de crise de nerfs si tout le monde garde son calme. Essaie de ne pas vomir. Ne crie sur personne, n'interviens dans aucune dispute. Si tu attires l'attention, tu deviendras une cible et c'est la *dernière* chose à faire dans une situation comme celle-ci. Il faut te fondre dans la masse, sinon tu es morte, Sarah. Je ne plaisante pas.

— Mais comment sais-tu tout ça ? Je ne me rappelle pas

qu'on nous ait enseigné ce genre de choses à la formation, fit Sarah, abasourdie.

— Mon frère est dans l'armée. Antiterrorisme. Il m'a appris les bases.

Les femmes gardèrent le silence pendant un moment, observant ce qui se passait autour d'elles. Rayne ne fut pas étonnée que Michael essaie de s'imposer en tant que chef du grand groupe. Elle aurait pu lui dire que ce n'était pas une bonne idée, mais de toute manière, il ne l'aurait pas écoutée.

Pendant les deux premiers jours dans la salle de bal, leurs ravisseurs les ignorèrent pour la plupart. Ils apportèrent de gros morceaux de viande et de fromage, et des seaux d'eau à partager, mais rien d'autre. Une fois qu'ils eurent vidé l'un des seaux, on le remisa dans un coin de la salle où il servirait de toilettes de fortune.

Quand Michael en vint aux insultes avec les gardes, exigeant d'être libéré, Rayne se rendit compte qu'ils commençaient à perdre leur sang-froid.

Le troisième jour de captivité – Rayne ignorait pourquoi ils étaient détenus et par qui, mais elle évitait de se poser la question –, les gardes semblèrent lassés de Michael et des autres otages trop exigeants.

On ordonna au groupe de se mettre en ligne. Les femmes d'un côté et les hommes de l'autre. Avec tristesse, Rayne vit Diana et Eduardo, Léon et Paula, Tracy et Steve se faire des adieux larmoyants. Personne ne savait ce qui se passait, et soudain, une telle séparation ressemblait à une condamnation à mort.

Becky et Michael refusèrent tout net de faire ce que leur ordonnaient leurs ravisseurs. À côté de sa femme, un bras sur ses épaules, il déclara :

— Non. Vous ne pouvez pas nous séparer. C'est ma

femme et elle est très délicate. Nous n'irons nulle part. Vous devez nous relâcher. De toute façon, vous allez tous mourir, alors autant abandonner maintenant !

Rayne n'en revenait pas de la stupidité dont Michael faisait preuve. Que croyait-il obtenir avec son petit discours, elle se le demandait, mais de toute évidence, il tapait sur les nerfs de l'homme qui essayait de se faire obéir.

Brandissant son fusil sans autre forme de procès, il fit sauter la tête de Michael. Quand Becky se mit à hurler, il lui tira deux balles.

Le silence s'imposa dans la salle lorsque leurs corps s'effondrèrent sur le sol dans un bruit sourd. Personne n'osait crier. Personne ne voulait énerver l'homme instable qui venait d'assassiner deux personnes sous leurs yeux sans y réfléchir à deux fois.

— Quelqu'un d'autre souhaiterait se plaindre du traitement qui vous est réservé ? Quelqu'un d'autre aimerait être libéré ?

Personne n'ouvrait la bouche.

L'homme, toujours furieux, se retourna et fusilla le touriste le plus proche avant de tuer la première femme de la ligne. Sans donner d'explication, il se contenta de tourner les talons et sortit de la pièce après s'être adressé en égyptien aux preneurs d'otages.

— Vous hommes, oui, vous quatre dans la ligne. Ramassez les corps et jetez par fenêtre, leur ordonna l'un des ravisseurs.

Son anglais était mauvais, mais largement compréhensible.

Toute tremblante et affaiblie par la peur et la faim, Rayne vit les hommes obtempérer. Les cadavres de Michael et de Becky furent traînés jusqu'à la fenêtre et jetés de l'autre côté. Ensuite, ce fut le tour de l'autre homme et l'autre femme qui n'avaient rien fait, si ce n'est se tenir trop près de Michael.

Tout le monde garda le silence tandis que l'on accompagnait les femmes vers une porte et les hommes vers une autre, de l'autre côté de la vaste salle. Jusqu'à présent, ils s'étaient tous bercés d'illusions en croyant que l'action demeurerait non violente. Maintenant, ils avaient compris que leurs vies étaient en jeu. Impossible de savoir quand leurs ravisseurs se lasseraient d'eux et décideraient qu'il était plus facile de s'en débarrasser que de les nourrir, leur donner à boire et les supporter.

Pour la première fois depuis qu'ils avaient été enfermés dans la première salle, Rayne estimait que ses chances d'en réchapper étaient plus faibles que la moyenne. Elle ne reverrait plus jamais son frère et sa sœur. Elle n'irait plus danser avec Mary. Et elle n'aurait jamais, jamais, l'occasion de revoir Ghost.

Pourquoi cette dernière pensée était celle qui la chagrinait le plus, elle n'en savait rien, mais une larme coula sur sa joue tandis qu'elle suivait docilement Sarah vers l'endroit et le destin que les miliciens leur réservaient.

15

———————

Fletch gardait ses jumelles rivées sur le bâtiment devant lui tout en s'adressant à Ghost :

— Les rideaux sont tirés dans cette salle. Troisième fenêtre en haut à droite. Armés de AK-47, une petite quinzaine, entre vingt et quarante ans.

— Des otages ? demanda Ghost d'un ton posé.

— Je n'en vois pas, mais ils doivent être là. Les hommes braquent leurs armes comme s'ils surveillaient une ou plusieurs personnes. Dans les salles sans otages ni rideaux, ils portent leurs armes dans le dos. Ils sont sans doute assis.

— Y a-t-il moyen de les compter ?

— Difficilement. Il faudrait monter beaucoup plus haut pour voir dans cette salle et il n'y a aucun bâtiment alentour qui le permette.

— Fait chier, pesta Ghost. C'est mauvais signe qu'ils aient séparé les hommes des femmes.

Fletch baissa les jumelles et regarda son ami et coéquipier.

— C'est vrai. Mais ce n'est pas nouveau. Qu'est-ce qui t'arrive, Ghost ?

Ce dernier soupira sans répondre.

— Est-ce en rapport avec ce nouveau tatouage sur ta jambe ? insista Fletch.

— Je te l'ai déjà dit, je n'en parlerai pas, fit Ghost en serrant les dents.

Même s'il était proche de Fletch, il n'avait aucune envie de lui raconter ce qui s'était passé entre Rayne et lui, des mois plus tôt. Et ce tatouage était spécial. Sacré. Il ne voulait pas en parler comme deux pré-adolescentes qui bavardent en gloussant.

Fletch soupira.

— Écoute, je ne suis pas bête. Ni moi ni les autres. Nous savons qu'il s'est passé quelque chose pendant ton escale à Londres cette année. Ça ne t'aidera pas de garder le silence. Tu sais très bien qu'il ne faut pas refouler les choses, ça s'envenime. Tu es à fleur de peau et on dirait que les situations comme celle-ci te touchent plus qu'avant. Je ne dis pas que c'est mauvais, mais tu ne devrais pas te laisser émouvoir. Malheureusement, c'est le cas, bien plus qu'avant.

— Ça ne s'envenime pas, bordel, et je ne veux pas en parler.

Fletch poursuivit comme si son ami n'avait pas cherché à clore la conversation.

— Si je devais deviner, je dirais qu'il y a une femme là-dessous. Tu as rencontré quelqu'un et tu as passé un excellent moment... et maintenant tu regrettes d'avoir couché avec elle. Ça ne te ressemble, cela dit. Elle était grosse ? Moche ? Elle refuse de te lâcher la grappe ? C'est ça, le problème ?

Fletch savait que ce n'était pas cela, mais il ne cessait d'insister pour lui tirer les vers du nez. N'importe quelle réaction valait mieux que la mine fermée de Ghost, qui refusait résolument de discuter de sa vie privée.

— Laisse-moi deviner, elle était nulle au pieu. Non, je sais... elle t'a filé une MST ? C'est ça ? Parce que si c'est le cas, tu peux aller chez le docteur et...

— Putain, Fletch, laisse tomber. Elle ne m'a pas filé de MST. Bordel.

— Alors, c'était bien une femme.

Ghost passa la main sur son visage d'un air las. Fletch le harcelait depuis des semaines pour chercher à lui faire cracher le morceau et il y était enfin parvenu. Mais Fletch était un bon ami et Ghost lui faisait confiance. Dieu sait qu'il devait en parler à quelqu'un. Tout compte fait, il semblerait qu'ils s'apprêtent à en discuter comme deux pré-adolescentes.

— Oui. Elle était... merveilleuse.

— Alors, quel est le problème ?

Ghost se tourna vers son ami.

— Nous sommes Delta.

— Et ?

— Ça ne suffit pas ?

Fletch secoua la tête.

— Écoute, je ne dis pas qu'une relation sera facile, mais tu sais que ça peut fonctionner.

— Je lui ai menti, Fletch. Chaque mot qui sortait de ma bouche était un foutu mensonge.

— Tu lui as dit que tu voulais être son petit ami ?

— Non.

— Tu lui as dit que tu l'aimais ?

— Certainement pas.

— Que tu l'appellerais ? Que tu lui écrirais ? Que tu lui enverrais des lettres d'amour enflammées ?

— Bon sang, Fletch. Non.

— Alors, je ne vois pas le problème.

— Je l'aimais bien. Elle était... pétillante. Adorable et pas prise de tête. Loyale, aussi.

— Waouh, souffla Fletch. Je n'aurais jamais cru qu'un jour Ghost le chaud lapin tomberait raide dingue d'une femme.

— Je ne suis pas raide dingue, espèce d'abruti.

— On dirait. Regarde-toi, vieux. Non seulement tu as choisi un tatouage qui grille complètement ta couverture en révélant que tu fais partie de l'armée, avec cet énorme logo, mais en plus tu as une baguette de fée tatouée sur le corps. Et tu ne m'as pas donné une seule information sur le physique de cette femme.

— Et alors ?

— Alors ? reprit Fletch en secouant la tête. Mon vieux, chaque fois que tu m'as décrit l'une des femmes avec qui tu couchais, tu commençais par ses seins. Ou ses fesses, sa beauté, sa taille, ses courbes... son corps en général. Mais cette femme ? Rien du tout.

Ghost darda sur son ami un regard noir. Il avait raison. Oh, bien sûr, Rayne était belle, mais il ne comptait pas en discuter avec ses amis. Elle était à lui seul.

— Je ne lui ai même pas donné mon vrai prénom, merde.

— Et alors ? rétorqua-t-il aussitôt.

— Elle croit que je m'appelle John Benbrook.

— Tu ne lui as quand même pas donné ton alias !

— Si.

— Ça ne fait rien, elle connaît ta vraie personne.

— Ghost n'est pas ma vraie personne.

— Bien sûr que si. Ghost, c'est toi, et tu le sais. Je n'ai jamais connu de surnom plus approprié. Tu es furtif et tu es capable comme personne de te faufiler quelque part et d'en sortir sans te faire repérer. Tu as un flair incomparable pour détecter les emmerdes et nous dire quand il faut ficher le camp. Si cette femme t'appelait Ghost, alors elle connaît ta vraie personne.

— Je lui ai aussi menti sur le reste. Je me suis inventé une petite amie à l'âge de quinze ans. J'ai donné une ville natale au hasard. Je lui ai dit que j'avais été braqué un jour. Bon sang, Fletch, je lui ai menti sur toute la ligne.

— Et le sexe ? Tu simulais, là aussi ?

Sans que Ghost s'en rende compte, son visage se radoucit malgré lui et il parut intensément satisfait lorsqu'il répondit :

— Non. Pas une chose n'était fausse quand nous étions au lit tous les deux.

— Lorsque nous rentrerons, tu dois la retrouver, Ghost.

Fletch leva une main pour interrompre les protestations inévitables de son ami.

— Si je rencontre un jour une femme qui me donne l'air aussi gaga que toi maintenant, tu peux parier que je ne la laisserai jamais tomber.

Comme Ghost ne répondait pas, Fletch poursuivit :

— Tu as menti. Je comprends, ça craint. Elle sera furieuse. Mais tu es un Delta, vieux. Top secret. Tu rentrais de mission. Tu avais un millier de raisons de mentir, mais tu n'as pas menti sur le plus important, Ghost. Ce que tu as ressenti avec elle. C'est mille fois plus éloquent que toutes ces conneries.

— Bon sang, j'ai l'impression d'être sur le divan du psy, se plaignit Ghost.

Fletch sourit.

— Je ne suis peut-être pas le plus malin du monde, mais si j'avais une femme adorable et pétillante qui m'attend à la maison, qui veut faire l'amour tous les soirs et me laisse de bons souvenirs en attendant que je rentre au pays, je ferais tout mon possible pour la garder.

Ghost hocha la tête. Fletch avait toujours été le plus introspectif de leur groupe. Il était replié sur lui-même, secret, et il n'accordait pas facilement sa confiance, mais une fois qu'on dépassait cela, il était d'une loyauté sans faille.

Soudain, une déflagration retentit dans le bâtiment de l'autre côté de la place. Les deux hommes reportèrent immédiatement leur attention sur la mission. Les jumelles retrouvèrent leur position devant les yeux de Fletch tandis que Ghost essayait de déterminer d'où provenait l'explosion.

— Dans le coin nord-ouest du complexe. De la fumée, dit Ghost à Fletch.

— Oh, merde, lâcha-t-il en guise de réponse.

— Quoi ? Quoi, merde ? demanda Ghost avec urgence, baissant les yeux sur son ami pour découvrir qu'il n'avait pas tourné la tête vers le coin nord-ouest, mais qu'il observait toujours la salle dont ils avaient discuté.

— Il y a des otages dans cette pièce. C'est évident. Il n'y a plus de *tangos* avec eux, mais je vois un groupe de femmes qui frappent à la porte de toutes leurs forces. Oh, merde, c'est...

Ses paroles furent interrompues lorsque tout un pan de l'immeuble, à l'endroit où se trouvait la salle pleine d'otages, disparut sous leurs yeux dans une vive explosion et une colonne de fumée.

— Nous ne pouvons pas rester assises à ne rien faire, s'exclama Sarah, au bout du rouleau.

— Et que voulez-vous faire ? Exiger d'être libérée comme le type qui s'est fait descendre ? s'écria sur un ton sarcastique l'une des femmes détenues avec elles.

Rayne ne reprochait pas à Sarah sa nervosité. Cela faisait plusieurs fois qu'on les déplaçait depuis qu'elles avaient été séparées des hommes. Diana, Paula et Tracy n'allaient pas très bien. Elles ne cessaient de se demander si leurs hommes étaient encore en vie. Rayne aurait éprouvé la même chose si elle était avec Ghost et si on les avait séparés. Malgré tout, une dispute entre otages ne les mènerait nulle part.

Elle jeta un œil par-dessus son épaule en direction des trois hommes, dont un adolescent, qui les surveillaient en ce moment. Leurs gardiens avaient changé, mais il était évident qu'ils formaient un groupe disparate qui ne connaissait pas tous les détails et se contentait d'obéir aux ordres.

À un moment donné, le garçon s'était approché de leur groupe. Il ne parlait pas. Pour tenter de lui montrer qu'elles étaient des êtres humains et non des animaux à abattre, Rayne avait enfreint la règle que Chase avait essayé de lui inculquer, à savoir qu'elle devait se fondre dans la masse et ne pas sortir du lot, et elle lui avait souri. Le garçon s'était arrêté et l'avait regardée dans les yeux. Puis il l'avait saluée d'un hochement de tête et il était retourné auprès des deux hommes, de l'autre côté de la salle. Rayne espérait que son geste signifiait qu'il la considérait comme une amie et non une ennemie, qu'elle avait réussi à humaniser le reste de son groupe à ses yeux. Peut-être avait-il une sœur qu'il aimait. Il devait bien avoir une mère... n'est-ce pas ?

Rayne essaya de conserver une voix claire et posée, comme on lui avait appris à faire en cas d'urgence dans un avion.

— Vous avez raison toutes les deux, nous devrions réfléchir à ce que nous pourrions faire si l'occasion se présentait, mais évitons de leur demander des choses, ça ne fera que les fâcher encore plus.

— Que faut-il faire ?

C'était Paula. Elle cherchait toujours l'avis des autres.

Le problème, c'était que Rayne n'en avait aucune idée. Elles étaient une quinzaine dans cette salle. Peu de temps auparavant, elles étaient dix-sept, mais leurs ravisseurs avaient emmené deux femmes et elles n'étaient jamais revenues. Rayne préférait ne pas penser à ce qui risquait de leur arriver. Elle jeta un œil vers les hommes armés. Ils discutaient et les regardaient rarement. Leur groupe ne devait pas leur paraître très menaçant... Elles étaient assises en cercle, blotties les unes contre les autres pour se rassurer.

— Bon, c'est un nouveau groupe de tireurs, n'est-ce pas ? Nous n'avons pas vu les mêmes hommes depuis que nous sommes ici. Ils doivent effectuer des roulements.

— Et ?

C'était une femme australienne prénommée Pat qui avait pris la parole.

— En quoi ça nous avance ?

— Je ne sais pas trop, mais au point où nous en sommes, chaque information est bonne à prendre, répondit Rayne d'une voix soigneusement modulée.

Elle avait beau être énervée, elle ne devait pas le montrer.

— Voilà ce que je pense, déclara une autre femme d'une petite vingtaine d'années. Je crois que nous devrions foncer. Nous sommes quinze et ils ne sont que trois.

— Mais ils sont armés, rétorqua Paula avec nervosité en se tordant les mains.

— C'est vrai, mais quelques-unes pourraient détourner leur attention pendant que les autres passent à l'attaque.

Rayne s'efforça de ne pas lever les yeux au ciel. C'était le pire plan de l'histoire des plans. Elle avait l'impression d'être dans un mauvais film de série B. D'un moment à l'autre, la fille allait déchirer ses vêtements et parader toute nue, puis les gentils défonceraient la porte et sauveraient les détenues. Même pas en rêve.

Soudain, la porte de leur salle vola sur ses gonds et vint heurter le mur. Toutes les femmes sursautèrent d'effroi.

Deux hommes entrèrent, armés comme les autres. L'un d'eux tenait une boîte ainsi qu'un fusil, tandis que l'autre s'adressa immédiatement aux ravisseurs dans une langue qu'elles ne comprenaient pas.

Les femmes se levèrent contre le mur, serrées les unes contre les autres. Elles sentaient qu'il allait se passer quelque chose, mais quoi, elles l'ignoraient.

Le garçon à qui Rayne avait souri peu de temps auparavant tendit le doigt vers elle quand le nouveau venu lui aboya une question. Elle retint son souffle en se demandant ce qu'on allait lui faire.

Elle avait horreur d'être ainsi mise en avant. Merde. Chase l'avait pourtant prévenue. Quand c'était arrivé aux deux autres femmes, elles avaient été emmenées hors de la salle et n'étaient jamais revenues.

L'homme déposa sa boîte sur le sol, à côté des deux autres ravisseurs, et s'approcha d'elle. Rayne recula autant que possible, mais elle n'alla pas très loin à cause du mur juste derrière.

L'homme lui empoigna le bras et l'attira vers lui sans ménagement. Rayne entendit Sarah gémir, mais aucune des femmes ne parla. Depuis la dernière fois, elles avaient appris à garder le silence de peur de se faire tuer.

Rayne tressaillit quand un autre milicien lui agrippa le bras dans une poigne de fer. Elle fut traînée hors de la pièce, encadrée par les deux hommes. Le garçon les suivait de près. Elle jeta un dernier coup d'œil en arrière et vit le chagrin insoutenable sur le visage de Sarah avant que la porte ne se referme en claquant.

— Où allons-nous ? demanda-t-elle.

— Les garçons deviennent des hommes, déclara le grand homme barbu à côté d'elle d'une voix grave et gutturale.

— Quoi ?

Rayne ne s'attendait pas à une réponse et elle n'avait pas prêté attention à ce qu'il avait dit avec un fort accent.

— Les garçons deviennent des hommes, répéta-t-il sans se laisser décontenancer.

— Je ne comprends pas.

— Classique. Stupides Américains ne comprennent jamais.

Rayne avait envie de protester, mais elle garda la bouche

fermée. Changeant de tactique, elle essaya de mémoriser le chemin qu'elle empruntait. Si elle avait l'occasion de s'enfuir, elle devait savoir où aller. La dernière chose qu'elle voulait, c'était de détaler pour atterrir dans un nid de terroristes alors qu'elle cherchait à sauver sa peau.

Ils descendirent plusieurs couloirs, l'entraînant avec eux. Le bâtiment était immense. Rayne craignait presque de se perdre dans un labyrinthe pour le restant de ses jours.

Une vive explosion se fit entendre derrière eux et les hommes s'arrêtèrent, comme pour attendre quelque chose. Le sol trembla sous leurs pieds et Rayne frissonna.

— C'étaient tes amies, lui dit l'un des hommes, un peu trop joyeusement pour ne pas l'alarmer.

— Quoi ?

— On a fait sauter la salle où elles étaient. Pour apprendre une leçon au monde.

— Oh, mon Dieu ! gémit Rayne, de nouveau entraînée dans le couloir.

Ils venaient de faire sauter la salle avec Paula, Sarah, Tracy et la douce Diana ? Avaient-elles survécu ? Pourquoi avait-elle été épargnée ? Elle avait de nombreuses questions et absolument aucune réponse.

Le garçon derrière eux dit quelque chose d'une voix geignarde qui mit les nerfs de Rayne à vif. L'homme sur sa gauche lui répondit sur un ton furieux. Rayne se serait recroquevillée si elle n'était pas déjà tassée sur elle-même. Le garçon grommela et ils reprirent leur progression.

Ils atteignirent une porte au bout d'un long couloir et le garçon s'empressa de l'ouvrir. Rayne fut jetée à l'intérieur par les deux hommes. La salle était obscure et empestait la transpiration, les odeurs corporelles et un relent de cuivre qui ne pouvait provenir que du sang. Il fallut un moment pour que ses yeux s'accoutument à la pénombre. Elle ne chercha pas à se débattre tandis que les deux hommes l'entraînaient dans un coin de la pièce. Ce ne fut qu'en sentant une bande froide autour de sa cheville, si serrée qu'elle lui pinçait la peau, qu'elle prit conscience qu'elle courait un grand danger. Elle commença à remuer pour tenter de se dégager de l'emprise de ses ravisseurs.

Un grand éclat de rire se fit entendre et Rayne baissa les yeux sur l'homme à genoux à ses pieds. C'était lui qui venait d'attacher sa cheville. Les entraves étaient reliées à une longue chaîne rivée au mur. Derrière elle se trouvait un lit au cadre rouillé avec un matelas fin taché à de nombreux endroits.

L'homme à ses pieds dit quelque chose, et à nouveau tout le monde éclata de rire.

— Il dit que tu as de grosses chevilles, fit une voix modulée au fort accent de l'autre côté de la salle.

Rayne se serait vexée – elle n'avait *pas* de grosses chevilles – si elle n'était pas épouvantée. Elles étaient parfaitement normales, merci bien, mais elle avait trop peur pour ouvrir la bouche et protester. Elle avait toujours cru qu'elle serait courageuse et oserait riposter si elle se trouvait dans une situation où sa vie serait menacée, mais c'était une chimère. Elle était absolument terrifiée à la perspective de ce qui allait lui arriver dans cette salle atroce et elle ne pouvait rien dire pour se défendre.

Six hommes les attendaient quand ils étaient entrés, vêtus de robes grises qui les recouvraient des épaules jusqu'aux pieds. Aucun ne portait de couvre-chef ni de masque. Ils étaient assis sur une estrade... trois hommes étaient dessus, trois autres en bas. Ils arboraient de longues barbes et la regardèrent entrer d'un œil lubrique. On aurait dit une sorte de rituel païen.

L'homme qui avait attaché les entraves à sa cheville

ramassa un immense couteau sur le sol. Il était rouillé et sa lame était dentelée. Avant que Rayne puisse bouger, on lui tira les bras dans le dos à un angle désagréable pour l'immobiliser. Elle se trémoussait fébrilement pour tenter en vain de leur échapper.

— Si tu te débats, tu risques de te couper, reprit la voix au fort accent.

— Pourquoi faites-vous ça ? Que se passe-t-il ?

Rayne avait désespérément besoin de réponses.

L'homme à ses pieds prenait son temps. Il glissa le couteau sous la jambe de son pantalon et, avec une lenteur extrême, commença à remonter tout en déchirant le tissu. Rayne sentit la pointe de la lame sur sa peau, mais elle était incapable de déterminer si elle l'entaillait ou non. Ses jambes étaient engourdies... ou du moins, tout lui paraissait engourdi.

— Dans notre culture, un garçon devient un homme la première fois qu'il prend une femme.

— Oh, non.

Rayne commençait à comprendre.

— Je vois que tu comprends. Tu devrais te sentir honorée. Moshe t'a choisie pour être sa première.

Rayne retrouva enfin sa ténacité et sa langue.

— Ce n'est pas votre culture. L'Égypte est un beau pays avec un peuple merveilleux. Ça n'a rien à voir avec la culture. Bande de connards, vous avez peut-être l'habitude de faire comme si c'était normal et juste, mais ce n'est pas vrai. Vous lavez le cerveau de vos enfants pour en faire des tueurs et des violeurs.

Sa tête fut rejetée en arrière sous la force de la gifle que les autres hommes lui assénèrent.

— Dans notre culture, on remet toujours les femmes à

leur place. Et cette place, c'est de se taire et de parler uniquement quand on le leur demande.

— Allez vous faire foutre, marmonna Rayne avant de lâcher un cri de douleur lorsqu'on la frappa de nouveau, non pas avec la paume ouverte cette fois, mais avec un poing fermé.

C'était douloureux, mais elle savait que ce que ces psychopathes avaient en réserve pour elle lui ferait bien plus mal. Sa respiration s'accéléra lorsque son jean détruit tomba par terre. Les hommes redoublèrent d'hilarité en découvrant ses sous-vêtements en dentelle noire. Elle s'était sentie sexy en les enfilant, plusieurs jours auparavant. À présent, elle se sentait souillée et salie.

Entre les hommes et le garçon, il y eut une conversation que Rayne ne comprenait pas, mais l'interprète auto-désigné se fit une joie de lui en faire la traduction :

— Le père de Moshe félicite son fils et lui dit qu'il a bon goût. Tu as du cran et tes cuisses sont pleines et charnues, elles seront confortables pour lui. Tes hanches sont larges et pourront porter de nombreux fils.

— Oh, mon Dieu ! Pitié, ne faites pas ça. Laissez-moi partir.

L'homme à l'accent anglais continua comme si elle n'avait rien dit.

— Le rituel consiste à te prendre sept fois. Sept est un chiffre porte-bonheur dans notre pays. Une fois qu'il t'aura remplie sept fois, il sera un homme.

Rayne était incapable de trouver l'oxygène nécessaire. Sept fois ? Elle allait se faire violer sept fois par ce gamin ?

— C'est notre rôle de le conseiller, de lui dire comment maîtriser une femme, la rendre docile. Il sait que tu vas te débattre, c'est logique, mais à la fin du rituel, tu seras brisée, tu feras tout ce qu'il te demandera de faire et tu prendras tout ce qu'il voudra te donner. Tu ferais mieux d'accepter ton sort tout de suite, putain américaine. Les deux avant toi se sont débattues violemment, mais elles ont fini par accepter nos nouveaux hommes sans résister, comme de vraies femmes.

Rayne ferma les yeux et pria. Non pour qu'on vienne à son secours, mais pour qu'on lui accorde une mort rapide. Si elle pouvait s'emparer du couteau que l'homme utilisait à présent pour déchirer son haut, elle le plongerait dans son propre cœur.

Les mots prononcés dans la pièce semblaient provenir de très loin et Rayne se sentait déconnectée de son propre corps. On aurait dit que c'était quelqu'un d'autre que l'on retenait à sa place, à qui l'on retirait la chemise, dont on se moquait... quelqu'un d'autre, mais pas elle.

Elle songea à son frère, Chase, à ce qu'il ressentirait en apprenant ce qui lui était arrivé... s'il l'apprenait un jour. Et à sa sœur, Sam. Sam était heureuse, comme un poisson dans l'eau à Los Angeles où elle poursuivait son rêve de devenir actrice. Quant à Ghost...

Oh, mon Dieu. Ghost. Ce qu'elle donnerait pour pouvoir le voir une dernière fois. Si elle survivait à cela, elle jurait de ne jamais laisser ces animaux lui retirer les beaux souvenirs de Ghost, de leur nuit ensemble et de l'amour qu'il lui avait fait.

Parce qu'il lui avait fait l'amour, et ce qui allait lui arriver n'avait rien à voir avec cela.

Rayne fut vivement tirée en arrière. Elle serait tombée sans l'homme qui la retenait fermement. Il la traîna jusqu'au matelas crasseux et la jeta dessus. La chaîne autour de sa cheville produisit un bruit métallique qui retentit dans la salle. Elle donna des coups de pied pour se débattre contre ses geôliers, mais ils la maintenaient toujours. Alors qu'on enchaînait son autre jambe au cadre du lit et que l'on ramenait ses bras au-dessus de sa tête, la maudite voix continuait à lui décrire tout ce qui allait se passer.

— D'abord, Moshe va te prendre sur le dos pour pouvoir regarder ton visage. C'est l'étape un et ce sera rapide. La plupart des garçons ne durent pas longtemps la première fois qu'ils pénètrent une femme. La seconde et la troisième fois, ce sera par-derrière, pour que tu comprennes qu'il a tous les pouvoirs et que tu n'es qu'une chienne, inutile et tout juste bonne à encaisser. La quatrième fois, il te prendra entre les fesses. Ce sera la transition. S'il est incapable de se retenir pendant cent allers-retours au moins, alors il sera considéré comme un moins que rien aux yeux de son père, de ses oncles et des hommes saints qui assisteront à son passage vers l'âge adulte.

Rayne gémit en songeant à la douleur de cent coups de reins là où on ne l'avait encore jamais touchée.

— Puis la cinquième fois, tu le prendras dans ta gorge. La sixième, ce sera contre le mur et la septième, à nouveau sur le dos. À la fin, tu seras enduite de sperme et de sang, et tu seras prête pour lui. Tu l'accepteras docilement, sans te battre. Le but, ce sera de te donner un orgasme cette fois-là. S'il parvient à se retenir, il aura réussi et il sera un homme. S'il ne peut pas te faire jouir, il aura échoué. Et il devra tout recommencer un autre jour.

Rayne n'en croyait pas ses oreilles. Après avoir été violée sept fois, si *elle* ne jouissait pas, elle devrait tout subir à nouveau ? De toute évidence, c'était un piège pour pouvoir violer les femmes à plusieurs reprises au nom de leur coutume. De toute façon, ils se fichaient bien de leur donner du plaisir.

Rayne n'était pas sûre de survivre à un viol, sans parler de sept, et elle savait qu'elle mourrait si elle devait subir ce rituel barbare une fois de plus. Elle trouverait un moyen de se tuer avant que son calvaire recommence. Ces gens-là étaient fous.

Elle ne répondit pas, consciente que rien de ce qu'elle pourrait dire ne ferait changer d'avis ces monstres.

Elle jeta un œil vers les hommes assis sur leurs chaises, qui attendaient en silence. Certains étaient de la famille du garçon, ce qui rendait leur présence et leur soutien à ce rituel sinistre cent fois pires. Ils n'avaient rien de sages, au contraire, c'étaient des hommes d'un certain âge, libidineux et vicieux, qui prendraient leur pied à assister au viol et à la torture d'une femme.

— Plus il y aura de sang, plus il aura de la chance dans sa vie d'adulte. Plus tu te débattras et plus tu lui résisteras, plus il deviendra viril.

Rayne ne put retenir ses mots plus longtemps, mobilisant tout le courage qui lui avait fait défaut. Quelle différence si elle les énervait ? S'ils la tuaient ? Ce serait même mieux. S'ils se fâchaient suffisamment, ils lui trancheraient la gorge séance tenante, même si cela n'empêchait pas Moshe de la violer. À l'idée qu'il puisse violer son cadavre, elle eut un haut-le-cœur, et pourtant elle s'écria sans se censurer :

— Taisez-vous. Fermez-la ! Vous êtes tous malades. C'est un viol ! C'est ignoble. Vous ne pouvez pas croire sérieusement à toutes ces conneries. Lâchez-moi. Je ne veux pas voir le pénis ridicule de ce gosse !

Elle se débattit frénétiquement dans ses entraves cruelles tandis que le garçon la rejoignait sur le matelas. Il baissa les yeux en souriant.

Rayne le regarda, espérant retrouver la personne qui l'avait saluée timidement dans l'autre salle. Ce n'était plus le même. Il avait été remplacé par un garçon presque adulte, qui voulait impressionner ses aînés, assis et debout derrière lui, et qui n'avait plus qu'une idée lubrique en tête, baiser pour la première fois.

Il la regarda s'agiter pendant un moment, puis il se tourna et dit quelque chose aux hommes dans son dos. On lui répondit par des rires et des approbations.

Évidemment, celui qui parlait anglais ne manqua pas de lui en donner la traduction. Rayne savait qu'elle entendrait encore sa voix au fort accent dans ses cauchemars pendant des années.

— Moshe dit qu'il est ravi. Tu es ronde et mûre, et ta chair ondule quand tu bouges. Tu saignes déjà aux poignets et aux chevilles. Il dit qu'il sera le plus chanceux des hommes grâce au cycle rituel.

Rayne ferma les yeux lorsque le garçon posa les mains sur son pantalon. C'était bien réel. Elle ne pouvait pas le croire. Elle *devait* le croire.

Elle s'efforça de penser à Ghost pour occulter ce qui se passait autour d'elle. Son visage, ses mains, ses sourcils froncés quand il avait pris en photo la licence du chauffeur de taxi à Londres, les mots de son tatouage... discrétion, rigueur et humilité.

Si elle devait mourir, elle voulait avoir l'image de Ghost à l'esprit.

17

Dude et Hollywood travaillaient ensemble comme s'ils avaient toujours été coéquipiers. L'agent des forces spéciales et celui de la Delta Force évoluaient dans l'ombre comme dans leur élément naturel. Ils posaient des explosifs autour du bâtiment, à tous les points stratégiques du périmètre.

Faire sauter les murs de l'immeuble gouvernemental n'était peut-être pas le premier choix de tactique que l'État égyptien aurait fait, mais depuis qu'une bombe avait explosé dans une salle d'angle, causant vraisemblablement la mort de toutes les femmes détenues à l'intérieur, les équipes ne voulaient plus attendre la permission de poursuivre. On les avait envoyés pour qu'ils prennent les choses en mains, et c'était exactement ce qu'ils allaient faire. Aucun autre Américain ni aucun autre otage ne mourrait sous leur surveillance. Ils ne pouvaient plus rester assis sans rien faire. Ce n'était pas pour cela qu'on les avait entraînés. Il était temps de passer à l'action.

Ils devaient entrer et libérer les otages... si pour cela un ou plusieurs miliciens devaient trouver la mort, grand bien leur fasse. Treize hommes contre un nombre inconnu de *tangos*, cela pouvait paraître déséquilibré d'un point de vue extérieur, mais Hollywood savait qu'ils n'étaient pas des soldats comme les autres. Ils étaient membres des forces spéciales et de la Delta Force. Ils étaient entraînés pour ces situations. Ils faisaient partie des deux groupes les plus redoutables de l'armée américaine.

Hollywood parla dans le micro à son cou :

— B à la base. Tout est prêt.

— Bien reçu, B. Prêt à l'action, lui répondit-on d'une voix calme dans sa radio.

Hollywood et Dude s'écartèrent du dernier explosif qu'ils avaient placé. Une fois qu'ils eurent pris leurs distances, ils firent signe à Truck, qui déclencha simultanément tous les explosifs. Cela devrait provoquer un chaos suffisant dans le bâtiment pour permettre aux équipes de se faufiler et, avec un peu de chance, de sauver les otages survivants.

Les hommes formaient des binômes, un Delta et un agent des forces spéciales. En temps normal, les équipes ne se mélangeaient pas, mais comme ils avaient déjà travaillé ensemble dans le passé et qu'ils se faisaient confiance, ils avaient décidé de conjuguer leurs forces. C'était exceptionnel, mais aucun des deux groupes ne suivait jamais les règles à la lettre.

— B à la base. Compte à rebours, annonça Hollywood à Truck d'un ton neutre.

— Préparez-vous, répliqua immédiatement l'autre homme.

Dude et Hollywood s'accroupirent contre un mur, dans une ruelle non loin du bâtiment, et se bouchèrent les oreilles en attendant que l'enfer se déchaîne.

* * *

Rayne essayait de se concentrer sur ses souvenirs, mais cette satanée voix ne cessait de revenir à sa conscience. Elle entendit l'un des hommes parler à mi-voix, sans doute au garçon. Le connard qui parlait anglais éprouvait le besoin de lui traduire chaque mot.

— Il dit à Moshe que tes jambes doivent être écartées le plus possible pour qu'il puisse te pénétrer au maximum.

Rayne sentit la peau de bébé des cuisses de Moshe contre les siennes. Il s'avança et la força à écarter les jambes. Elle avait beau résister, Moshe parvint à lui ouvrir les cuisses à un angle atrocement obscène. Les chaînes tiraient sur ses chevilles, entamant sa chair tandis que Moshe lui imposait une position presque douloureuse. Elle portait encore ses sous-vêtements, mais elle savait que la protection qu'ils lui procuraient encore ne serait bientôt plus qu'un souvenir. Elle se débattit contre ses fers tout en sachant que c'était inutile. Non, ce n'était pas réel.

L'autre fumier lui expliquait toujours les détails de son viol imminent.

— Maintenant, ils lui décrivent ce qu'il sentira à l'intérieur. Tu seras sèche, ça lui donnera plus de friction. Ils essaient de le faire craquer avant la pénétration. S'il se retient, ça prouvera qu'il sait résister à la tentation.

Rayne allait vomir. Sur Moshe et sur elle-même. C'était l'horreur à l'état brut et elle devait s'enfuir très loin d'ici. Elle ne parvint pas à retenir le gémissement qui montait de sa gorge. Prise de tremblements, elle serrait les poings dans ses menottes. Chaque muscle de son corps était tendu comme pour résister à l'invasion annoncée.

Alors qu'elle sentait les mains douces et juvéniles de

Moshe lui serrer douloureusement les cuisses, une explosion ébranla la salle.

Rayne poussa un cri de terreur, comme un chien acculé. Elle ne comprenait pas ce qui se passait. Elle s'attendait à ce que son corps soit souillé, mais au lieu de ça, le lit fut secoué tandis que les murs s'écroulaient. Rayne vit de dangereuses fissures se propager sur le plafond au-dessus de sa tête.

En jetant un œil vers les hommes qui se penchaient autour du lit pour assister à l'initiation de Moshe et à sa première incursion dans l'âge adulte, elle constata qu'ils n'étaient plus assis, le désir dans le regard, mais qu'ils s'étaient levés et essayaient tous de sortir en même temps de la salle. Ils fuyaient comme les lâches qu'ils étaient.

Une main lui empoigna le sein avec vigueur et Rayne tressaillit. Levant les yeux vers ceux de Moshe, elle ne vit aucune trace du garçon dont elle avait cru pouvoir gagner la compassion. Il était furieux que son initiation ait été interrompue. Une fois de plus, il lui comprima cruellement le sein à travers son soutien-gorge et grogna quelque chose dans sa langue avant de se lever d'un bond. Il remonta son pantalon, le retenant à une main sans prendre la peine de le fermer.

Alors qu'il quittait la pièce, il se retourna et déclara dans un anglais parfaitement compréhensible :

— Je reviendrai. Aujourd'hui, je deviendrai un homme.

Puis il détala vers la porte.

Rayne frissonna avant de tirer fiévreusement sur les chaînes qui la rivaient au lit. Elle ne parvint qu'à faire saigner encore plus ses poignets et ses chevilles.

Il y eut une autre explosion, plus proche que la précédente. Avant de s'évanouir de terreur, Rayne vit le mur trembler, menaçant de s'écrouler.

* * *

Les six binômes se dispersèrent dans le complexe presque en ruines. C'était un véritable chaos, comme ils l'avaient prévu. Chaque équipe savait à quel endroit les otages étaient gardés prisonniers et chacune se dirigea vers la zone qui lui avait été assignée. Le plan consistait à retrouver le plus de détenus possible, à les conduire en sûreté... et à tuer tous les miliciens qu'ils croiseraient sur leur chemin.

Ghost et Wolf formaient un relais, au milieu de la place. Ils emmèneraient en sécurité les otages qui quitteraient le bâtiment à présent détruit et en proie aux flammes. Blade était en trop. Il attendrait au point de ralliement où tout le monde devait se rassembler.

Avec soulagement, Ghost et Wolf virent sortir de petits groupes d'hommes et de femmes, chacun guidé par un membre de l'équipe. Ils restaient sur le qui-vive, au cas où un terroriste déciderait que les otages en cours d'évasion méritaient de mourir plutôt que d'être secourus. Après quarante minutes, l'afflux d'otages s'amenuisa. La plupart des équipes étaient rentrées au rapport. Fletch et Mozart, Truck et Benny avaient rejoint Blade. Ils transportaient les otages confus et désorientés dans une zone plus sûre.

Les équipes avaient rencontré des poches de miliciens, repliés dans l'immense bâtisse, qui essayaient de se cacher en attendant que l'opération des sauveteurs soit terminée, mais ils n'étaient pas de taille contre les forces spéciales et les Delta.

La voix de Beatle grésilla dans la radio.

— Nous venons de t'envoyer une quinzaine d'hommes, G. Ils disent qu'il y avait un groupe de femmes, parmi lesquelles leurs conjointes. Ils ont été séparés il y a deux jours. La dernière fois qu'on les a vues, on les emmenait vers la zone qui a explosé.

Ghost savait ce qu'il voulait dire. Il espérait qu'il ne s'agissait pas des otages qui se trouvaient dans la salle où les miliciens avaient déclenché la bombe.

— Reçu cinq sur cinq. Nous les accueillerons et nous verrons si nous pouvons obtenir plus d'infos.

— On reste prêts, fut la réponse de Beatle.

Ghost vit le groupe d'hommes sortir en titubant. Ils avaient l'air hantés par ce qui s'était passé à l'intérieur. Il leur fit signe d'approcher et ils s'empressèrent d'accourir vers les soldats américains.

— Qui parmi vous a été séparé de sa conjointe ? demanda Ghost sur un ton professionnel.

Six mains se levèrent. Wolf orienta les autres hommes vers Abe, qui attendait d'emmener les derniers groupes en lieu sûr.

— Dites-moi exactement ce qui s'est passé.

Un homme de grande taille, plus âgé que les autres, prit la parole d'une voix enrouée :

— Ils nous ont gardés tous ensemble pendant les deux premiers jours, puis on nous a demandé de former deux lignes, les hommes d'un côté et les femmes de l'autre. Un homme a protesté et il a été abattu avec sa femme. Puis ces ordures ont tué un autre couple rien que pour le plaisir et ils les ont tous jetés par la fenêtre. Puis on nous a conduits dans une autre salle, à l'écart des femmes. Nous y sommes restés pendant une éternité. Nous avons entendu des explosions, mais nous ne savons rien de ce qui se passe. Avez-vous récupéré les femmes ? Sont-elles à l'abri ?

— On y travaille, monsieur, lui dit Wolf pour le rassurer. Nous ferons de notre mieux pour retrouver vos femmes, si elles n'ont pas déjà été libérées.

— Dieu soit loué, fit l'homme dans un souffle.

Ghost entendit Beatle reprendre la parole dans la radio.

— Problème, Ghost. Nous avons trouvé un autre groupe d'otages. Des femmes. Elles sont dans tous leurs états, certaines plus que d'autres, hystériques aussi. Elles disent qu'elles ont été enfermées dans une pièce avec une bombe.

— Elles sont en vie ? s'écria Ghost, incrédule.

C'était un vrai miracle, surtout quand on considérait les dégâts de la bombe.

— Oui. Apparemment, après avoir été enfermées dans la salle et avant que la bombe explose, elles se sont cachées derrière un gros meuble. Les détails sont encore un peu flous et de toute évidence elles sont traumatisées, mais elles ont eu beaucoup de chance.

— Sans blague. Bon sang !

C'était la meilleure nouvelle que Ghost et Wolf aient entendue de toute la journée. Ils croyaient que tout le monde était mort dans cette salle.

— Il y a autre chose, dit alors Beatle. Une femme a dit que son amie avait été emmenée hors de la salle avant que les explosifs se déclenchent.

— Merde, s'exclama Ghost. Bon, fais sortir ces femmes de là. Si tu as le temps, regarde si tu peux retrouver la trace de cette femme disparue, sinon fiche le camp de cet immeuble.

— Elle refuse de partir tant que nous n'aurons pas retrouvé son amie.

— Je me fous complètement qu'elle refuse, fais-la sortir de là, Beatle ! fit Ghost d'une voix grave et menaçante.

Ils n'avaient pas besoin que les otages n'en fassent qu'à leur tête.

— Bien reçu.

Ghost comprit que Beatle avait basculé sur la fréquence

commune, celle que toutes les forces spéciales et les Delta pouvaient entendre.

— Nous allons commencer de ce côté du bâtiment et faire une dernière recherche pour l'Américaine disparue. D'après son amie, elle s'appelle Rayne. Quand nous la retrouverons, assurez-vous de lui dire que Sarah et les autres vont bien. Elle sera inquiète. Que tout le monde se mette à la recherche de l'Américaine, taille et poids moyens, vêtue d'un jean et d'un t-shirt rose. Vous devriez la reconnaître facilement parmi les terroristes.

Ghost sentit son cœur palpiter dans sa poitrine. C'était impossible. Putain, pas ça !

— Comment s'appelle la disparue déjà ? cria-t-il dans le micro autour de son cou.

Il n'était même pas capable de suivre le protocole. Il devait absolument savoir.

Combien de femmes s'appelaient Rayne ? Très peu, et d'après les poils qui se dressaient sur sa nuque, Ghost savait qu'il s'agissait de *sa* Rayne.

— Rayne Jackson.

— Bien reçu, répondit Wolf devant le silence de Ghost. Parle-moi, ajouta-t-il à l'attention de son partenaire. C'est quoi, ce regard ?

Il posa le doigt sur la détente de son fusil M-4 et jeta un regard circulaire comme si l'ennemi les surveillait.

— C'est la mienne. La femme disparue... c'est la mienne.

Wolf ne posa aucune question. Sans sourciller, il répondit :

— Eh bien, vas-y, mon vieux ! Va la chercher et sors-la de ce merdier.

Ghost hocha la tête et s'élança vers le bâtiment. Ghost ignorait ce qu'elle faisait au milieu d'un coup d'État en

Égypte, mais pour l'instant, il s'en fichait. Si la femme disparue était bel et bien sa Rayne, il ferait tout son possible pour la mettre en sécurité. Il ne pensait pas aux mensonges qu'il lui avait dits, ni à sa réaction quand elle le verrait. Une seule chose comptait à ses yeux, la serrer à nouveau dans ses bras... saine et sauve. Si quelqu'un se dressait entre lui et cette femme, ce serait un homme mort.

18

Rayne tirait sur ses chaînes pour tenter de dégager ses mains des menottes métalliques, en vain. Elle avait les poignets et les chevilles en sang à force de se débattre, ce qui rendait sa peau glissante et l'aidait presque à se libérer. Malheureusement, ses mains et ses pieds n'étaient pas assez petits pour se dégager de ses fers, même avec ce lubrifiant supplémentaire. Elle avait beau tirer et se tordre dans tous les sens, elle restait coincée.

Elle s'était réveillée. En comprenant qu'elle était seule, elle avait aussitôt essayé de s'échapper. C'était un bref répit, mais elle ignorait combien de temps cela durerait. Moshe et sa famille de timbrés pouvaient revenir d'un moment à l'autre.

L'air était chargé de poussière et il était difficile de respirer. Les gravats du plafond et des murs, qui s'étaient détachés par endroits au cours des différentes explosions, jonchaient le sol et le lit. La porte était sortie de ses gonds, bloquant partiellement l'entrée de la pièce.

Rayne aurait appelé à l'aide, mais elle craignait d'attirer une attention indésirable. La dernière chose qu'elle voulait, c'était que Moshe revienne pour réaliser son rituel barbare. Étendue en soutien-gorge et culotte, elle n'était pas franchement présentable.

Elle se détendit en essayant de retrouver son souffle. Que pouvait-elle faire ? Comment allait-elle se tirer de ce mauvais pas ? Elle avait les jambes écartées, et les fers autour de ses chevilles et de ses poignets ne lui laissaient pas beaucoup d'options.

Elle espérait que les explosions avaient été provoquées par leurs sauveteurs. Mais elle n'avait aucun moyen de le savoir. En un mot, elle ne pouvait rien faire d'autre que rester allongée à attendre qu'on vienne la délivrer. Elle était prise au piège.

De temps à autre, Rayne entendait un léger écho sur les murs de sa prison. Étaient-ce les secours ? Les terroristes ? Elle n'en avait aucune idée. Les bruits diminuaient et elle se retrouvait à nouveau dans la plus intense solitude.

Elle parvenait à garder son sang-froid, lorsque soudain des coups de feu retentirent.

Rayne commença à paniquer, tirant frénétiquement sur ses chaînes. Elle devait sortir d'ici tout de suite. Elle ne pouvait pas attendre une seconde de plus. Ses chevilles et ses poignets ne lui faisaient même plus mal. Elle sentait à peine la peau se déchirer et le sang frais qui coulait lentement des blessures que le métal émoussé lui causait à chaque mouvement. Peu importe. Elle allait mourir d'une manière ou d'une autre et elle préférait que ce soit selon ses propres conditions que celles des terroristes.

* * *

Ghost leva la main pour indiquer à Wolf de s'arrêter. Ils avaient annoncé au reste des équipes qu'ils arrivaient pour participer à la recherche de la femme disparue. Ils avaient commencé au deuxième étage, car c'était là que la dénommée Sarah avait déclaré avoir vu Rayne pour la dernière fois. Beatle était au premier. Il s'assurait qu'il ne reste plus personne à l'intérieur.

Méthodiquement, ils avaient passé chaque salle en revue dans l'aile est. Ils n'avaient rencontré que trois personnes. Deux hommes et un garçon, pelotonnés dans une pièce tout au bout du couloir. Ghost ne voulait prendre aucun risque, surtout depuis qu'il savait que la vie de Rayne était entre ses mains.

Une fois que l'espace fut dégagé, Ghost remarqua négligemment, tandis que Wolf fouillait leurs poches, que tous trois étaient armés de fusils et que le pantalon du jeune homme était détaché. Il ignorait ce que cela signifiait, mais il refusait de perdre son temps à se poser des questions futiles. Rayne était quelque part dans ce bâtiment et il devait la trouver. Il serait fébrile et nerveux tant qu'il n'aurait pas la confirmation qu'elle était vivante et indemne.

Wolf termina la fouille des cadavres, puis il suivit Ghost dans le couloir, salle après salle. Certaines n'étaient plus qu'un amas de gravats. Au bout du couloir, près de l'endroit où l'un des derniers explosifs avait été placé, les hommes virent une porte suspendue à son encadrement par le gond supérieur. Elle barrait le passage en diagonale, les empêchant d'entrer discrètement et rapidement.

Ghost regarda Wolf et leva trois doigts. Ce dernier hocha la tête et resta à côté de la porte abattue tandis que Ghost prenait position en face. Ils se firent un signe et Ghost amorça le compte à rebours avec ses doigts. Trois. Deux. Un.

Enfin, ils firent irruption en même temps dans la salle, leurs fusils brandis, prêts à tuer quiconque se cacherait à l'intérieur, procédant de la même manière que dans l'enfilade de pièces de part et d'autre du long couloir.

Un hurlement retentit quand ils firent leur entrée dans la petite salle. C'était une voix de femme. Ghost et Wolf se retournèrent comme un seul homme vers le lit, armes au poing, prêts à faire feu. Wolf fut le premier à détourner le canon de son fusil à l'écart de la scène qui s'offrait à eux.

Ghost arriva derrière lui avec quelques secondes de retard, mais il rejeta son arme dans son dos et tomba à genoux au pied du lit avant que Wolf puisse bouger.

— Oh, mon Dieu !

Ses paroles étaient prononcées à voix basse, avec ferveur. Quelque chose mourut dans son cœur quand Rayne eut un mouvement de recul pour s'éloigner de lui.

— Non. Ne me touchez pas. Pitié, non !

Ghost ne regardait pas Wolf, mais il l'entendit grommeler tout bas.

C'était bien sa Rayne. Elle était enchaînée, les bras au-dessus de la tête et les jambes écartées. Du sang tachait le matelas sous son corps. Une fine couche de poussière s'était déposée partout dans la salle y compris sur elle. Elle était allongée sur le matelas crasseux en soutien-gorge et culotte. Il avait horreur de la voir aussi légèrement vêtue, mais Ghost était satisfait qu'elle porte encore quelque chose. Une maigre consolation, et pourtant il était soulagé.

Elle avait le souffle court, comme si elle avait couru un marathon, et ses pupilles étaient dilatées par la stupeur et la terreur. Les chaînes qui la maintenaient prisonnière s'entre-choquèrent lorsqu'elle essaya de lui échapper quand il tendit la main vers elle.

Ghost savait qu'il n'oublierait jamais cette vision – Rayne enchaînée, en sang et sans défense – aussi longtemps qu'il vivrait. Il avait rêvé de la revoir, de l'instant où ils seraient à nouveau réunis, mais c'était un vrai cauchemar.

— Tout va bien, ça va aller. Nous sommes des soldats américains et nous allons te sortir d'ici.

Pour l'heure, c'était tout ce qu'elle avait besoin de savoir. Il portait du noir de la tête aux pieds et il avait le visage peint. Si elle regardait attentivement, elle le reconnaîtrait sûrement, mais elle était en proie à la panique et à l'adrénaline, bien trop pour savoir qui il était.

Ghost vit que ses paroles faisaient lentement leur chemin, l'empêchant de céder à la panique la plus totale. Grâce aux mots anglais qui sortaient de sa bouche, et peut-être un peu par désespoir, Rayne se calma et se tourna vers lui, le regard vide. Elle le voyait sans le voir.

— S'il vous plaît, enlevez-moi ça. Pitié, il va revenir. Il a dit qu'il reviendrait. Sortez-moi de là. Il revient pour être un homme. S'il vous plaît, retirez-moi ça.

Ghost baissa les yeux. Wolf examinait déjà les chaînes et les menottes qui enserraient ses chevilles délicates. Il ne comprenait pas les paroles de Rayne, mais cela n'avait aucune importance. Il allait la tirer d'ici.

— Personne ne posera ses sales pattes sur toi. Nous allons te sauver, princesse, tiens bon. Je suis là. Tout va bien.

Ghost se rendit compte que son corps s'était immobilisé, mais il n'eut le temps de rien dire, parce que Wolf lança, aux pieds de Rayne :

— Ghost, je n'ai pas les outils nécessaires.

— Merde ! Bon, je vais voir ce que j'ai dans mes affaires.

Ghost glissa la main dans la poche de son pantalon d'uniforme. Elles étaient profondes et il les remplissait toujours au maximum, au cas où. Au fil du temps, il avait compris que les choses les plus infimes pouvaient faire la différence entre la vie et la mort. Un jour, une pince à cheveux l'avait sauvé d'un massacre, lui et toute son équipe, au cœur de l'enfer afghan.

Ghost passait mentalement en revue ce qu'il avait dans ses poches pour crocheter les serrures quand il entendit sa voix incrédule :

— Ghost ? *Mon* Ghost ?

Seigneur, ces mots lui faisaient mal au cœur. Ghost porta une main à sa poitrine pour se frotter le cœur avant même de songer à ce qu'il faisait.

Le sien. Oui. Il était sien.

Blade intervint à sa conscience alors même qu'il ouvrait la bouche pour acquiescer et rassurer Rayne. Sa voix se fit entendre dans leurs radios, grave et impatiente.

— Aux abris ! On dirait qu'il y a deux grands groupes de *tangos* en chemin. Vous avez dix minutes maximum. Ensuite, fichez le camp. C'est compris ?

Wolf répondit alors que Ghost continuait de chercher un outil afin de crocheter les serrures des menottes.

— Compris. Nous avons trouvé la ressortissante disparue. Il faudra plus de dix minutes pour l'extraction. Terminé.

— Négatif, insista Blade. Ils ont des lance-roquettes et ils sont énervés.

— Compris.

Wolf n'ajouta rien, mais il se pencha pour voir s'il pouvait casser le cadre de lit. Ils s'inquiéteraient des chaînes plus tard s'il le fallait.

— Oh, mon Dieu, ils arrivent ?

Elle n'entendait pas la conversation entre Blade et le reste des équipes dans le bâtiment, mais de toute évidence, d'après la réaction de Wolf, elle avait compris ce qui se passait.

— S'il vous plaît, sortez-moi de là. Coupez-moi les mains et les pieds s'il le faut, mais ne me laissez pas ici.

Rayne tirait fébrilement sur ses chaînes pour tenter de se dégager.

Ghost percevait physiquement sa panique. Lui couper les mains et les pieds ? Hors de question. Il posa les mains sur sa tête agitée et la maintint en place. Puis il se pencha sur elle et approcha son visage du sien.

— Du calme, princesse. Nous ne t'abandonnerons pas. Compris ? Nous. Ne. Partirons. Pas. *Je* ne partirai pas.

— Ghost ? C'est vraiment toi ? Je ne comprends pas. Je croyais avoir rêvé. J'espérais que tu serais ici, que tu me protégerais, et te voilà. Suis-je en train de rêver ? De mourir ? Non, tu es une hallucination, n'est-ce pas ?

— Je ne suis pas une hallucination. Je suis réellement ici. Maintenant, calme-toi le temps que nous trouvions une solution. D'accord ?

Elle hocha la tête et déglutit péniblement. Ghost ne l'en respecta que plus. De toute évidence, elle était terrifiée, mais elle essayait de se maîtriser pour l'instant.

Sa voix était un peu moins hantée, mais pas moins grave quand elle reprit la parole.

— Sérieusement... tranchez tout s'il le faut... de toute façon, je ne sens plus mes mains ni mes pieds. Je préfère encore ça que rester ici. Je l'aurais déjà fait si j'avais un couteau et une main libre. Je suis comme un animal pris au piège. Tu te souviens de cette histoire du type dont le bras est resté coincé sous un rocher alors qu'il faisait de l'escalade ? Je ne me rappelle pas tous les détails, je crois qu'ils en ont fait un film, mais il s'est coupé le bras pour pouvoir se dégager et rejoindre les secours. Je ne comprenais pas... jusqu'à maintenant. Alors pitié, je te promets que je ne sentirai rien. Coupez-les. Sortez-moi de là. S'il te plaît, Ghost, s'il te plaît.

Mais il l'ignora, sauf pour dire :

— Là, là, nous allons te sortir d'ici.

D'abord, il ne l'abandonnerait pas, et ensuite, il était hors de question qu'il lui coupe les mains et les pieds pour la sauver de cet enfer. Le courage et la terreur qu'il fallait à Rayne pour faire une telle proposition le laissaient sans voix. Il avait horreur de l'épreuve qu'elle endurait. *Horreur.*

Glissant la main dans sa poche gauche, il en sortit un couteau suisse. Il se tourna vers Wolf et dit :

— Je n'ai rien de mieux. Bon sang, j'aimerais que Truck soit ici. C'est lui le serrurier de l'équipe.

— Chez nous, c'est Benny. Je tuerais pour avoir un crochet maintenant, dit Wolf d'un air absent en se penchant sur les pieds de Rayne pour se mettre à travailler la serrure avec le couteau que Ghost lui avait remis.

Pour la première fois, Ghost regarda attentivement les poignets de Rayne.

— Oh, princesse... tes poignets... tu t'es vraiment débattue, n'est-ce pas ?

Les menottes et la chaîne que ces ordures avaient utilisées pour la maintenir prisonnière et immobile étaient rouillées, salies par les murs et le plafond écroulés, tachées du sang de Rayne. Non seulement ses mouvements brusques avaient fait pénétrer la rouille et la poussière dans ses plaies, mais les chaînes métalliques s'enfonçaient dans ses poignets. De toute évidence, elle avait lutté vigoureusement dans sa panique et cela avait duré longtemps d'après les dégâts que Ghost remarqua sur sa peau.

— Si tu ne peux pas me les retirer, tu veux bien me laisser un couteau avant de partir ?

— Quoi ?

— Un couteau... non, attends, je ne pourrais pas m'en servir. Peux-tu me tirer une balle dans la tête avant de partir ? J'aimerais mieux mourir tout de suite plutôt que de subir ce qu'ils ont l'intention de me faire.

Ghost savait qu'il devrait s'efforcer de trouver une solution, mais il en était incapable. Chacune de ses paroles lui fendait l'âme. Il ignorait ce qui lui était arrivé dans cette salle de torture, mais elle était complètement paniquée. Elle ne pensait qu'à s'échapper. Rayne ne semblait pas avoir été violée. Elle avait toujours sa culotte et il ne voyait pas de sang, mais il ne pouvait pas exclure cette possibilité.

Avant de perdre son sang-froid, il posa sa main gantée sur son front et ouvrit la bouche pour parler, pour la rassurer, quand elle reprit en sanglotant :

— S'il te plaît, va-t'en, ne te fais pas attraper. Ces types sont fous. Ils n'hésiteront pas à vous tuer. Vous n'avez pas le temps de me libérer. Tant pis, allez-y... Je t'ai déjà perdu une fois, Ghost. Je ne supporterais pas qu'ils te tuent. Je veux savoir que tu es en sécurité.

— Là, là, princesse. Je n'irai nulle part, répéta-t-il pour la dixième fois. Nous leur échapperons tous ensemble.

Ses pensées étaient incohérentes. D'abord, elle les suppliait de ne pas partir, puis elle leur ordonnait de s'en aller. Ghost savait que c'était l'effet de la stupeur et de la peur, mais il n'aimait pas la voir dans cet état.

— Ce n'est pas bon, Ghost, dit Wolf d'une voix frustrée à ses pieds.

Il tourna la tête et regarda son coéquipier.

Wolf tenait son couteau.

— Ce n'est pas assez fin. Je n'arrive pas à faire tourner les broches. Il me faut quelque chose de plus petit.

Ghost se leva et s'approcha de la tête de lit.

— Et si nous passions à la manière forte et emportions les chaînes avec nous ?

— J'y ai pensé. Ça vaut le coup d'essayer. Si nous ne parvenons pas à ouvrir les serrures, alors c'est la seule solution à part emporter tout le lit avec nous.

— Nous emporterons ce bordel s'il le faut, grommela Ghost dans sa barbe.

Il était conscient que ce serait délicat dans le meilleur des cas, et dans le pire incroyablement dangereux et stupide, que d'essayer de s'échapper en plein coup d'État terroriste avec un lit sur lequel gisait une femme blessée et terrifiée. Pour les ennemis, ce serait un jeu d'enfants. Ils seraient des proies idéales.

— J'ai quelque chose qui pourrait fonctionner.

Wolf et Ghost se tournèrent vers Rayne, abasourdis.

— Quoi ? demanda Wolf sur un ton impatient, retrouvant sa voix avant Ghost.

Le temps pressait. Aucun d'eux n'avait envie de se retrouver nez à nez avec un lance-roquettes. À ce jeu-là, ils n'avaient aucune chance de gagner.

— Ma barrette. C'est Chase qui me l'a offerte. Elle est pleine de gadgets. Une petite lame, un tournevis et un crochet à serrure. Il a essayé de me montrer comment m'en servir, mais je ne suis capable de rien. Je ne sais pas si ça fonctionnera. C'est peut-être un bidule qui se cassera dans la serrure, mais peut-être...

Devant l'incrédulité des deux hommes, elle laissa sa phrase en suspens.

Ghost vit Rayne tourner la tête dans un geste maladroit et il aperçut une barrette dorée dans ses cheveux. Il tendit la main et la détacha aisément. Puis il l'examina. Elle avait raison, la dent du milieu s'ouvrait pour offrir une pointe acérée.

Sans un mot, il la tendit à Wolf qui se pencha sur ses chevilles en souriant.

— Il n'y a *que toi* pour trouver une femme qui porte dans ses cheveux l'outil précis dont elle a besoin pour se délivrer, Ghost. Que toi. Ça alors !

Ghost se baissa et posa un baiser furtif et tendre sur son front, sans prêter attention à la saleté.

— Tu es formidable. Tiens bon, princesse. Nous allons te tirer de là en un clin d'œil.

Ce ne fut pas aussi rapide, mais étonnamment, la pince à cheveux fut efficace. Après avoir libéré ses pieds, Wolf remit l'objet à Ghost qui la débarrassa de ses menottes aux poignets. Une fois qu'elle fut enfin libre, il s'empressa de lui remettre la barrette, s'assurant que la pince retienne ses cheveux pour éviter qu'ils ne tombent devant son visage alors qu'ils s'enfuiraient.

Enfin libérée de ses chaînes, Rayne se redressa vivement sur le lit. Elle se serait levée et aurait détalé hors de la salle sans la main de Ghost sur son bras.

— Attends, princesse. On va t'habiller, d'accord ?

Rayne hocha la tête en essayant de ne pas avoir honte de sa quasi-nudité. Après tout, ce n'était pas comme si Ghost ne l'avait jamais vue, et Wolf ne la regardait même pas. Il était à la porte et montait prudemment la garde.

— Je n'en reviens pas que ce soit toi, dit-elle dans un souffle tandis que Ghost retirait son gilet pare-balles pour pouvoir enlever le t-shirt noir en dessous.

— C'est bien moi. Quand ton amie a dit qu'il y avait une certaine Rayne encore dans le bâtiment, j'ai eu du mal à la croire.

— Sarah ? Vous l'avez retrouvée avec les autres ? Elles n'ont pas explosé ? Ces connards ont dit qu'ils avaient fait sauter la salle.

Ghost acquiesça.

— Ils l'ont bien fait sauter, mais les femmes ont réussi à se protéger derrière quelque chose. Certaines sont blessées, mais pour le moment, elles sont saines et sauves.

— Merci, mon Dieu. Et les hommes qui étaient avec elles ?

— Eux aussi.

— Bien.

— Allez, lève les bras. Nous devons partir d'ici.

Rayne fit ce que Ghost lui demandait et leva les bras avec obéissance. Elle retint une grimace quand le t-shirt effleura ses poignets. Des gouttes de sang coulèrent le long de ses bras.

— Excuse-moi si je te fais mal, princesse.

— Honnêtement, je ne sens rien, Ghost.

Il fronça les sourcils et elle essaya de le rassurer.

— Mes chevilles non plus. Ça ne fait pas mal. Tout va bien.

Devant sa mine renfrognée, Rayne se contenta de hausser les épaules.

— Allons-nous-en. Je suis prête. S'il te plaît...

Rayne se leva et s'approcha de la porte. Elle serait tombée la tête la première si Ghost n'était pas là pour la rattraper. Il la souleva dans ses bras et se dirigea vers la sortie.

— Je... je ne sais pas ce qui cloche. Je peux marcher... enfin, je crois.

— C'est bon, Rayne. Accroche-toi et ne me lâche pas.

Ghost suivit Wolf hors de la pièce, dans le couloir désert.

— Ça, j'en suis capable, susurra Rayne.

La voix de Blade se fit entendre dans leurs casques.

— Où êtes-vous ? Les *tangos* entrent dans le complexe

du côté ouest. Compris ? Ils affluent en masse. Tout le monde est dehors. Terminé.

— Nous sommes à l'est. Nous ramenons le *colis*. Les mains de Ghost sont occupées. Nous avons besoin de renforts. Terminé.

— Compris. Maintenant, revenez ! Fletch et Truck viennent vous aider.

Ghost et Wolf poussèrent un soupir de soulagement. Ils n'étaient pas hors de danger, mais les hommes de Ghost feraient leur possible pour repousser les embûches éventuelles. Notamment Truck. Cet homme était un colosse et il faudrait être fou pour lui tenir tête. Il n'était pas avenant, loin de là. Son nez avait été cassé à plusieurs reprises et sa cicatrice, due à un combat contre un terroriste, lui donnait une mine patibulaire.

Non, de toute évidence, ce n'était pas un homme à femmes. La plupart du temps, elles prenaient leurs jambes à leurs cous en le voyant. Mais Ghost avait besoin de lui en cet instant. Il avait besoin d'une brute épaisse pour les aider à sortir d'ici en un seul morceau.

— Tu tiens le coup, princesse ? murmura Ghost tandis qu'ils progressaient dans les couloirs d'un silence lugubre.

— Je suis fatiguée. Tellement fatiguée.

Ghost secoua légèrement son précieux paquet.

— Ne t'endors pas. Tu perds trop de sang, tu ne dois pas dormir. Tu m'entends, Rayne ?

Il sentit qu'elle essayait de se redresser dans ses bras, mais elle n'en avait pas la force. L'un de ses bras était passé autour de son cou et il sentit le sang de son poignet couler sous sa veste, le long de son dos dénudé. Il était chaud contre sa peau. Sachant que c'était son sang et non pas de la sueur, il en avait la nausée.

— Alors, j'avais raison quand je disais que tu étais un super-espion, en fin de compte, pas vrai ?

Ghost serra Rayne contre lui en réaction, mais il ne dit pas un mot.

— Tu es tout en noir, sans insigne sur ta tenue... soit un espion soit un agent de la CIA. Impossible que tu sois un soldat normal.

Ghost entendit Wolf ricaner imperceptiblement dans leur radio. Il avait ouvert son micro au cas où il devrait parler à son équipe alors qu'il portait Rayne dans ses bras.

Elle poursuivit :

— Quoi qu'il arrive, merci. Je suppose que tu n'es pas venu pour *moi*, tu as dit que tu ne savais même pas que j'étais là avant que Sarah te le dise, mais merci d'avoir volé à mon secours. Merci d'avoir tout fait pour m'épargner d'être violée par Moshe.

— Quoi ? s'exclama Ghost en serrant les dents.

Wolf leva une main pour les faire arrêter et leur fit signe de se dissimuler dans une petite pièce afin de laisser passer le groupe de miliciens qui leur barrait le chemin jusqu'à la sortie. Ils étaient à deux pas de la liberté, mais ils ne pouvaient pas se précipiter. Mieux valait éviter de courir.

— Ils ont inventé une cérémonie pour que les garçons deviennent des hommes. Pour ça, il devait me violer sept fois, y compris la sodomie, par-devant et par-derrière, et une fellation forcée.

Au fur et à mesure qu'elle parlait, sa voix devenait traînante.

Les hommes ne l'interrompirent pas. Ils voulaient connaître toute son histoire pour savoir comment l'aider, et en même temps, ils avaient envie d'y retourner pour massacrer à nouveau tous les hommes qu'ils avaient déjà tués.

— Et tenez-vous bien... s'il n'arrivait pas à me faire jouir la septième fois, il échouait à devenir un homme et je devais tout subir à nouveau. Comme si une femme pouvait avoir un orgasme après avoir été violée à plusieurs reprises...

— Il t'a touchée, princesse ?

Les paroles de Ghost étaient lentes et déchirantes, mais Rayne ne semblait pas s'en rendre compte.

— Non, pas comme ça. Il n'a pas eu le temps. Comme je l'ai dit, vous avez débarqué au moment où il allait commencer. Alors, merci. Mais tu dois savoir que ma dernière pensée était pour toi. J'ai essayé de me rappeler ton odeur, tes mains. Tu savais me donner l'impression d'être délicieuse... Je voulais penser à toi, pas à lui et à ce qu'il allait me faire. Tu m'as manqué, Ghost.

À présent, elle murmurait, comme si elle pensait à mi-voix :

— Tu m'as manqué.

Rayne prit une grande inspiration et elle reprit d'une voix chevrotante :

— Il a dit qu'il reviendrait. Il avait l'air d'un gentil garçon, mais à son regard j'ai bien vu qu'il était tout le contraire. Ghost ?

— Oui, princesse ?

Elle s'était remise à chuchoter, comme si elle avait peur qu'il surgisse de nulle part à la seule mention de son nom.

— Il revient pour devenir un homme.

— Il ne revient pas.

— Si. Il l'a dit. Il s'est tourné vers moi alors qu'ils s'enfuyaient comme des poules mouillées. Je l'ai cru. Il veut devenir un homme.

— Il est mort, princesse. Je l'ai tué.

Elle ouvrit les yeux en essayant de soulever la tête de ses épaules, et pourtant elle n'y parvint pas.

— C'est vrai ?

— Oui.

— Tu en es sûr ? Tu ne me dis pas ça pour essayer de me protéger comme toujours ?

Ghost songea immédiatement qu'il voulait passer le restant de sa vie à la protéger, mais il répondit d'une voix égale :

— Portait-il un pantalon marron avec un cordon ? Une chemise bleue ?

— Hmm, oui...

— Alors, je peux te dire avec une certitude absolue qu'il ne sera jamais un homme. *Jamais.*

— Merci ! Ghost ?

Wolf fit signe que la voie était libre et ils sortirent ensemble du bâtiment où le cauchemar de Rayne avait commencé une semaine plus tôt. Ghost était furieux. À présent, il comprenait pourquoi le pantalon du garçon était défait. Ce petit fils de pute s'apprêtait à violer Rayne. Ça s'était joué à si peu.

— Oui, princesse ? répéta Ghost.

— Je dois dormir. J'ai essayé. Vraiment. Mais si je me réveille, tu seras là ? Je ne veux plus me réveiller dans un lit vide.

Ghost ne voulait pas qu'elle s'évanouisse, mais elle avait perdu beaucoup de sang et mieux valait peut-être qu'elle ne se rappelle pas ce qui s'était passé lorsqu'ils avaient fui le bâtiment. S'ils rencontraient des ennuis, il préférait qu'elle n'en soit pas consciente. Pourtant, il n'aimait pas qu'elle emploie le mot *si.*

— Tu *vas* te réveiller, Rayne. Nous avons trop de choses à vivre pour qu'il en soit autrement. Et je t'assure que je serai là.

Ainsi, il lui donnait la permission de lâcher prise.

Ghost baissa les yeux sur Rayne alors qu'elle sombrait

enfin dans l'inconscient, inerte entre ses bras. C'était plus difficile de la porter. L'avantage maintenant, c'était qu'il n'avait plus à craindre de la secouer. Il ne pouvait pas lui faire mal si elle était évanouie. Le sang de son poignet continuait à ruisseler dans son dos et celui de ses chevilles gouttait au sol tandis qu'ils progressaient dans l'atmosphère égyptienne étouffante.

— Wolf, gronda-t-il, attirant l'attention de son coéquipier.

Lorsqu'il se tourna, Ghost fit un signe de tête vers les chevilles ensanglantées de Rayne.

Son coéquipier parla dans le micro :

— Truck, notre *colis* a besoin de réparations. Nous laissons des traces. C'est abondant. Tenez-vous prêts pour une exfiltration par avion.

— Bien reçu.

Alors que le binôme se dirigeait vers le point de ralliement afin de quitter l'Égypte et d'offrir à Rayne les soins nécessaires, Wolf dit à Ghost d'un ton grave :

— Je ne sais pas ce qui s'est passé entre vous avant aujourd'hui, mais tu as une femme merveilleuse dans les bras. Ressaisis-toi et ne la laisse pas partir, cette fois.

— Ce n'est pas aussi facile, protesta Ghost.

— Bien sûr que non. Un jour, je te raconterai mon histoire avec ma femme, Caroline. Et si on a le temps, tu écouteras le reste de mon équipe te raconter leurs histoires. Nous étions exactement comme ton groupe et toi. Des durs à cuire des forces spéciales, et nous n'avions pas besoin de femmes dans nos vies. On pensait que ça ne fonctionnerait jamais, mais on se trompait, comme toi. Laisse-lui une chance.

— Nous sommes des Delta.

— Et alors ? Si quelqu'un peut comprendre, c'est bien

moi. On ne peut rien dire à nos femmes. Elle ignore où nous sommes ou combien de temps nous partons. Il n'y a aucune garantie que nous rentrions à la maison, mais elles nous aiment quand même.

Ghost grogna sans rien dire.

— Ne la laisse pas, Ghost. À ce que je vois, c'est une femme formidable. Elle a besoin de toi, surtout après ce qui s'est passé ici. Mieux que quiconque, tu peux la comprendre et l'aider. Mais surtout, toi aussi, tu as besoin d'*elle*. Ça crève les yeux.

Ghost n'avait jamais été aussi heureux de revoir Fletch et Truck de toute sa vie. Il était gêné par ce que lui avait dit Wolf. Il voulait cette femme dans ses bras plus que tout au monde, mais il ignorait comment y parvenir. Wolf disait que ça pouvait fonctionner, mais Ghost se demandait bien comment.

Chaque chose en son temps. Rayne avait besoin d'un médecin et ils devaient ficher le camp d'Égypte.

Ensuite ? Qui sait ?

19

Rayne était assoupie sur le lit de fortune que Ghost lui avait préparé. Heureusement, leur évasion de la place s'était déroulée sans encombre. Ils n'avaient pas croisé d'autres miliciens et l'armée égyptienne s'était assurée de tuer dans l'œuf la tentative de coup d'État une bonne fois pour toutes. Ils avaient fait irruption dans le bâtiment officiel une fois que tous les otages étaient en lieu sûr et ils n'avaient pas cherché à négocier ni à capturer les opposants vivants.

Les sympathisants armés de lance-roquettes avaient été supprimés avant de pouvoir passer à l'action. Désormais, l'immeuble était sécurisé, mais tout le monde savait que les bras et les jambes de la bête ne tarderaient pas à repousser. Il faudrait lui trancher la tête pour que la milice soit définitivement hors d'état de nuire. Les probabilités étaient minces. Ghost ne serait pas étonné de devoir retourner en Égypte plus tôt que prévu. Mais ça ne le dérangeait pas. Il se ferait un plaisir de rayer de la surface de la terre les ordures qui s'en étaient prises à Rayne. Ces types n'avaient peut-être pas physiquement participé à ce qui s'était passé dans cette salle, mais ils avaient donné aux miliciens la force de frappe nécessaire pour le permettre.

Ghost se fichait bien de l'armée égyptienne en cet instant. La seule chose qui comptait, c'était Rayne. Il devait s'assurer qu'elle soit saine et sauve. Truck et Fletch étaient venus à leur rencontre dans une ruelle derrière la place et avaient appliqué des bandages compressifs aux chevilles et aux poignets de Rayne. Ensuite, Truck avait récupéré la jeune femme dans ses bras comme si elle n'était pas plus lourde qu'un enfant et ils s'étaient empressés de rejoindre le reste des équipes.

Ghost aurait protesté, mais il savait que Truck pouvait porter Rayne sur des kilomètres sans jamais se fatiguer... Il était grand et fort. Et puis, Ghost espérait qu'ils croiseraient d'autres miliciens pour pouvoir leur faire sauter la tête, se venger de ce que Rayne avait subi.

Ils n'avaient rencontré aucune résistance et ils étaient de retour avec les équipes dix minutes plus tard. Mozart, membre des forces spéciales, avait demandé s'ils devaient emmener Rayne à l'hôpital de la Croix Rouge mis en place pour soigner les otages. Avant que Ghost puisse répondre, Wolf prit la parole :

— Non, elle est avec Ghost. Elle reste avec nous jusqu'au pays.

Aucun homme n'opposa d'objection devant la déclaration de Wolf. Si elle faisait partie des leurs, alors ils la garderaient à l'œil sans poser de questions.

Ghost regarda tous les agents des forces spéciales dans les yeux. Chacun des hommes, tous aussi dangereux que ceux de son équipe de la Delta Force, avaient l'air compatissants et attentionnés. S'il ne l'avait pas vu en personne, il n'aurait jamais cru qu'en plein milieu d'une mission, dans un pays au bord de la guerre civile, un groupe de mâles alpha virils et durs à cuire puissent être émus par la détresse de cette femme en bien piteux état.

En plus du fait qu'elle ne portait que son t-shirt, Rayne avait les cheveux ternes, couverts de poussière autour de son visage. Elle avait des cernes noirs sous les yeux, ainsi que des hématomes sur les deux joues. Elle n'avait pas dit que ces fumiers l'avaient frappée, mais de toute évidence, c'était le cas. Elle n'était pas fragile, mais ainsi effondrée, blessée et sale, dans les bras de son coéquipier, elle avait l'air minuscule et sans défense.

Rayne remua dans l'étreinte de Truck et elle entrouvrit les yeux. Elle vit le colosse qui la portait, et au lieu de paniquer en découvrant son visage, comme d'autres femmes dans la même situation avant elle, elle esquissa un demi-sourire et bredouilla :

— J'espère que tu as tué le connard qui t'a blessé.

Puis elle s'évanouit.

La mine interloquée de Truck aurait été comique dans d'autres circonstances.

Ils avaient allongé Rayne. Truck et Mozart s'étaient penchés sur ses blessures. Elles étaient profondes et les deux hommes ne voulaient pas la recoudre sans l'avoir minutieusement nettoyée au préalable. Pour le moment, ils firent de leur mieux avec le matériel stérilisant qu'ils avaient dans leurs affaires, puis ils appliquèrent des bandages. Heureusement, Rayne ne bougea pas pendant l'opération vraisemblablement douloureuse.

Durant tout ce temps, Ghost resta à son chevet, une main sur son front. Une fois qu'ils eurent terminé, Truck la souleva à nouveau dans ses bras et les treize hommes repartirent vers le point d'extraction.

À présent, ils étaient à bord de l'avion militaire pour rentrer aux États-Unis. Ils atterriraient à Fort Hood, puis les forces spéciales rentreraient à leur base en Californie auprès de leurs familles.

Rayne était au fond de l'avion, sur la civière qu'on lui avait préparée. Elle serait directement emmenée à l'hôpital pour des soins avancés lorsqu'ils atterriraient au Texas. Ghost ignorait encore ce qui se passerait une fois qu'ils seraient rentrés.

— Ça me fait penser à Caroline, Wolf, dit Cookie en souriant alors qu'ils s'installaient.

Il se rappelait le sauvetage de la femme de Wolf. Elle aussi s'était retrouvée sur un lit de fortune au fond de l'avion militaire comme Rayne aujourd'hui.

Wolf sourit à ce souvenir, mais il ne dit rien.

— Alors, raconte-nous ton histoire, Ghost ! demanda Dude.

Il garda le silence.

Sans comprendre le message, Dude insista :

— Elle ne sait pas que tu es un Delta ?

Ghost secoua la tête.

— Que comptes-tu faire ?

Il haussa les épaules.

— Rien.

— Abruti, grommela Abe tout bas.

— Attention à toi, l'avertit Fletch en soutenant son coéquipier.

— Je lui ai déjà fait la leçon, dit Wolf à son équipe.

Il n'était pas troublé le moins du monde par l'hostilité du coéquipier de Ghost.

— Je lui ai dit que c'était un idiot d'avoir laissé partir cette fille. Vous savez le temps qu'il m'a fallu pour accepter Caroline. Je voulais lui éviter la même galère.

Ghost intervint avant que ses hommes ne s'énervent. Une dispute entre les forces spéciales et la Delta Force à onze mille mètres d'altitude était une mauvaise idée. Il ne doutait pas que ses hommes auraient le dessus, mais ce serait difficile.

— Écoutez, nous nous sommes rencontrés il y a six mois. Nous avons eu... une aventure. Une histoire d'un soir. C'est tout, rien de plus.

— Et tu n'es sorti avec personne depuis, n'est-ce pas ? demanda Blade, trop bien renseigné au goût de Ghost.

Hollywood émit un long sifflement et se joignit à la conversation.

—Tu es mordu.

— La ferme, les gars, les prévint Ghost. Nous étions occupés. Ce n'est pas parce que je n'ai pas eu le temps de faire des rencontres que Rayne me manque.

— Je comprends mieux maintenant, dit alors Coach sans prêter attention à l'avertissement de son chef. Tu avais le temps, Ghost. Ne mens pas. Ce soir-là, il y a un peu plus d'un mois, quand nous étions tous au bar et que cette groupie de l'armée t'a dragué. Je me demandais bien pourquoi tu ne la ramenais pas chez toi pour te la taper, mais maintenant je vois...

Ghost n'avait pas envie d'en parler, mais de toute évidence, il ne s'en tirerait pas aussi facilement.

— Ça n'a rien à voir, abruti. J'étais fatigué et on aurait dit qu'elle cherchait plus qu'une seule nuit.

— N'importe quoi, s'exclama Fletch sur un ton détaché. Elle voulait ce que veulent toutes les groupies de l'armée... une nuit avec un militaire. C'était un coup d'un soir garanti.

Ghost gardait le silence. Ils avaient raison. La fille en question ne l'avait pas lâché. Elle avait presque glissé la main dans son pantalon au bar, devant tout le monde. Il aurait pu l'emmener dans la ruelle, se faire sucer et être de retour au bar dix minutes plus tard. Mais dès l'instant où il avait senti son souffle dans son cou, la seule chose à laquelle il avait pensé, c'était la bouche de Rayne qui effleurait et léchait sa peau, alanguie dans ses bras. Il n'avait pas eu de femme depuis Rayne et ça ne lui avait même pas manqué.

— C'était après cette mission en Turquie, n'est-ce pas ? demanda Truck. Tu avais une escale à Londres. Tu es rentré avec un jour de retard parce que ton vol avait été annulé. C'était il y a six mois.

— C'est le destin, Ghost. Mon conseil ? Ne résiste pas, dit Wolf avec conviction.

Ghost ne se serait jamais confié, mais il était las, inquiet pour Rayne. Il ne s'était pas remis d'être tombé sur elle en pleine opération. L'idée qu'elle ait failli se faire violer et brutaliser à plusieurs reprises au nom d'une idéologie fausse et malsaine le rendait nerveux, et même vulnérable.

— Je lui ai menti. Elle ne connaît même pas mon nom.

— Elle t'a appelé Ghost, souligna Wolf. Elle a su tout de suite qui tu étais.

— Mais ce n'est pas mon nom.

— C'est ce que tu es, insista Beatle, répétant ce que Fletch lui avait déjà dit. Tu es Ghost. Je suis Beatle. Et eux, ce sont Blade, Truck et Fletch. La moitié du temps, je ne me souviens même pas de nos véritables noms. Tu sais que Coach refuse carrément de nous dire le sien. Il se fait appeler par son deuxième prénom, mais personne ne connaît le premier. Comment t'a-t-elle appelée au moment de l'orgasme ?

Ghost le fusilla du regard.

— Je ne vais pas te le dire, bordel !

Beatle poursuivit comme si Ghost lui avait répondu de manière très claire.

— Oui, c'est ce que je pensais. Tu n'as pas menti sur qui tu étais, Ghost. C'est tout ce qui compte.

— Je l'ai quittée au petit matin. Je ne l'ai même pas réveillée pour lui dire au revoir.

Pourquoi Ghost continuait de dire aux gars tout ce qu'il avait fait, il n'en avait aucune idée. Tout ce qu'il savait, c'était qu'il culpabilisait comme un fou, même s'il avait toujours procédé de la même manière avec les autres femmes – des femmes dont il ne se rappelait même pas le nom.

— Lui as-tu promis que tu garderais le contact ?

Bon sang. Fletch en avait déjà parlé avec lui, mais il insistait délibérément devant les autres.

— Non, rétorqua Ghost de mauvaise grâce.

Fletch reprit :

— Alors, elle savait que c'était un coup d'un soir. Je suppose qu'elle était d'accord.

À contrecœur, Ghost hocha la tête.

— Il me semble qu'elle savait très bien où elle mettait les pieds.

Frustré, il passa la main dans ses cheveux.

— Oui, mais non. Elle n'avait jamais connu d'aventures d'un soir. C'est une romantique. Elle... elle s'attendait à autre chose. Je le sais bien.

Pendant quelques instants, les hommes restèrent muets, puis Wolf prit la parole. Ghost ne le connaissait pas bien, mais il voyait qu'il était sincère à cent pour cent quand il parlait.

— J'ai essayé de rejeter ma Caroline. Je me disais que c'était la meilleure chose à faire. Nous savons que nos métiers sont dangereux. Il était hors de question que ça lui retombe dessus. Elle avait été enlevée, on l'avait frappée, entre autres atrocités, et après son sauvetage, elle me regardait comme si j'étais son soleil... malgré tout, je l'ai rejetée. Je pensais que c'était pour son bien. J'estimais que je n'étais pas bon pour elle.

Lorsqu'il s'interrompit, Ghost demanda :

— Et ?

— Et ce n'étaient que des conneries, répondit Wolf avec un sourire. Je la désirais plus que tout au monde. Elle me rendait heureux. Avec elle, je me sentais humain. Je voulais partir avec elle, l'emmener pour qu'aucun autre homme n'ose poser les yeux sur ce qui m'appartenait.

— Alors, tu es allé la voir et maintenant, tout est au beau fixe.

Les autres membres de son équipe éclatèrent de rire. Wolf dit sur un ton amusé :

— Pas vraiment. Cookie lui a donné son insigne, le trident des forces spéciales.

Truck grogna. Il avait du mal à le croire. Ils savaient tous ce que le trident signifiait pour les forces spéciales qui le recevaient en intégrant officiellement l'équipe. Que Cookie ait donné à la femme de Wolf son badge des forces spéciales, c'était un coup bas.

— Oui. Ça m'a agacé. Il m'a fallu un moment pour pouvoir l'échanger contre le mien. Et je ne l'ai plus récupéré avant notre mariage.

Wolf lança à Cookie un regard faussement irrité. Ce dernier ricana. De toute évidence, le chef d'équipe était proche de ses hommes.

— Ce n'était pas une promenade de santé. Elle était dans tous ses états. Moi aussi, mais en fin de compte, je l'ai eue. C'était tout ce qui comptait. Je l'ai eue. L'idée qu'un autre homme pose ses mains sur elle, la regarde, lui donne ce qu'elle attendait de la vie, me rendait complètement dingue. Si tu n'as pas des envies de meurtre en l'imaginant blottie contre un autre homme, laisse-la vivre cette vie-là. Elle trouvera quelqu'un avec qui être heureuse, se marier, avoir des enfants.

Wolf remuait volontairement le couteau dans la plaie pour essayer d'agacer Ghost et le faire réfléchir.

— Mais si tu la désires... Trouve un moyen, parce qu'elle te comblera comme personne d'autre ne l'a jamais fait et ne le fera jamais.

Après le discours de Wolf, les autres gardèrent le silence. Bientôt, ils s'endormirent. Ghost savait qu'il ne trouverait pas le sommeil. Il se faisait du souci pour Rayne et les paroles de Wolf lui trottaient dans la tête. Il rejoignit l'arrière de l'appareil et s'assit à son chevet. Elle s'était tournée sur le côté, vers le mur, mais elle semblait mal installée.

Elle portait toujours son t-shirt, et le drap avait glissé sous ses fesses quand elle avait changé de position. Le tatouage dans son dos, que Ghost avait admiré plusieurs mois auparavant, était clairement visible. Il le regarda longuement, incapable de croire à ce qu'il voyait. Son premier réflexe avait été d'ajuster le drap pour éviter que les gars ne la voient, mais il était resté pétrifié devant ce tatouage qui l'avait tant ému la dernière fois.

Lorsqu'il lui avait donné son t-shirt dans le bâtiment, il cherchait seulement à préserver sa pudeur avant de fuir au plus vite. Même s'il adorait la voir nue, c'était vraiment la dernière chose à laquelle il pensait à ce moment-là. Quand Truck et Mozart l'avaient soignée, elle était couverte du cou jusqu'aux cuisses par son vêtement et il se préoccupait trop de ses plaies aux chevilles et aux poignets pour se soucier du reste.

Mais à présent, en retrouvant ce tatouage qui signifiait tant pour lui et en découvrant ses récentes modifications, il en avait le souffle coupé.

Elle l'avait ajouté sur sa peau.

Oh, bien sûr, il s'était déjà reconnu sur son tatouage tel qu'il était, mais s'il avait cru pouvoir nier ce que leur nuit ensemble signifiait pour elle, à présent c'était impossible. La preuve était sous ses yeux en Technicolor – il en aurait pleuré.

Fletch se racla la gorge derrière lui et Ghost se retint de pleurnicher comme un gamin. Il s'empressa de prendre le drap et de le tirer sur son corps pour la couvrir, la protégeant aux yeux de son coéquipier. Personne ne devait voir ce qui lui appartenait.

— Il semblerait que cette histoire d'un soir ait été un peu plus intense que vous voulez bien l'admettre, tous les deux.

Merde. Il n'avait pas réagi assez vite et Fletch avait aperçu le tatouage de Rayne. Il garda le silence, évitant le regard de son ami. Il ne savait pas quoi répondre.

— Son tatouage me dit quelque chose... on dirait celui que tu t'es fait faire sur la jambe, il y a quelques mois.

Ghost ne répondit pas. Il n'y avait rien à dire.

Fletch soupira, puis il surprit Ghost en admettant de but en blanc :

— J'ai rencontré quelqu'un. Elle est drôle, formidable, plus têtue que n'importe qui. Elle a des secrets et elle refuse de s'ouvrir à moi. Mais le pire, c'est qu'elle semble déjà avoir quelqu'un dans sa vie.

À ces mots, Ghost leva les yeux. Son ami était debout, une épaule contre le mur, manifestement détendu même si tous les muscles de son corps étaient en alerte.

— Chaque fois que je les vois ensemble, j'ai envie de frapper quelque chose. Elle a une fillette merveilleuse qui a peur de ce nouveau type.

— Fletch...

Il poursuivit sans se laisser interrompre :

— J'ai entendu ce qu'a dit Wolf et il a raison. Je n'ai même pas touché cette femme, mais la seule *idée* que son connard de copain lui fasse du mal, à elle ou à sa fille, me rend fou. Je n'imagine même pas ce que tu traverses. Si elle est faite pour toi, dit Fletch en désignant Rayne d'un mouvement de tête, tu dois te battre, Ghost. Et il est évident qu'elle est faite pour toi. On dirait que tu l'as tatouée sur ta peau. D'après ce petit fantôme sur la sienne, elle aussi t'a dans la peau.

— Mais les équipes...

— Tu crois qu'on ne te soutiendra pas ? Tu crois qu'on ne la protégera pas comme on te protège ? Tu as oublié ce que nous nous sommes tous fait tatouer sur le flanc, Ghost ! Alors ? *Je défendrai mes frères et leurs femmes.* Nous avons tous besoin de quelqu'un. Sinon pourquoi cette inscription sur nos corps ? Bon sang, Ghost. Ne la laisse plus jamais partir.

Ghost se tourna à nouveau vers Rayne. Elle était roulée en boule sous le drap et son dos bougeait faiblement, au rythme de sa respiration calme et apaisée. Il hocha la tête et entendit Fletch s'éloigner, le laissant seul avec Rayne.

Après l'avoir regardée dormir, Ghost prit une décision.

Il se battrait pour elle, mais il n'était pas certain que Rayne se batte pour lui en retour. Il savait qu'il avait une longue route à faire. Il l'avait sauvée, certes, mais il était encore loin d'avoir regagné sa confiance. Il le comprenait aussi clairement que si Rayne s'était retournée et avait elle-même prononcé les mots.

— Je te le jure, Rayne. Je ne te mentirai jamais. Plus jamais.

Ce vœu était discret, mais il venait du fond de son cœur. Ghost en pensait chaque mot, même si Rayne ne l'entendait pas.

Incapable de résister, il souleva le drap pour contempler son tatouage. Big Ben était nouveau. Il se dressait fièrement derrière l'une des ailes de l'aigle. Les mots « discrétion, rigueur et humilité » étaient inscrits en toutes lettres comme des nuages au-dessus de l'horloge. Quant au petit fantôme, il semblait presque réel, flottant autour de la tour comme s'il faisait partie intégrante de sa vie. Avec vénération, il l'effleura du bout du doigt.

Rayne tressaillit à son contact et elle s'appuya contre lui, cherchant inconsciemment à l'atteindre.

Sans réfléchir, Ghost se glissa sur le petit matelas, épousant la forme de son corps en prenant soin de ne pas toucher ses blessures. Ils étaient à l'étroit sur le lit de camp. Il était entièrement habillé, y compris ses rangers, mais il avait besoin de la serrer contre lui, d'être auprès d'elle, de la protéger.

Ghost ramena le drap sur eux. Il voulait que Rayne soit bien au chaud. Timidement, il passa un bras autour de sa taille et glissa l'autre sous sa tête.

Satisfait pour la première fois depuis six mois, depuis que Rayne s'était blottie contre lui pour la dernière fois, il ferma les yeux et pria. Il pria pour qu'elle lui pardonne ses mensonges, pour qu'ils trouvent un moyen de faire fonctionner leur relation. Ils auraient beaucoup d'efforts à fournir, mais là, avec Rayne dans ses bras, il ne pouvait s'empêcher d'éprouver un grand soulagement à l'idée que le destin l'ait conduit jusqu'à elle alors qu'elle en avait besoin.

20

Rayne ouvrit mollement les paupières. La lumière vive l'aveugla et elle s'empressa de fermer les yeux. Elle se sentait secouée et entendait des éclats de voix alentour. Il lui fallut un moment pour se rappeler ce qui s'était passé, mais aussitôt, elle plissa les yeux, s'accoutumant progressivement à la luminosité.

Elle était allongée sur un matelas souple et on l'emmenait dans un bâtiment. Lorsqu'elle tourna la tête, elle tressaillit.

Ghost. C'était bien lui.

Lentement, les souvenirs de sa capture et de son sauvetage lui revinrent. Alors qu'elle croyait mourir dans cet immeuble du Caire, Ghost avait surgi comme par miracle.

Il s'était montré patient et mesuré, et avec son... associé ou quel que soit le statut de l'autre homme, ils lui avaient retiré ses chaînes et Ghost l'avait transportée en lieu sûr. Ensuite, Rayne se remémorait à peine quelques bribes. Elle avait avalé des pilules, on lui avait pansé ses plaies et Ghost l'avait serrée dans ses bras pendant son sommeil. Cette dernière partie, elle n'en était pas certaine étant donné qu'elle rêvait de ses bras presque tous les soirs depuis qu'il l'avait laissée dans cette chambre, à Londres.

— Ghost ?

Elle avait des trémolos dans la voix, plus rauque et faible que d'habitude, mais il l'entendait.

Il posa la main sur son épaule et baissa les yeux vers elle tout en avançant.

— Bonjour, princesse. Tu es réveillée.

— En quelque sorte.

Il ricana.

— Oui, ces sédatifs que nous t'avons donnés avec les antalgiques sont très puissants. Tout va bien se passer.

Sans plus tergiverser, il lui annonça :

— Tu es au centre médical des armées de Darnell, à Fort Hood. Tu es en sécurité, de retour sur le sol américain.

— Au Texas ?

— Oui. Tu es rentrée au Texas.

— Et mes affaires ?

— Tes affaires ?

— Oui, à l'hôtel.

Ghost eut un petit rire.

— Seule une femme penserait à ses affaires après ce que tu as subi. Ton amie Sarah est allée les chercher.

— Et mon frère ?

— Je lui ferai savoir que tu es là.

— D'accord. Ghost ?

— Oui ?

Le brancard à roulettes s'arrêta dans une petite salle d'examen. Dès que le mouvement cessa, Rayne éprouva un léger vertige. Elle sentit à nouveau ses paupières se fermer.

— Tu seras là quand je me réveillerai ?

Comme il ne répondait pas, Rayne se força à rouvrir les

yeux. Si c'était la dernière fois qu'elle voyait Ghost, elle ne voulait rien rater.

— Oui. Je serai là quand tu te réveilleras.

Elle ne comptait pas le dire, mais elle demanda malgré elle :

— C'est promis ?

— C'est promis, princesse.

— D'accord. Ghost ?

Cette fois, il y avait un sourire dans sa voix.

— Oui ?

— Vous les avez coupés en fin de compte ? Je ne les sens plus.

Rayne ne vit pas l'expression soucieuse sur le visage de Ghost, car ses paupières étaient trop lourdes.

— Non, Rayne. Nous n'avons pas coupé tes mains ni tes pieds. Tu les as toujours, mais ils sont en mauvais état. Je te jure que je ne te mentirai plus jamais. Tu garderas des cicatrices.

— Ce n'est pas grave. Plus jamais ? Tu m'as déjà menti ?

Ghost posa la main sur le front de Rayne et sa voix se radoucit.

— Oui, mais ce sera la dernière fois. Si tu veux savoir quelque chose, il te suffit de me le demander.

Il avait cru que Rayne s'inquiéterait de garder des séquelles, mais il aurait dû se douter qu'elle s'en ficherait éperdument. Il avait pris à cœur les paroles de Wolf. Il désirait Rayne. Ce ne serait pas facile, mais elle valait la peine qu'il se batte pour elle. Il se sentait bien en sa présence et cette seule vérité faisait de lui une personne meilleure... pour elle. Il n'abandonnerait pas sans se battre.

— D'accord.

Ce fut tout. Rayne s'était endormie. Le médecin arriva et se mit immédiatement au travail. Il retira les bandages pour examiner la situation. Après s'être assuré qu'il la laissait entre de bonnes mains, Ghost retourna dans la salle d'attente où il retrouva ses six coéquipiers.

— Truck, veux-tu aller jeter un œil à Rayne ? J'ai quelque chose à faire.

— Bien sûr.

— Tiens-moi au courant.

Truck hocha la tête avant de partir dans la direction d'où Ghost était arrivé. En temps normal, ils ne restaient pas dans la salle d'opération avec les patients, mais le colonel avait appelé un responsable de l'hôpital et on leur avait laissé le champ libre.

— On peut t'aider ? demanda Fletch.

Ghost secoua la tête.

— Non, mais je te remercie. Je reviens tout de suite.

Ses coéquipiers hochèrent la tête et Ghost quitta l'hôpital pour rallier les baraquements des officiers. Six mois plus tôt, quand il était rentré à Fort Hood après la nuit qui avait changé sa vie, il s'était renseigné sur le frère de Rayne. C'était un premier lieutenant et Ghost avait été impressionné. Il avait obtenu son diplôme à West Point, major de sa promotion, il s'était spécialisé en antiterrorisme et tous les rapports de ses supérieurs étaient dithyrambiques. Il promettait de devenir un excellent chef, de ceux qui se soucient vraiment des hommes sous leurs ordres. Il posait des questions aux sergents de son peloton et il suivait leurs conseils. Le lieutenant Jackson allait monter en grade et Ghost savait qu'il irait très loin.

Comme il était huit heures du matin, Ghost espérait le trouver dans sa chambre. Il gravit les marches jusqu'au deuxième étage et frappa à la porte.

Chase Jackson ouvrit presque aussitôt.

— Oui ?

Ghost portait toujours les mêmes vêtements depuis quarante-huit heures. Il n'était pas sous son meilleur jour et rien n'indiquait son grade ni son nom sur sa veste. En mission, et même à Fort Hood, aucun des Delta n'affichait d'informations permettant de les identifier, pour des raisons de sécurité.

— Je suis le capitaine Keane Bryson. Puis-je entrer un moment ?

Chase parut étonné, mais il s'écarta pour lui faire signe de passer.

Ni l'un ni l'autre ne parla tandis que Chase conduisait Ghost dans le petit salon de son modeste appartement. Ce dernier alla droit au but :

— Je rentre tout juste d'Égypte. Du Caire, plus exactement.

Ghost vit Chase se crisper. Oui, cet homme savait très bien ce que cela signifiait.

— Votre sœur faisait partie des otages du coup d'État.

Le lieutenant blêmit et vacilla. Pendant une seconde, Ghost crut qu'il allait s'effondrer la tête la première. Le jeune homme tendit la main pour se soutenir contre le chambranle. Il déglutit péniblement, puis il poussa un juron.

— Putain de merde. Est-elle... Êtes-vous une personne-ressource ?

Ghost savait ce qu'il lui demandait. Les personnes-ressources étaient des agents envoyés dans les familles pour annoncer les mauvaises nouvelles quand quelqu'un était tué au combat. Personne ne voulait les rencontrer en ouvrant sa porte. Il s'empressa de le rassurer.

— Non. Je fais partie de l'unité envoyée pour secourir les otages. Nous l'avons ramenée. Elle était blessée, mais elle va bien. Elle est ici, au centre médical de l'armée de Darnell.

Chase plissa les yeux et pencha la tête. Il n'était pas bête.

— Et *vous* êtes venu m'annoncer cela parce que...

Le respect de Ghost pour cet homme redoubla. Il était plus haut gradé que Chase, et même sans savoir que c'était un soldat de la Delta Force, il avait bien compris qu'il se passait autre chose. Le frère de Rayne se doutait peut-être qu'il faisait partie des Delta. Après tout, il travaillait dans l'antiterrorisme, il savait qu'il y avait des membres de la Delta Force à la base. Et si Ghost avait été envoyé en Égypte, il y avait de fortes chances que Chase sache qu'il n'était pas un simple capitaine. Pour un homme tel que Chase, le fait que Ghost soit ici dans son salon, vêtu de noir sans aucun signe de son grade, était un aveu de son identité au même titre que s'il portait un badge indiquant « Soldat de la Delta Force ».

— Parce qu'elle est avec moi.

Ghost lui avait parlé sans détour. Il leva une main lorsque Chase ouvrit la bouche et s'empressa de lui exposer la nature de sa relation avec sa sœur.

— Je l'ai rencontrée il y a six mois. Nous n'avons pas passé beaucoup de temps ensemble, mais nous allons nous rattraper. Je ferai tout mon possible pour que ça fonctionne. Je suis venu parce que je voulais vous parler en premier. Elle a été blessée là-bas. Elle va bien, mais elle aura sans doute besoin de parler à quelqu'un de ce qui s'est passé.

— Que s'est-il passé ?

Ghost savait que Chase reviendrait sur ce qu'il avait dit, « elle est avec moi », mais il se réjouissait de constater qu'il était plus soucieux de la santé de sa sœur que de la déclaration arrogante de Ghost à son sujet.

— Elle est déshydratée et elle a perdu du poids. Quand je l'ai retrouvée, elle avait presque été violée.

— Presque ?

— Presque.

— Dieu merci. Mais elle a été blessée ?

— Ils l'ont enchaînée à un lit et elle... s'est débattue.

Chase eut un sourire désabusé avant de retrouver tout son sérieux.

— Oui, évidemment.

— Cette barrette que vous lui avez offerte lui a pratiquement sauvé la vie.

Chase afficha un sourire franc, cette fois. Il hocha la tête.

— Je m'assurerai qu'elle n'en manque jamais.

— Ses poignets et ses chevilles sont très abîmés. Les médecins sont en train de lui faire des points de suture. Je sais qu'elle aimerait vous voir à son réveil.

— J'irai dès que nous aurons terminé. Et maintenant... qu'est-ce qui vous fait croire qu'elle veut être avec vous ?

— Avez-vous vu ce qu'elle a ajouté à son tatouage ?

Chase sourcilla.

— Elle a ajouté quelque chose à cette horreur dans son dos ?

— Oui, dit Ghost en hochant la tête. Elle m'a ajouté.

Chase fixa longuement du regard l'homme au physique dangereux qui se tenait devant lui.

— Elle n'est plus la même depuis quelques mois.

Ghost se contenta de hocher la tête. Lui non plus n'était plus le même depuis qu'il avait quitté cette chambre d'hôtel à Londres. Il savait très bien ce que Chase voulait dire.

— Ne lui faites pas de mal. Je sais que vous êtes plus haut gradé que moi et que vous avez plus de pouvoir que je ne pourrais jamais espérer en avoir un jour, mais je jure devant Dieu que si vous la faites souffrir...

— Je ne peux rien vous garantir, nous sommes assez têtus tous les deux, mais elle est faite pour moi. Je tuerais pour la protéger. Je me battrais pour elle. Je ne la laisserai pas tomber.

Chase ne répondit pas immédiatement. Il réfléchissait aux paroles de Ghost. Enfin, il lui tendit la main.

— C'est un plaisir de faire votre connaissance, Keane Bryson.

Il lui serra la main.

— Ghost. Appelez-moi Ghost.

— Très bien, Ghost.

— Et maintenant, je vais me rendre à l'hôpital.

— Je vous accompagne.

Ghost savait qu'il dirait cela. Il se contenta de hocher la tête.

— Donnez-moi cinq minutes pour me changer et me préparer.

— Je vous attends en bas, lui répondit Ghost en se tournant vers la porte.

— Ghost ?

Il regarda Chase.

— Merci d'avoir sauvé Rayne. Et merci de m'avoir informé.

Une fois de plus, Ghost hocha la tête et referma la porte derrière lui. Il voulait être à l'hôpital au chevet de Rayne, mais il avait fait son devoir. Il devait annoncer à Chase ce qui était arrivé à sa sœur et lui expliquer la nature de leur relation. Ghost savait que ce ne serait pas facile, mais il avait fait le premier pas.

21

— Chase, pour l'amour du ciel, je vais bien, grommela Rayne alors que son frère redonnait du gonflant à son oreiller pour la troisième fois de la journée.

Elle s'était réveillée dans une chambre d'hôpital pour découvrir Ghost assoupi sur une chaise à côté de son lit. Elle l'avait observé pendant un moment, émerveillée par sa présence. Il était resté, comme il l'avait promis. Rayne l'avait dévoré des yeux. Il avait l'air épuisé. Il était sale, ses rangers noires et son pantalon étaient couverts de poussière. Il avait croisé ses bras musclés sur sa poitrine. La seule chose qui semblait propre sur lui, c'était son t-shirt. De toute évidence, il était neuf. On distinguait encore les plis du magasin.

Elle avait changé de position sur son lit pour essayer de se mettre à son aise et elle était stupéfaite de la rapidité avec laquelle Ghost s'était réveillé. À peine avait-elle bougé qu'il avait les yeux écarquillés et la dévisageait.

— Bonjour, princesse.

Elle ne s'y attendait pas. Elle aurait tellement aimé entendre ces mots lorsqu'elle s'était réveillée ce matin-là. Elle s'éclaircit la voix.

— Bonjour.

Ghost s'était levé en s'étirant, les mains sur ses reins comme s'il avait des courbatures. Il s'était penché et avait posé l'une de ses grandes mains calleuses sur son front. Elle s'était rappelé qu'il avait fait ce même geste la veille.

— Comment te sens-tu ?

— Ça va, avait-elle répondu par automatisme.

Ghost avait alors penché la tête en répétant :

— Comment te sens-tu réellement ?

Elle avait soupiré.

— Encore un peu assommée par les médicaments et le manque de nourriture, mais je suis en vie et non pas enchaînée à un lit crasseux, menacée d'être violée à plusieurs reprises. Alors, ça va.

Ghost avait pincé les lèvres, mais il n'avait pas relevé son sarcasme.

— Tu te sens prête à recevoir un visiteur ?

— Et toi, tu n'es pas un visiteur ?

Il avait souri à ces mots et s'était contenté de répondre :

— Je vais le chercher.

Avant que Rayne puisse demander à Ghost ce qu'il voulait dire, ou lui poser les mille questions qui tournaient dans sa tête, il avait disparu.

Elle s'était agitée sans parvenir à trouver la bonne position. Elle avait levé le bras droit pour constater que des bandages la recouvraient, des doigts jusqu'au coude. Remuant les jambes sous la couverture, elle s'était rendu compte qu'elles avaient bénéficié des mêmes soins. Elle voulait voir l'ampleur des dégâts, maintenant qu'elle était assez lucide pour comprendre ce que cela signifiait, mais elle allait devoir attendre. Ses membres étaient toujours reliés à son corps. Avec un peu de chance, elle ne les perdrait pas.

La porte de sa chambre s'était ouverte et Rayne avait levé les yeux. Aussitôt, elle s'était mordu la lèvre. Son frère était la dernière personne qu'elle aurait cru voir, et pourtant après tout ce qu'elle avait vécu depuis une semaine, elle se rendait compte qu'elle avait désespérément besoin de lui.

Ils étaient tombés dans les bras l'un de l'autre et Rayne avait pleuré sur son épaule pendant au moins dix minutes. Elle n'avait pas vu que Ghost avait quitté la chambre. Enfin, Chase s'était écarté et assis sur la chaise près du lit. Pendant leur discussion, il avait gardé la main sur son avant-bras.

Rayne avait appris que Samantha devait arriver par avion dans la matinée. Elle avait essayé de le persuader qu'elle allait bien, mais son frère avait haussé les épaules en disant que, de toute manière, Sam serait là dans quelques heures.

La matinée était vite passée. Le médecin était venu examiner ses blessures avant l'arrivée de sa sœur. Rayne l'avait regardé attentivement lorsqu'il avait retiré les bandages, mais elle avait été contrainte de détourner le regard après un bref coup d'œil. En temps normal, elle n'était pas sensible, mais les plaies suppurantes et infectées étaient un spectacle trop insoutenable pour son estomac fragile.

Le médecin l'informa qu'elle resterait encore deux nuits à l'hôpital, le temps que l'infection soit maîtrisée. Ils lui injectaient de puissants antibiotiques par cathéter. Après plusieurs doses, ils envisageraient de la laisser rentrer chez elle.

Rayne allait protester, mais le médecin lui rappela que si on ne soignait pas convenablement ses blessures, elle perdrait ses quatre membres. Ce rappel à l'ordre suffit à lui faire accepter de prolonger son séjour, aussi longtemps que le corps médical le jugerait nécessaire. Elle avait peut-être demandé à Ghost et à son partenaire de lui couper les membres lorsqu'ils l'avaient secourue, mais elle n'en avait aucune envie.

Samantha était arrivée en fin de matinée et tous trois avaient longuement discuté de ce qui était arrivé à Rayne en Égypte et comment elle se sentait. Chase parvint même à lui faire accepter de parler à un psychothérapeute de l'armée. Elle pensait être en pleine forme, mais elle savait que plus tard, elle reviendrait sur ce qui s'était passé... et ce qui avait failli se passer.

À présent, c'était la fin d'après-midi et Chase rendait Rayne complètement folle. Elle avait convaincu Samantha que tout allait bien, et comme sa sœur avait une audition le lendemain, elle avait accepté de prendre le prochain avion qui quitterait Austin, tant que Rayne la tenait informée de tout ce qui se passait.

— Sérieusement, Chase. Je vais bien. Tu n'es pas obligé de rester, se plaignit-elle.

Chase était assis sur la chaise, les coudes sur le matelas à côté de sa hanche. Lorsqu'il vit qu'elle jetait un œil en direction de la porte pour la vingtième fois de la journée, il dit :

— Je suis sûr qu'il va revenir.

Rayne leva les yeux vers son frère, étonnée.

— Qui ?

— Ne fais pas l'idiote, frangine. Tu le sais très bien. Keane.

— Keane ?

Chase poussa un soupir de frustration.

— Oui, Keane. Ghost ? L'homme qui m'a annoncé avec aplomb que tu étais la seule et unique ?

— Il s'appelle John, pas Keane.

Chase la dévisagea. Il voyait bien que Rayne était sérieuse.

— Il m'a dit qu'il s'appelait Keane Bryson, dit-il.

— Et à moi, il m'a dit qu'il s'appelait John Benbrook.

Le frère et la sœur se regardèrent pendant un moment sans rien dire. Chase serrait les dents et un muscle tressauta dans sa mâchoire, comme chaque fois qu'il était énervé.

Elle pensa à ce que Ghost lui avait dit quand elle était arrivée. Il lui avait promis de ne *plus* jamais lui mentir.

Bon sang, elle était ridicule. Elle essaya de calmer le jeu.

— Bref, peu importe. Je ne l'attends pas.

— Tant pis si c'est un Delta, je vais lui botter le cul.

— Delta ? Qu'est-ce que c'est ? demanda Rayne qui n'y comprenait plus rien.

— *Putain de merde !* s'exclama Chase en reculant sa chaise. Je reviens demain, d'accord ?

— Chase ! De quoi parles-tu ? Pourquoi es-tu en colère ?

Son frère se pencha et l'embrassa sur la joue.

— Je reviens demain matin.

Décontenancée, Rayne vit son frère sortir en trombe de la pièce en grommelant dans sa barbe.

Chase se rendit dans la salle d'attente en espérant trouver Ghost et avoir une discussion à cœur ouvert avec lui. Il n'avait pas toutes les données quand il avait débarqué sur le pas de sa porte l'autre jour pour lui parler de sa sœur, mais à présent, il comprenait mieux ce qui s'était passé entre lui et Rayne, et il avait envie de frapper ce type.

Il n'était pas certain qu'il s'agisse d'un membre de la Delta Force, mais c'était cohérent. Tout ce qu'il avait appris sur le sauvetage de Rayne et ce qu'elle avait enduré l'avait persuadé qu'elle avait été secourue par une équipe de soldats des forces spéciales. On n'enverrait pas une unité classique à l'autre bout du monde pour sauver des otages américains dans une situation délicate. Comme Ghost était venu le voir en personne, avouant qu'il faisait partie de l'équipe qui avait sauvé sa sœur, cela ne faisait que confirmer ses soupçons.

La salle d'attente était vide, mais Chase savait que Ghost n'était pas loin. Il lui avait dit qu'il laissait Rayne le retrouver, ainsi que sa sœur, mais qu'il serait de retour à dix-sept heures pour passer la soirée avec elle. Il était moins le quart.

Chase sortit en hâte et aperçut Ghost debout devant le bâtiment, tourné vers le parking d'un air absent.

Sans hésiter, Chase fondit sur l'autre homme et lui décocha un coup de poing au visage.

Ghost reçut le coup sans un mot, puis il retrouva son équilibre. Quand Chase fit mine de lui décocher un nouveau crochet, Ghost leva la main.

— Je t'accorde le premier, mais c'est tout.

— Espèce de fils de pute. Tu as profité d'elle.

Ghost secoua la tête.

— Non, pas du tout. Elle savait dès le début quelle serait notre relation.

— Sale prétentieux. Elle n'est pas comme ces groupies de l'armée que tu te tapes dans chaque caserne.

Cette fois, Ghost perdit son sang-froid.

— Tu crois que je ne le sais pas ? Putain, je ne pense qu'à elle depuis ce jour que nous avons passé ensemble. Je n'ai désiré aucune autre femme. Pas une.

Chase posa un œil incrédule sur l'homme en face de lui. Keane Bryson pouvait avoir n'importe quelle femme d'un claquement de doigts, et ils le savaient tous les deux. S'il admettait qu'il n'avait couché avec personne depuis... Chase ignorait depuis combien de temps, mais depuis sa sœur en tout cas. C'était impressionnant.

Ghost s'accroupit dans l'herbe et commença à défaire le lacet de sa chaussure de combat tout en parlant. Chase ne voyait pas où il voulait en venir, mais il se garda bien de l'interrompre.

— Je n'avais aucune intention de chercher ta sœur. À mes yeux, elle devait rester le plus grand regret de ma vie.

Alors que Chase émettait un grondement sourd, Ghost s'empressa de préciser :

— Ce n'était pas elle que je regrettais, ni nos moments passés ensemble, mais je regrettais de l'avoir abandonnée, d'avoir menti sur mon nom, d'avoir laissé la meilleure chose qui me soit jamais arrivée me filer entre les doigts.

Ghost retira sa chaussure, puis retroussa sa chaussette sur sa cheville tout en soulevant la jambe de son pantalon au maximum. Il se leva et pivota pour montrer à Chase son mollet.

— Je me suis fait ce tatouage un mois après l'avoir quittée. J'avais besoin de laisser son empreinte sur moi, de la garder de cette manière, même si je ne devais jamais la revoir.

Chase baissa les yeux et pinça les lèvres. Il n'en revenait pas.

À l'encre sur la jambe de Ghost se trouvait une réplique du tatouage de sa sœur. De toute évidence, il ne datait pas d'aujourd'hui, car il était entièrement guéri. Les ailes de l'aigle s'enroulaient autour de son mollet comme sur les côtes de Rayne. Même le foutu logo de l'armée était intégré, ainsi que le fusil et l'éclair. La seule différence, c'était qu'à la place de l'œillet, l'aigle tenait une baguette magique dans ses serres... un bâton avec une étoile au bout, entourée d'autres étoiles plus petites et de rubans flottant au vent. Chase ne savait pas quoi dire.

Ghost laissa retomber le tissu de son pantalon et se baissa pour remettre sa chaussure.

— Je te le jure, je n'avais aucune intention de déranger ta sœur. J'étais résigné... à contrecœur, mais résigné à l'idée qu'elle fasse partie de mes souvenirs. Et puis, j'ai appris que non seulement elle était dans ce foutu pays, mais qu'en plus elle était victime du coup d'État. Ce n'est pas un hasard si j'étais là, Chase. Non, je refuse de le croire. Je ne suis peut-être pas brillant et je ne suis pas très religieux, mais Dieu a placé sur mon chemin la plus belle chose qui me soit jamais arrivée – deux fois – et je ne compte pas l'ignorer. Plus maintenant.

Ghost se leva, les mains sur les hanches, comme pour défier Chase d'oser protester.

— Elle sait que tu lui as menti au sujet de ton nom.

Les mains de Ghost retombèrent le long de son corps et il les fourra dans ses poches.

Chase reprit :

— Je ne savais pas que tu lui avais donné un nom différent.

Ghost soupira sans répondre.

— J'ai aussi mentionné la Delta Force, même si elle n'a aucune idée de ce que ça signifie. Je n'en suis pas certain à cent pour cent, mais quoi qu'il en soit, tu as de sacrées explications à lui fournir, Ghost. Tu lui as menti. Ça craint.

— Je sais, dit-il simplement sans chercher à se défendre.

— Même si ça me fait mal de l'admettre, je comprends.

Devant le regard ébahi de Ghost, Chase hocha la tête.

— Oui, je comprends. Je ne suis pas bête. J'ai appris beaucoup de choses sur les hommes comme toi dans mes cours d'antiterrorisme. En fait, je ne t'en respecte que plus, parce que tu ne voulais pas attirer ma sœur dans quelque chose qu'elle ne comprendrait pas.

— Merci, je...

— Je n'avais pas terminé.

Ghost l'invita à continuer, à vider son sac.

— Mais d'homme à homme, je me fiche de savoir qui tu connais et ce que tu fais, si tu as l'intention de te la taper, puis de la laisser tomber...

Cette fois, Ghost s'exclama :

— Tu ne m'as pas entendu ? Tu n'as pas vu le tatouage de ta sœur sur ma peau ? Si je voulais me taper des filles, j'aurais pu le faire cinquante fois depuis le temps. C'est Rayne que je veux. *Rayne.*

Ghost retint son souffle en attendant la réaction de Chase, son approbation ou son rejet.

Enfin, le frère de Rayne hocha la tête.

— Elle t'attend. Elle a passé toute la journée à regarder la porte. Mais sache qu'elle aura un million de questions à te poser. Fais-moi plaisir, d'accord ?

— Tout ce que tu voudras.

— Protège-la. Sam et moi, on ne peut pas la perdre. Il ne reste plus que nous trois dans la famille, nos parents sont morts dans un accident il y a quelques années, pendant une croisière. Leur avion de tourisme s'est écrasé. Maintenant, Rayne est le ciment qui nous maintient tous ensemble.

Ghost acquiesça et tendit la main, confirmant ainsi à Chase ce qu'il avait déjà compris.

— C'est une Delta maintenant. Elle a six nouveaux frères qui donneraient leurs vies pour elle.

Chase accepta la poignée de main. Au fond de son cœur, il savait que chaque mot prononcé par le dangereux soldat était sincère.

— Tant mieux. Merci, Ghost.

— Je t'en prie. Restons en contact.

Chase hocha la tête et regarda Ghost s'éloigner en direction de l'hôpital et disparaître de l'autre côté des portes automatiques. Il poussa un profond soupir.

Rayne était obstinée. Dieu sait qu'il connaissait sa sœur. Mais avec Keane Bryson, elle ne savait pas à qui elle se mesurait.

22

———

Ghost ne prit pas la peine de frapper. Il se contenta d'ouvrir la porte de la chambre de Rayne et entra comme s'il était chez lui. Quand elle tourna la tête, il découvrit dans son regard un mélange déchirant d'excitation, de bonheur et de méfiance.

Il rejoignit son chevet, tira la chaise et s'assit. Puis il se pencha vers elle et demanda :

— Comment vas-tu, princesse ?

Elle souffla.

— Tu veux bien arrêter de me donner ce surnom ridicule ?

— Non. Alors, comment vas-tu ? Tu souffres ?

Elle le regarda en plissant les yeux.

— Est-ce que tu t'appelles John Benbrook ?

— Non. Je m'appelle Keane Bryson.

Elle parut étonnée qu'il lui réponde sans ciller.

— Et tu n'es pas de Fort Worth, n'est-ce pas ?

— Non. Je vis ici, à Killeen, et je suis basé à Fort Hood.

— Et à quel autre sujet m'as-tu menti ?

Ghost voyait bien qu'elle ne s'attendait pas à ce qu'il lui avoue grand-chose, mais il voulait jouer cartes sur table.

— Je n'ai jamais connu de Whitney Pumperfield quand j'étais au collège et on ne m'a jamais braqué à la sortie d'un restaurant.

— Et ?

Ghost se leva pour venir s'asseoir auprès de Rayne sur le lit. Il posa une main de l'autre côté de son corps, basculant tout son poids sur son bras, et se pencha vers elle.

— C'est tout, princesse. Tout le reste était vrai.

Elle leva vers lui des yeux tristes et circonspects.

— Je ne te crois pas, dit-elle enfin, un peu désabusée.

— Je sais. Mais je te l'ai déjà dit et je veux bien le répéter une centaine de fois si nécessaire. Je ne te mentirai plus.

— Pourquoi étais-tu à Londres ?

— Je rentrais de mission.

— Quelle mission ?

Ghost soupira. Il savait que ce moment arriverait, mais il avait espéré que ce ne serait pas aussi tôt.

— Je ne peux pas te le dire.

— Je croyais que tu avais dit que tu ne me mentirais pas, s'exclama Rayne sur un ton agressif.

Ghost avança sa main libre vers son visage et glissa une mèche de cheveux derrière son oreille.

— Je n'ai pas menti. Je veux bien te dire tout ce que je peux, mais il y a certaines choses que je ne peux *pas* partager. Je sais que tu comprends, princesse. Est-ce que ton frère te dit tout ce qu'il fait pour ce pays ?

Elle secoua la tête avec réticence.

Ghost baissa la voix et se pencha vers elle dans une proximité intime.

— Je fais partie de la Delta Force. Je ne sais pas si tu sais ce que ça veut dire, mais nous sommes la branche la plus secrète de l'armée. Encore plus que les forces spéciales de la Marine. Tu es la seule personne à qui je l'ai dit, à l'exception de quelques officiers de l'armée et de ton frère.

Il marqua une pause pour laisser cette déclaration faire son chemin. Lorsqu'elle écarquilla les yeux, il en déduisit qu'elle comprenait l'importance de sa révélation. Il reprit :

— Nous allons partout où le gouvernement nous envoie, quand on nous y envoie. Nous avons été envoyés pour ramener les otages, pour vous sauver de ce coup d'État. Crois-tu que le président aimerait que les gens sachent que les forces spéciales américaines étaient impliquées ?

À son regard, il voyait bien qu'elle comprenait. Il en vint à ce qu'il voulait lui dire.

— J'ai beau avoir envie de te dire où j'étais, je ne peux pas. Je ne te mettrai jamais en danger en te donnant des informations que tu ne devrais pas savoir, princesse. Je rentrais de mission ce jour-là. Et j'ai eu la chance de croiser ton chemin.

— C'était un coup d'un soir, dit Rayne d'une voix indécise, luttant de toute évidence contre son attirance envers lui. Que fais-tu encore ici ?

— C'est ce que je croyais. J'ai voulu m'en convaincre, mais je crois que nous savons tous les deux ce qu'il en est.

Rayne secoua la tête.

Ghost se redressa, glissa la main dans la poche de son pantalon et en sortit un téléphone portable. Il saisit le mot de passe et cliqua à plusieurs reprises sur l'écran. Puis il tourna l'appareil vers Rayne et regarda son visage tandis qu'il lui expliquait :

— Je n'ai jamais pris en photo les filles d'une nuit. Je n'ai jamais voulu ramener chez moi un souvenir à retrouver dès que j'ouvre les yeux le matin et avant de les refermer le soir.

Abasourdie, Rayne regardait la photo sur le téléphone

de Ghost. Ils étaient tous les deux devant le Palais de Buckingham. Il avait les bras autour de sa taille et elle le regardait en riant. Elle se rappelait ce moment. Elle s'était moquée de lui parce qu'il ne savait pas prendre un selfie. Elle ne se doutait pas qu'il l'avait pris alors qu'elle ne regardait pas l'objectif.

Rayne détourna les yeux pour le regarder.

— Mais tu es parti.

Ghost rangea le téléphone dans sa poche et se pencha à nouveau vers elle.

— Oui, dit-il.

Rayne ne savait que répondre. Elle ignorait ce qu'il voulait. Tout ce qu'il lui avait dit lui laissait croire qu'il essayait de la rejeter en douceur. Il ne pouvait pas parler de ce qu'il faisait, c'était un membre de la Delta Force. Son existence était un secret. Elle était déboussolée.

— Comment vont tes plaies ?

Rayne haussa les épaules.

— Je peux voir ?

— Euh, je crois qu'il ne faut pas retirer les bandages. Le docteur a dit qu'il les inspecterait demain.

— Je serai prudent. S'il te plaît, Rayne. Laisse-moi voir ce qu'ils t'ont fait.

Elle tendit la main vers lui, l'autorisant à dénouer les compresses.

— Je crois plutôt que c'est moi qui me le suis infligé, Ghost.

— Non, rétorqua-t-il aussitôt. Ce sont eux.

Rayne garda les yeux rivés sur lui tandis qu'il détachait le dernier bandage pour examiner son poignet. Puis Ghost leva les yeux.

— Tu as vu ça ?

— Oui, tout à l'heure.

— Ça te paraît mieux ?

— Je préfère ne pas regarder.

— Pourquoi ?

— Ça m'a donné la nausée ce matin.

Rayne sentit la poigne de Ghost se resserrer un instant avant de se détendre.

— Je suis désolé, princesse. Je suis tellement, tellement désolé.

Il se pencha en avant et avec une infinie tendresse déposa un baiser sur la paume de sa main, au-dessus de la blessure. Elle sentit à peine ses lèvres contre sa peau.

Enfin, elle osa regarder. La grande main de Ghost lui tenait le poignet. La peau déchirée et infectée était affreuse en comparaison avec sa paume calleuse et hâlée. Elle se força à y regarder de plus près.

— Je crois que ça s'améliore, lui dit-elle. Ce n'est pas aussi... purulent qu'avant.

Ghost se pencha sur la table de chevet et prit un morceau de gaze. Il tamponna méticuleusement ses plaies et essuya le pus pour mieux voir. Il alla même jusqu'à sentir sa blessure.

Rayne essaya de retirer sa main.

— C'est dégoûtant, Ghost, arrête.

Mais il tenait bon, l'empêchant de se dégager.

— Ça ne sent pas mauvais. L'infection semble guérir. Les antibiotiques font leur travail, Rayne. C'est bon signe.

— Bon, si tu le dis. N'empêche, ça reste dégoûtant.

Il lui sourit avant de refermer soigneusement le bandage autour de son poignet. Puis il désigna l'une de ses chevilles.

— Je peux ?

Rayne haussa les épaules et vit Ghost entreprendre les mêmes procédures avec sa cheville. Décrétant manifestement qu'elle guérissait bien, il rejeta sa couverture et reprit sa position, penché sur elle avec une main sur sa hanche.

— Ça fait mal ?

Rayne haussa les épaules.

— Un peu.

— As-tu besoin d'autres antalgiques ?

Elle secoua la tête.

— Ça me fait un drôle d'effet.

— Mais tu souffres ?

À nouveau, Rayne haussa les épaules et leva les yeux au ciel quand Ghost se pencha pour appuyer sur le bouton d'appel à côté de son lit. Lorsque l'infirmière arriva, il lui dit que Rayne souffrait et avait besoin d'une pilule. La femme s'en alla et revint une minute plus tard avec un petit cachet blanc et un verre d'eau. Ghost aida Rayne à tenir le gobelet tandis qu'elle avalait son médicament.

Il avait parlé avec le médecin avant de partir ce matin et lui avait exposé la situation. Ghost avait insinué que Rayne était en danger et qu'il valait mieux que quelqu'un reste en permanence à son chevet, lui ou l'un de ses coéquipiers, même après dix heures du soir, la fin officielle des visites... mais il ne regrettait pas d'avoir menti. Son explication en plus de l'appel passé en haut lieu par le colonel lui permettait de passer la nuit avec elle. En cet instant, il n'aurait voulu être nulle part ailleurs. Il l'avait perdue une fois, hors de question que ça recommence.

— J'espère que tu veux bien un peu de compagnie ce soir, lui dit-il.

— Bien sûr, mais ne t'étonne pas si je m'endors avant la fin des visites.

— Oui, à ce sujet... commença-t-il d'une voix traînante.

— Qu'est-ce que tu as fait, Ghost ? demanda Rayne, suspicieuse.

Il haussa les épaules.

— J'ai peut-être convaincu le doc que je pouvais rester ici avec toi.

Rayne le dévisagea attentivement avant de lui dire à mi-voix :

— D'accord.

Il leva une main et la posa sur sa nuque.

— Tu veux que je reste.

Ce n'était pas une question.

Elle hocha la tête.

— Après ce qui s'est passé, je crois que je me sentirais mieux si tu restais une nuit avec moi... au moins jusqu'à ce que je retrouve mes repères. Je suis sûre que ça ira mieux demain.

Ghost prit une grande inspiration. Elle ne se doutait pas de ce que signifiaient ses paroles pour lui. Elle se comportait peut-être comme si elle ne lui faisait pas confiance, comme si elle lui en voulait d'avoir menti, et sans doute était-ce le cas... mais sous la pression, elle savait qu'elle pouvait compter sur lui et qu'il la protégerait.

— Tu es en sécurité avec moi, princesse.

Elle hocha la tête et ses paupières se fermèrent doucement.

— Tu es fatiguée. Ferme les yeux.

— Je te l'ai dit. C'est cette foutue pilule, se plaignit-elle. C'est pour ça que je n'aime pas en prendre.

— Hmm, fit Ghost.

C'était un bruit qui montait de sa gorge. Il n'acquiesçait pas ni ne désapprouvait.

— Tu veux bien te coucher avec moi ?

— Quoi ?

Ghost était étonné par sa question.

— Dors avec moi. Tu es très chaud.

Il sourit en comprenant ce qu'elle voulait dire. Pendant un instant, il avait cru qu'elle lui faisait une proposition et son corps avait immédiatement réagi. Il n'aurait jamais rien fait alors qu'elle était à demi inconsciente sur un lit d'hôpital, mais parfois son corps fonctionnait de sa propre initiative.

Ghost laissa glisser sa main sur son cou, puis sur sa joue. Sous son pouce, il balaya doucement sa pommette.

— Je crois qu'on ne rentre pas à deux, princesse.

— Tu l'as fait dans l'avion.

— Tu t'en souviens ?

— Oui, en quelque sorte.

Ghost prit le temps de la réflexion. Son lit d'hôpital n'était pas plus petit que la civière dans l'avion, pendant le vol de retour. Après tout, pourquoi pas ? Il aurait peut-être des ennuis avec le personnel, mais il ne serait nulle part aussi bien que blotti autour de Rayne.

Il se leva et se pencha pour défaire les lacets de ses rangers. Puis il les retira et les posa au pied du lit. Tirant le drap pour bien couvrir Rayne, il se glissa à côté d'elle, sur la couverture. Avec soin, il ramena le dos de Rayne contre son torse, posant sa tête au creux de son bras, l'autre autour de sa taille.

— Si tu savais comme j'adore ça, dit Rayne sur un ton ensommeillé. Ça m'a manqué. Nous avons dormi comme ça à Londres.

— Enfin, pas vraiment. Nous étions beaucoup moins vêtus.

Elle gloussa et essaya de se serrer contre lui, pelotonnée au plus près de son corps.

— C'est vrai.

Elle n'ajouta rien pendant un moment, tout comme Ghost. Il savait que pour l'instant, c'était bien trop facile.

Rayne n'était pas le genre de femme à laisser passer les choses sans protester. Mais il encaisserait ce qu'il faudrait.

— Ghost ?

Elle avait prononcé son nom dans un murmure.

— Oui, princesse ?

— J'ai eu peur.

Son cœur manqua se briser.

— Je le sais.

— J'étais vraiment heureuse de te voir.

— Hmm.

— Mais je t'en veux toujours.

— D'accord.

— Je ne te fais pas confiance.

— Tu ne me fais peut-être pas confiance, mais tu sais que je te protégerai.

— Oui.

— Endors-toi, Rayne. Nous discuterons demain.

— Mary passe me voir demain.

— Mary ?

— Ma meilleure amie.

— Ah, celle à qui tu as envoyé ma photo quand nous étions à Londres.

— Hmm, hmm. Elle a essayé de te retrouver, figure-toi.

— Vraiment ?

— Oui. Elle est furieuse.

Ghost déposa un baiser sur la tête de Rayne.

— Comme toute bonne amie le serait.

— *Très* furieuse.

La voix de Ghost retrouva tout son sérieux.

— Je suis content que tu aies une amie comme Mary pour veiller sur toi. Mais je jure devant Dieu, princesse, que cette fois c'est différent. Je suis avec toi pour de bon. Nous trouverons un moyen. S'il te plaît, donne-moi une chance. Je ne veux pas que ton amie te dresse contre moi. Elle est peut-être furieuse, mais s'il te plaît, ne te laisse pas convaincre que tu ne dois pas m'accorder une chance de te montrer à quel point tu es importante à mes yeux.

Rayne garda le silence pendant si longtemps que Ghost crut qu'elle s'était enfin endormie.

Enfin, sa voix pâteuse se fit entendre dans le silence de la soirée.

— J'ai envie de te croire.

— Si tu ne crois rien d'autre, crois au moins que je ne te laisserai pas partir. Tu ne te réveilleras plus jamais en te demandant où je suis. D'accord ?

Elle ne répondit pas, mais elle se retourna dans ses bras et se blottit contre lui, sa poitrine contre la sienne. Elle replia les bras devant elle et posa le bout de ses doigts sur son torse. Ghost pouvait sentir son souffle chaud contre lui. Elle hocha une fois la tête avant de dériver enfin dans le sommeil profond induit par la fatigue et les médicaments.

23

— J'espère bien que tu n'es pas ce sale menteur de John-mon cul-Benbrook.

Ghost fut réveillé par cette exclamation le lendemain matin. Il écarta délicatement Rayne de ses bras – aucun d'eux n'avait bougé depuis la veille au soir – et sortit lentement du lit sans la réveiller. Il ne dit pas un mot, mais se pencha et récupéra ses chaussures avant de désigner le couloir d'un mouvement de tête.

On aurait dit que l'amie de Rayne, Mary, était arrivée. Et elle était furieuse, tout comme elle l'avait prédit. Entre le moment où son frère avait craché le morceau, pour ainsi dire, et son arrivée la veille au soir, Rayne avait trouvé le moyen de parler à son amie et de lui apprendre ce qu'elle avait découvert.

Dès que la porte se referma, Mary explosa.

— Tu en as du culot de te montrer ici. Elle est dans tous ses états depuis six mois. *Six mois.* Tu te fichais bien de la voir pendant tout ce temps, et pourtant tu es là. Tout câlin, collé serré avec elle. Où étais-tu il y a quatre mois quand elle a trébuché sur le trottoir et s'est tordu la cheville ? Ou il y a deux mois quand elle a essayé de calmer une bagarre dans un avion et a reçu un coude en pleine face ? Je sais qu'elle était d'accord pour coucher avec toi, elle me l'a dit, mais tu n'aurais pas dû. Elle m'a parlé de votre conversation sur son côté romantique. Peu importe ce qu'elle a dit, tu aurais dû savoir qu'après avoir passé la journée avec toi à Londres, elle n'allait pas coucher avec toi sans que cela n'ait aucune signification. Les coups d'un soir, ce n'est pas son genre, espèce d'enfoiré. Tu n'aurais pas dû profiter d'elle comme ça, elle...

Les paroles de Mary furent brusquement interrompues par une grande main sur sa bouche. Ghost leva un regard amusé vers son coéquipier, Truck, derrière elle.

— Si tu crois que ça va l'empêcher de dire ce qu'elle veut, je crois que tu te trompes lourdement.

— C'est encore tôt, elle fait trop de bruit. Les gens essaient de dormir, répondit Truck en haussant les épaules, tout en maîtrisant sans difficulté la femme qui se débattait dans ses bras. Vous devriez peut-être continuer cette discussion dehors.

Ghost se leva après avoir lacé ses chaussures.

— Bonne idée.

Il regarda Mary, qui le foudroyait des yeux.

— Et si nous allions en discuter de manière civilisée ? À moins que tu préfères que mon ami, Truck, te porte jusqu'à l'extérieur ?

Elle grommela dans la paume de Truck et hocha la tête. Il baissa la main et contourna Mary pour se présenter.

Il tendit la main.

— Truck. Ravi de te rencontrer.

Elle lui lança un regard noir. Manifestement, elle ne se laissait pas dérouter par son apparence impressionnante. Elle refusa franchement de lui serrer la main. Elle tapota son torse avec le doigt tout en parlant.

— C'est ça. Si tu es lié au fait que ce type-là, dit-elle en désignant Ghost du pouce, a ignoré mon amie pendant des mois, tu ne vaux pas mieux que lui.

Sur ce, elle s'éloigna d'un pas lourd dans le couloir. Visiblement, elle s'attendait à ce que Ghost la suivre pour écouter la suite de son esclandre.

— J'ai l'impression que tu as une fan, Truck, lui dit Ghost sur un ton narquois.

Il haussa les épaules.

— Au moins, elle n'a pas semblé rebutée par mon physique.

— Tu veux m'accompagner en renfort ?

— Hors de question, Ghost. Je te laisse dans ta merde.

Ils ricanèrent tandis que Mary sifflait, au bout du couloir.

— Tu viens ?

Ghost se dirigea vers la femme élancée qui attendait, les mains sur les hanches. Il savait qu'il devait d'abord tranquilliser la meilleure amie avant de s'attaquer aux récriminations de Rayne.

À l'extérieur, ils rejoignirent une table de pique-nique. Ghost s'assit sur la table, les avant-bras sur ses genoux pliés.

Avant que Mary puisse se défouler à nouveau sur lui, il s'empressa de clarifier un point :

— Avant toute chose, sache que je n'ai couché avec personne depuis elle.

Mary sembla en perdre son latin, mais elle monta à côté de lui et demanda sur un ton à peine moins véhément :

— Pourquoi devrais-je te croire ? Tu as menti au sujet de ton nom, ce serait facile de mentir sur les aventures que tu n'as eues.

Conscient qu'il ne pourrait rien dire pour venir à bout de ses doutes, il opta pour la preuve en images. Il se pencha et entreprit de défaire ses lacets pour la millième fois en douze heures. Il s'était rendu compte que le plus rapide pour convaincre les amis et la famille de Rayne de sa sincérité, c'était encore de leur montrer son tatouage.

— Je ne m'attendais pas à rencontrer une femme qui me convienne. Qui me comprenne comme Rayne l'a fait. Mais quand j'ai pris conscience de mon bonheur, je lui avais déjà menti. Si ça peut t'aider à comprendre, sache que ces six derniers mois, j'étais tiraillé entre ce que je *devais* faire et ce que je *voulais* faire.

Mary ne parut pas émue le moins du monde. Elle se contenta de hausser les sourcils, comme pour dire : « Et alors ? »

Ghost remonta la jambe de son pantalon et inclina le mollet vers l'amie de Rayne.

— Je me le suis fait trois semaines après mon retour de Londres.

Il entendit Mary retenir son souffle en découvrant le tatouage. Il en déduisit qu'elle avait compris et il laissa retomber le tissu du pantalon avant de remettre sa ranger... encore.

— Elle a essayé de me dire que ce n'était pas grand-chose, mais je n'étais pas dupe, dit Mary sur un ton moins caustique, mais tout aussi accusateur. C'était minable.

Ghost commençait à en avoir assez de se faire accuser d'être le salaud de l'histoire. Il savait qu'il avait merdé, mais il avait souffert tout autant que Rayne.

— Écoute, lâche-moi la grappe, d'accord ? Elle savait dès le début que ce n'était qu'une histoire d'un soir. Merde, je le lui ai assez répété... et elle était d'accord. Sinon je ne l'aurais jamais fait.

— Mais tu as insisté.

— Oui, mais tu sais aussi bien que moi que je n'ai pas eu

à beaucoup insister. Rayne est une bouffée d'air frais et je savais qu'elle était spéciale. Mary, ce qu'elle a préféré dans sa visite de Londres, c'est un foutu balcon !

Mary partit d'un petit rire. Pour la première fois, elle se détendait.

— Oui, elle m'a montré les photos de ce satané machin un millier de fois.

Ils échangèrent un sourire avant que Mary retrouve son sérieux.

— C'est ma meilleure amie au monde. Je ferais tout pour elle. Elle m'a soutenue dans chaque étape quand j'ai eu mon cancer. Quand j'étais déprimée, elle faisait tout pour me remonter le moral. Je crois qu'elle était encore plus heureuse que moi quand le médecin m'a annoncé que j'étais en rémission.

— Je suis très content que tu aies surmonté ce cancer, Mary. Tu es le genre d'amie que je veux auprès de Rayne. Loyale comme pas deux, avec un instinct protecteur hors du commun, lui dit Ghost en toute honnêteté.

— Merci. Quand la compagnie aérienne a appelé son contact d'urgence et m'a parlé, quand j'ai appris qu'elle était jusqu'au cou dans ce merdier en Égypte, j'ai paniqué. Je ne sais pas ce que je ferais sans elle. Mon ancienne amie me manque, Ghost. Son rire me manque, sa légèreté me manque.

— Je vais être honnête avec toi, Mary...

— Ce serait bien la première fois.

Sans relever son commentaire narquois, Ghost poursuivit :

— Je ne comptais pas la rechercher. Elle mérite mieux que la vie que je peux lui offrir. Je ne pourrai jamais lui dire où je vais ni ce que je fais. Je disparaîtrai pendant plusieurs semaines d'affilée, selon le type de mission.

Avant que Mary puisse l'interrompre, il ajouta aussitôt, reprenant ce qu'il avait dit au frère de Rayne :

— Mais... en apprenant qu'elle faisait partie des otages que l'on m'avait envoyé secourir, je crois bien que ma vie a changé. Enfin, c'est vrai, quelles étaient les probabilités ? Il y a forcément une intervention divine et je ne suis pas bête. Je la protégerai au prix de ma vie, je la défendrai si quelqu'un essaie de profiter d'elle. Je serai son ami et son amant. Je ferai tout mon possible pour que ça fonctionne entre nous.

— Va-t-elle déménager à Killeen ?

Ghost haussa les épaules.

— Aucune idée. Je ne lui ai même pas encore parlé de ça. Mais de toute évidence, tu as besoin d'être rassurée et je ne veux pas me mettre entre vous deux. Elle aura besoin de toi quand je serai en mission. Ce ne sera pas facile d'être avec moi, mais j'espère sincèrement qu'elle voudra au moins essayer.

— Tu as vu son tatouage ? Je veux dire, les derniers ajouts ?

Ghost hocha gravement la tête.

— Je crois qu'elle a envie d'essayer.

— Je suis sérieux, Mary. Si vous avez besoin de quoi que ce soit, toutes les deux, je le ferai, dit-il en la regardant droit dans les yeux.

— Est-ce que tu l'aimes ?

— Je ne sais pas, répondit Ghost immédiatement. Je crois qu'il est encore trop tôt pour ça.

— Bonne réponse, bien joué.

— Je ne cherchais pas à bien jouer, mais ça ne fait que vingt-quatre heures que je suis avec elle. Je peux déjà te dire une chose. Elle m'a ému plus intensément que toute autre femme auparavant. À l'idée qu'elle soit malade, blessée ou ce qui a failli lui arriver, j'ai envie de commettre un meurtre. Putain, j'ai même commis un meurtre pour elle.

Ghost regretta ces mots dès qu'ils sortirent de sa bouche. Bon sang, il savait bien qu'il ne devait pas parler de cette mission, mais apparemment, il avait pris la bonne décision.

— Waouh, très bien. Je voulais lui poser cette question, mais je craignais de réveiller de mauvais souvenirs. Je ne lui ai pas parlé longtemps hier quand elle a appelé, et je suis sûre qu'elle me donnera plus de détails plus tard, mais si tu as tué le fils de pute qui comptait devenir un « homme » après l'avoir violée, tant mieux.

Ghost hocha la tête.

— Même si ça me fait mal de le dire, parce que j'étais prête à te détester d'avoir menti à ma meilleure amie, je crois que je t'aime bien... quel que soit ton véritable nom.

— Keane Bryson.

— Pas étonnant que tu te fasses appeler le Fantôme, dit Mary, presque en aparté.

Ghost ricana, mais ne répondit pas.

— Bref, tout ce que je disais, c'est que je *crois* que je t'aime bien... mais j'ai mon mot à dire. Mes impressions pourraient toujours basculer, alors attention, Keane Bryson.

Ghost hocha la tête.

— Maintenant que nous avons terminé cette petite conversation à cœur ouvert, je peux rentrer auprès de Rayne avant qu'elle se réveille et se mette à paniquer en croyant que je l'ai laissé tomber une fois de plus ?

Mary sauta immédiatement du banc.

— Zut, c'est exactement ce qu'elle va croire. Pourquoi ne l'as-tu pas dit plus tôt ?

Ghost secoua la tête et suivit Mary à l'intérieur. Cette fille était casse-pied, mais bon sang, il l'aimait bien, lui aussi.

* * *

Plus tard dans l'après-midi, Rayne était assise sur son lit. Elle riait, amusée par la tension entre Mary et Truck. Ghost était auprès d'elle quand elle s'était réveillée ce matin-là, avec sa meilleure amie. Curieusement, ils semblaient presque copains tous les deux, alors que Rayne était convaincue que Mary lui taillerait un costard. Elle était furieuse la veille, quand elles avaient échangé au téléphone et que Rayne lui avait parlé de Ghost.

Ce dernier était parti peu de temps après son réveil, en prétextant « des trucs à faire », mais il reviendrait en début de soirée. Bien sûr, il ne la laissait pas seule. De toute évidence, son coéquipier, Truck, était de baby-sitting. D'abord, Rayne en fut agacée, mais tout compte fait elle appréciait le spectacle que Truck et Mary lui avaient offert pendant tout l'après-midi.

Ils s'étaient disputés pour savoir ce qu'ils lui apporteraient au déjeuner, pour le programme de télévision et même quand Mary lui avait demandé de s'en aller parce qu'elle voulait aborder des sujets de filles avec Rayne. Truck refusa de bouger. Si Ghost voulait qu'il reste et surveille sa copine, alors il resterait.

Elle n'avait jamais rencontré quelqu'un d'aussi intimidant que Truck. Les infirmières ne s'attardaient pas dans sa chambre quand elles venaient prendre de ses nouvelles ou lui demander si elle avait besoin d'autres antalgiques. En voyant Truck assis dans un coin, les bras croisés sur sa poitrine et sa grimace habituelle aux lèvres, elles ne restaient jamais longtemps.

Mais sa présence ne dérangeait pas Rayne. Il la rassurait, en dépit de son allure impressionnante. Et Mary ne se laissait jamais intimider par personne. Elle se mesurait à lui, au sens figuré, en face à face.

— Quand pourra-t-on te ramener à la maison ? demanda Mary à Rayne.

Elle haussa les épaules.

— Je ne sais pas trop. Le docteur a dit que mes plaies allaient mieux ce matin, mais il aimerait encore me garder en observation au moins une nuit, peut-être deux.

— Tu peux rester ici avec Ghost, dit Truck.

— Hors de question, Trucker, objecta aussitôt Mary en souriant quand elle le vit plisser les yeux, mécontent du surnom qu'elle lui avait donné. Elle peut rentrer à la maison avec moi.

— Elle n'est pas encore en mesure de voyager, rétorqua-t-il.

— Pourquoi pas ? Tu n'es pas son docteur. Nous allons attendre de savoir ce qu'il dit.

— Les amis, protesta Rayne en levant ses bras bandés. Arrêtez, s'il vous plaît. Vous vous êtes disputés toute la journée et même si c'est très amusant, ça commence à me taper sur les nerfs.

Mary grommela, mais finit par céder.

— D'accord, mais je ne comprends toujours pas ce qu'il fiche ici.

Les deux femmes regardèrent Truck comme si elles attendaient quelque chose.

— Je vous l'ai déjà dit, Ghost m'a demandé de rester et de garder un œil sur Rayne, de faire en sorte qu'elle n'ait besoin de rien avant son retour.

Rayne ne put s'empêcher de penser que c'était adorable de la part de Ghost. C'était agréable de recevoir de telles attentions. Surtout après un silence radio aussi long.

Elle ne savait toujours pas ce qu'elle ferait après son

départ. Vraisemblablement, elle rentrerait chez elle à Fort Worth. Elle avait appelé son chef au travail et on lui avait accordé trois semaines de congés. Elle comptait bien en profiter. La perspective de remonter dans un avion pour reprendre le travail ne l'attirait plus du tout. Pour être parfaitement honnête, elle avait de moins en moins envie de voyager dans un pays étranger.

Elle ne voyait pas pourquoi Ghost aurait envie de la voir emménager chez elle. Ils ne se connaissaient pas. Elle ne pouvait tout de même pas vivre avec lui... si ?

Comme si leur conversation au sujet de Ghost l'avait invoqué, l'homme entra à grandes enjambées dans sa chambre d'hôpital.

— Merci d'être resté, Truck. Des problèmes ?

— Quels problèmes aurait-on pu avoir ? lança Mary en se levant, les mains sur les hanches. Nous sommes dans un hôpital public sur une base militaire, pour l'amour du ciel.

Rayne gloussa. Mary avait toujours été un peu effrontée, mais c'était amusant de la voir tenir tête à Ghost et à Truck comme si elle pouvait les influencer.

— Du calme, Mary, je voulais juste m'assurer que Rayne allait bien.

Ghost la rejoignit, se pencha vers elle et déposa un baiser sur son front. Il demanda en la regardant dans les yeux :

— Ça va ? Tu ne souffres pas trop ?

Rayne secoua la tête, perplexe.

— Ça va.

Il la dévisagea pendant un moment, comme pour déterminer si elle lui disait la vérité ou pas. Enfin, il murmura :

— Très bien.

Truck se leva pour prendre congé. Il serra la main de Ghost.

— Même heure demain ?

— Non, j'ai fait tout ce que je devais faire aujourd'hui. Demain, je ne fais rien. Je resterai ici.

— Parfait.

— Mais le colonel voudra te parler, annonça Ghost à son coéquipier.

Il avait pris sa journée pour faire son rapport sur les événements en Égypte, et ce serait au tour de Truck de raconter ce qui s'était passé. En conformité avec la procédure, le colonel leur parlait à chacun séparément pour s'assurer d'avoir tous les points de vue sur la situation avant de rédiger son compte-rendu final.

— Ça marche. Aucun problème.

Il se tourna vers Rayne.

— Ça fait plaisir de te voir en forme. Je ne peux pas dire que ça m'a amusé de te voir aussi mal en point quand je t'ai portée pendant l'opération de sauvetage.

— Moi non plus, mais merci, Truck. Je suis sincère. Je ne me souviens pas de tout, bien sûr, mais je me rappelle que je me suis sentie en sécurité dans tes bras.

Truck était manifestement ravi, mais comme il ne voulait pas en rajouter, il se tourna vers Mary.

— Ça te dit d'aller dîner ?

Pendant un moment, elle parut déstabilisée. Puis elle se ressaisit et répondit :

— Oui, pourquoi pas ? Ça promet d'être amusant.

Truck sourit et désigna la porte.

— Après toi.

Mary se rendit au chevet de Rayne et la serra dans ses bras.

— Ça va aller ? On se voit demain matin ?

— Bien sûr, ça va aller. File, tu as passé toute la journée

ici. Va prendre l'air. Tu rentres chez toi demain, c'est bien ça ?

Mary fit la grimace.

— Oui, je dois travailler. Je ne pourrais pas reporter mon service. Mais ensuite, je suis libre deux jours d'affilée, alors je peux revenir te chercher si le doc te libère. Préviens-moi quand tu pourras sortir, on s'organisera.

— Je suis sûre que Chase pourra me raccompagner.

Mary agita la main.

— Comme tu voudras, Rayne.

Elle l'étreignit une dernière fois, plus longuement et plus fort cette fois.

— Je suis heureuse que tu ailles bien. Vas-y doucement et ne laisse pas ce type en profiter, dit-elle en désignant Ghost alors qu'elle se redressait.

Rayne éclata de rire.

— D'accord. On se voit demain avant que tu partes ?

— Absolument.

— Bon dîner à vous deux.

Mary sourit, une lueur espiègle dans les yeux.

— Oh, ça ne manquera pas de piquant.

Rayne leva les yeux au ciel et vit sa meilleure amie quitter la chambre en compagnie de Truck.

Elle se tourna alors vers Ghost.

— Ton ami est dans de beaux draps. J'espère qu'il sait ce qu'il fait.

— Je crois qu'il est assez grand.

— Tu ne pourras pas dire que je ne t'ai pas prévenu.

Ghost s'assit sur la chaise que Mary avait occupée la majeure partie de l'après-midi et posa les coudes sur le lit.

— Tu vas bien, vraiment ? La douleur est supportable ? Dis-moi la vérité.

— C'est bien mieux qu'hier. Je n'ai plus ces pointes

enflammées qui me remontent dans les bras et dans les jambes.

— Tu as des cachets ?

Rayne secoua la tête.

— Non, j'ai diminué les doses. Maintenant, je ne prends plus que du Tylenol, heureusement.

— Dis-moi si ça s'aggrave.

Rayne dévisagea attentivement Ghost avant de lui demander d'un ton grave :

— Que fais-tu ici, Ghost ?

Il pencha la tête sans répondre.

Rayne poursuivit :

— Je veux dire, nous avons eu une aventure. Tu as dit que tu ne voulais aucune relation. Et pourtant tu es là, tu veilles sur moi pour une raison ou une autre, tu passes la nuit ici, tu dors à côté de moi... Je ne comprends pas. Une fois que je serais guérie, je croyais que tu reprendrais ton chemin. Tu m'as sauvée, et je t'en remercie, mais nous sommes de retour au même point qu'il y a six mois. Nous étions deux inconnus l'un pour l'autre quand nous nous sommes rencontrés, et ça n'a pas changé.

— Tu n'es pas une inconnue pour moi.

Rayne essaya de rejeter les paroles de Ghost, mais il avait raison. Pour elle non plus, il n'était pas un inconnu. Du moins, à certains égards.

— Dans deux jours, peut-être demain, je retournerai chez moi à Fort Worth. Tu es ici. Moi, je suis là-bas. Qu'attends-tu exactement ? Une autre nuit de baise ?

Le choix de ses mots était volontairement cru. Elle était à vif, déboussolée, et elle ne savait plus sur quel pied danser.

Aussitôt, Ghost se pencha sur elle.

— Nous n'avons *pas* simplement baisé et tu le sais. Nous

avons fait l'amour dans cette chambre d'hôtel. Nous avons vénéré le corps l'un de l'autre.

Rayne s'efforçait de contrôler les battements frénétiques de son cœur.

— Je suis sûre que tu as vénéré le corps de beaucoup de femmes depuis. Je ne suis pas spéciale.

Ghost la regarda dans les yeux. Elle devait absolument le croire. Pour cela, il devait lui dire ce qu'il avait déjà avoué à Chase et Mary.

— Je n'ai couché avec personne depuis toi, princesse. Et tous les orgasmes que je me suis donnés avec ma propre main, c'était en pensant à toi.

Rayne ouvrit la bouche, mais il ne lui laissa pas le temps de parler.

— Il me suffit de penser au goût et aux sensations de ton corps chaud autour du mien quand je t'ai fait jouir et je me laisse aller comme un adolescent. Chaque fois, systématiquement. Ce que j'attends de nous deux ? Toi. C'est *toi* que je veux. J'ai regretté de partir dès l'instant où la porte s'est refermée derrière moi. Et même avant, mais honnêtement, je n'entrevoyais aucune solution. Maintenant ? En te retrouvant ? En te voyant allongée sur ce satané lit, morte de peur ? Tu t'es accrochée à moi, tu me faisais confiance, tu savais que je te tirerais de là. Alors, je ferai mon possible pour que cette relation fonctionne.

— Et si ce n'est pas ce que je veux ? demanda Rayne non sans difficulté, abasourdie par la franchise de ce gros dur viril.

— Dans ce cas, j'espère te faire changer d'avis.

Rayne ne savait pas quoi dire, mais Ghost reprit sans attendre sa réponse.

— Tu as un congé maladie... n'est-ce pas ? Et si tu le passais ici, à Killeen ? Mon colonel m'autorise un peu de repos et j'ai envie de le passer avec toi. Reste ici, au moins quelque temps. J'ai une chambre d'amis. Elle est tout à toi, aussi longtemps que tu le voudras. Apprenons à nous connaître, et je ne parle pas de sexe. S'il s'avère que nous ne nous supportons pas en dehors de la chambre à coucher, au moins nous serons fixés. Mais princesse... si tu décides de rester, j'espère que tu nous donneras une vraie chance. Je ne prends pas cette proposition à la légère.

Rayne était sous le choc. Elle ne s'y attendait pas.

— Mais je vis à Fort Worth.

— Je sais. Je n'ai pas dit qu'il n'y aurait pas quelques défis à surmonter. Mais ne mettons pas la charrue avant les bœufs.

— Je ne sais pas... Tu m'as blessée, Ghost. Je... Ce sera encore pire si tu...

— C'est différent maintenant, Rayne. Je le jure. Je ferai tout ce qui est en mon pouvoir pour bichonner ton cœur.

— Je peux prendre le temps d'y réfléchir ?

— Bien sûr, répondit-il.

Mais tout aussitôt, il sabota sa générosité apparente en ajoutant :

— Jusqu'à ce que le médecin te donne son feu vert.

— Ghost ! fit Rayne sur le ton de la réprimande. Ça ne laisse pas beaucoup de temps pour réfléchir.

— Si je te laisse retourner à Fort Worth, j'ai trop peur de te perdre. Tu vas commencer par te demander ce que je veux vraiment, ce que tu veux, et tu laisseras les autres te convaincre de telle ou telle chose. Puis tu reprendras le travail et ce sera de plus en plus difficile. Tu n'auras pas de temps à toi, et moi je repartirai en mission. Accorde-nous cela, Rayne. Accorde-nous le temps de voir s'il peut y avoir quelque chose entre nous à part cette incroyable alchimie sexuelle.

— Tu as une chambre d'amis ?

Conscient qu'elle s'apprêtait à accepter, Ghost sentit un poids quitter ses épaules et il s'autorisa à expirer.

— Oui.

— Et quand je voudrai rentrer chez moi, tu me laisseras partir ?

Ghost déglutit. Il n'avait pas envie d'accepter, mais il le fit quand même :

— Oui.

— Dans ce cas, c'est d'accord. Je viendrai chez toi... pendant quelques jours, et nous verrons bien.

Ghost prit sa main dans la sienne en prenant soin de ne pas lui faire mal et il déposa un baiser sur le bout de ses doigts, qui dépassaient des bandages.

— Super. Maintenant, viens ici. Voyons ce qu'il y a à la télé.

— Quoi ?

— Tu n'es pas encore prête à te coucher, si ? Il est encore tôt et je nous ai commandé à dîner. Ce sera livré dans une demi-heure.

— Ghost ! Tu ne peux pas commander à manger dans un hôpital.

Il haussa les épaules.

— D'accord, c'est vrai. Je n'ai pas passé de commande, mais Fletch nous apporte quelque chose dans trente minutes.

— Et qu'est-ce qu'on mange ?

Sa curiosité était piquée au vif. Ça ne faisait qu'une journée qu'elle était là, mais elle mourait d'envie d'un repas digne de ce nom.

— Des burritos de chez *Moe's*, avec une sauce et des chips à tremper.

— Oh, mon Dieu. Tu plaisantes ?

— Non.

— J'adore *Moe's* ! Ils ont les meilleures frites du monde !
Avec le gros sel, j'adore ça. Attends, quel type de burrito
m'as-tu pris ? Parce que je n'aime pas les haricots rouges, et
je ne...

— Burrito végétarien, supplément de riz, sans viande,
sans haricots, supplément de tomates et de pico. Crème
aigre, laitue, fromage et sauce piquante à part.

Rayne le dévisagea, incrédule.

— Comment...

— J'ai soutiré des informations à Mary.

— Bonne idée. Je crois que nous pourrions bien nous
entendre tous les deux, en fin de compte.

Ghost attira Rayne à lui. Sans se vanter, il dit tout
simplement :

— Oui, moi aussi, je crois bien.

24

—————

Rayne leva les yeux au ciel pour la millième fois. Elle avait enfin le droit de quitter l'hôpital et elle devait supporter non seulement son frère et Ghost, mais l'équipe de six hommes au grand complet. Ils n'arrêtaient pas de venir la voir et ça la rendait folle. Ce devrait être illégal d'autoriser autant de testostérone dans une seule pièce en même temps.

— Tu sais que tu peux venir t'installer chez moi, lui dit Chase pour la troisième fois.

— Nous en avons déjà discuté, Chase. On s'entretuerait au bout d'une journée. Ton appartement est trop petit et tu dois travailler. Ghost est en congés pendant toute la semaine. Ça va aller.

Elle intercepta le regard assassin que Chase lançait à Ghost et le sourire insolent par lequel ce dernier lui répondait. Une fois de plus, elle fit les gros yeux.

— Fletch, lança Ghost en agitant ses clés en direction de son ami. Approche ma voiture.

Son coéquipier attrapa les clés au vol et hocha la tête avant de quitter la chambre.

— Beatle, tu veux bien voir où en est le docteur ? Il devrait déjà être ici, demanda Ghost.

Rayne était assise sur le fauteuil dans un coin de la chambre, où Ghost l'avait installée dix minutes plus tôt. Elle avait essayé de lui dire qu'elle pouvait très bien marcher, mais il lui avait répondu qu'il aimait la tenir dans ses bras et l'avait soulevée du lit pour l'emmener sur le siège qu'il avait choisi.

Le médecin avait été impressionné par sa guérison rapide, et même si elle n'aimait pas marcher pour le moment, elle en était capable. Lentement, mais sûrement, la douleur s'atténuait. Sa démarche serait encore raide pendant quelque temps, et peut-être même un peu plus, mais elle pouvait se déplacer.

Enfin, une infirmière entra dans la chambre en poussant un fauteuil roulant.

— Bon, Mademoiselle Jackson, il semblerait que...

Sa voix s'interrompit abruptement quand elle découvrit la foule de costauds entassés dans la chambre. Elle se racla la gorge et reprit :

— Il semblerait que vous soyez prête à partir. Le médecin a signé votre autorisation de sortie et regrette de ne pas pouvoir vous le dire en personne. Il savait que vous étiez impatiente de vous en aller. Il a été retenu par une urgence, mais il a pris le temps de signer les documents pour vous libérer.

Elle remit à Rayne une liasse de papiers agrafés.

— Voici les instructions pour vos blessures. Revenez dans deux jours, on vérifiera vos points de suture. Si tout va bien, ils ne devraient pas tarder à tomber. Essayez de ne pas trop les mouiller. Uniquement des douches brèves, pas de bain, et ne quittez pas vos bandages. Il vous a écrit une ordonnance pour des antalgiques en cas de besoin. N'oubliez pas d'aller chercher vos antibiotiques afin de commencer dès ce soir. Avez-vous des questions ?

— Quel genre d'activités physiques est-elle autorisée à pratiquer ? demanda Ghost avec tout son sérieux.

— Oh, mon Dieu, tu ne viens pas de demander ça ! s'exclama Rayne en le frappant légèrement sur le bras.

Elle avait envie de le frapper plus fort, mais elle craignait d'avoir mal au poignet. Il était assis sur l'accoudoir du fauteuil à côté d'elle et il tourna la tête en souriant. Les joues de Rayne devinrent cramoisies. Elle était gênée que ses coéquipiers et son frère aient entendu cette question.

L'infirmière lui adressa un sourire indulgent.

— Je ne suggère pas qu'elle aille courir un marathon, mais sans excès, elle peut faire ce dont elle a envie.

Ensuite, ce fut à Rayne qu'elle parla directement.

— N'en faites pas trop. Si vous constatez un changement dans votre degré de douleur ou l'aspect de vos plaies, revenez nous voir immédiatement.

Ghost acquiesça, comme s'il s'attendait à ce qu'elle réponde.

— Je la surveillerai attentivement.

— Je rêve, tuez-moi ! grommela Rayne en enfouissant son visage dans ses mains.

Une fois de plus, Ghost éclata de rire et la souleva dans ses bras. Elle poussa un cri strident et agrippa son t-shirt à pleines mains.

— Du calme, princesse. Je ne vais pas te lâcher. Tu ne crains rien.

— La prochaine fois, préviens-moi, d'accord ?

Ghost lui fit un clin d'œil.

— Ça marche.

Il la déposa avec précautions sur le fauteuil roulant et

posa un sac de sport sur ses genoux. À l'intérieur se trouvaient les quelques vêtements que Mary avait apportés et autres « trucs de fille » comme les appelait Chase. Ghost posa la main sur son épaule tandis que l'infirmière dirigeait le fauteuil roulant hors de la chambre et dans le couloir en direction des portes vitrées à l'avant du bâtiment.

Les autres hommes la suivirent comme s'il s'agissait d'une sorte de parade militaire. Rayne sourit devant les regards intrigués qu'on lançait aux amis de Ghost sur le chemin de la sortie.

Enfin, l'infirmière s'arrêta à la porte. Ghost allait la soulever, mais Rayne posa une main sur son bras.

— Je préfère marcher. S'il te plaît ?

Il accepta, mais fit signe à Hollywood de se placer à côté d'elle, au cas où elle aurait besoin de soutien.

Tout le monde retint son souffle tandis qu'elle rejoignait en clopinant la voiture de Ghost, garée devant l'entrée de l'hôpital grâce à Fletch. Chase la serra contre lui avant qu'elle disparaisse à l'intérieur.

— Prends soin de toi, frangine, et appelle-moi si tu changes d'avis, si tu préfères venir chez moi ou si tu as besoin de quoi que ce soit.

— C'est promis. Merci, Chase. Je t'aime.

— Je t'aime aussi, Rayne. À plus.

Rayne sourit alors que Ghost l'aidait à s'asseoir sur le siège du côté passager. Il referma sa portière et elle le vit saluer ses amis, poing contre poing. Bientôt, ils étaient en route.

— Enfin, souffla-t-elle.

— La journée a été longue ? demanda Ghost.

— Pas vraiment, mais tous tes gars et vos délires de machos protecteurs, c'est épuisant.

Ghost parut décontenancé pendant un instant, puis il

éclata de rire.

— Oui, nous pouvons être un peu excessifs en groupe, mais c'est parce que nous tenons à toi.

Rayne darda sur lui un regard interrogateur.

— Tes amis ne me connaissent pas.

— Non, mais ils savent que tu es importante à mes yeux. Et comme tu es importante pour moi, tu es importante pour eux. Alors, ils prennent soin de toi.

— Je ne comprends pas.

— Tu comprendras.

— J'ai horreur que tu t'exprimes en énigmes.

Rayne faisait semblant de se plaindre. Elle croisa les bras sur sa poitrine en faisant attention à ses poignets. L'idée que tous les hommes de Ghost l'apprécient simplement à cause de lui était troublante, mais plutôt agréable. Depuis qu'ils lui rendaient visite à l'hôpital, voilà un jour et demi, elle les considérait comme une bande de frères.

Fletch semblait être le plus proche de Ghost. Ils se chamaillaient, mais elle voyait bien qu'ils éprouvaient un profond respect l'un pour l'autre. Fletch était grand, peut-être plus d'un mètre quatre-vingt-cinq, et il arborait des tatouages colorés sur les bras, mais c'étaient ses yeux bleu ciel qui se remarquaient en premier.

Coach était tranquille et réservé, mais c'était sans doute le plus dangereux du groupe. Elle avait l'impression qu'il était constamment sur ses gardes et qu'il neutraliserait le moindre danger en un rien de temps. Hollywood était sociable et avenant, il adorait la taquiner sans pitié. Si elle ne savait pas qu'il faisait partie de l'équipe top-secrète de Ghost, elle n'aurait jamais cru qu'il était capable de tuer un homme à mains nues.

Beatle était le moins grand du groupe. Il devait mesurer un mètre quatre-vingt. C'était leur expert nautique et il était incollable sur la navigation et l'océan.

Blade était élancé et maigre, à l'image de son surnom, la lame. Quand elle avait souligné qu'elle comprenait pourquoi on l'appelait ainsi, tout le monde avait éclaté de rire. En réalité, on n'avait pas surnommé Blade de la sorte en raison de sa carrure, mais pour ses aptitudes au maniement des armes blanches. Par la suite, Rayne n'avait plus posé la moindre question.

Et puis, il y avait Truck. Il était immense et pour être honnête, Rayne ne le trouvait pas très beau, contrairement aux autres membres de l'équipe. Mais il ne lui avait fallu que quelques instants en sa compagnie pour comprendre qu'il était conscient de sa disgrâce et qu'il essayait d'en jouer. Bien sûr, en voyant Mary et lui se lancer des piques comme deux gamins qui s'apprécient sans oser se l'avouer, elle en oubliait que cet homme était de taille à écraser n'importe qui comme un vulgaire insecte si l'envie le prenait.

— J'aime bien tes amis, dit Rayne alors qu'ils s'engageaient dans la circulation en direction de chez Ghost.

— Tant mieux.

— Où habites-tu déjà ?

— À Belton, vers l'I-35. Assez près de la base, mais pas trop, ce qui évite le genre de voisinage qu'on trouve à proximité de la caserne.

— Quel genre de voisinage ?

— Des prêteurs sur gages, des salons de tatouage, des clubs de strip-tease, des usuriers, ce genre de trucs.

— Et tu as un appartement ?

— Non, c'est une petite maison. Construite dans les années soixante-dix. Ce n'est pas très moderne, mais c'est propre, dans un quartier familial. Cette fois, je n'avais pas envie de vivre en appartement. J'aime le calme.

Rayne acquiesça. Soudain, elle ne savait plus trop quoi dire. C'était facile de plaisanter et de rire avec lui quand ils étaient ensemble à l'hôpital. Mais maintenant qu'ils étaient seuls, c'était bizarre.

— Tu veux t'arrêter dans une pharmacie en chemin ou tu préfères rentrer et faire une sieste ? Je peux aller acheter tes médicaments plus tard, si tu veux.

— On peut y passer tout de suite. J'aime bien être dehors. Je suis sûre que je me fatiguerai vite, mais pour le moment, j'apprécie cette liberté.

Ghost ricana.

— Tu m'étonnes.

Ils gardèrent le silence jusqu'à ce que Ghost s'engage sur le parking. Il allait se diriger vers le guichet au volant, mais Rayne lui dit :

— J'aimerais entrer.

— Tu ne devrais pas marcher, princesse, répondit Ghost en fronçant les sourcils.

— J'ai besoin d'acheter quelques trucs.

— Je peux y aller à ta place.

— Des tampons ? Tu pourrais m'acheter des tampons ? Et du déo ?

Ghost répondit sans hésiter :

— Oui, princesse. Je peux t'acheter des tampons sans être foudroyé sur place.

— Tu en as déjà acheté pour quelqu'un ?

Ghost soupira en se garant sur une place de parking. Il se tourna vers Rayne, qui le regardait d'un air sévère.

— Non. Je n'ai jamais fait de courses en catastrophe pour acheter des tampons, des serviettes hygiéniques ou aucun des produits féminins mystérieux auxquels tu penses.

Mais ça ne me fait pas peur pour autant. Surtout si c'est pour toi. Si tu en as besoin, n'hésite pas, mais il vaut mieux que tu évites de t'épuiser. Tu sors à peine de l'hôpital. Ça ne fait même pas une semaine que je t'ai retrouvée ligotée...

Ghost s'interrompit, comme pour se donner une gifle mentale. Il n'avait aucune envie de lui rappeler ce qui s'était passé.

Rayne soupira et baissa les yeux sur ses mains, sur ses genoux. Elle avait envie de serrer les poings, mais ce serait trop douloureux.

— Je n'ai pas mes affaires. Mary a fait quelques courses, mais ce n'est pas pareil. Je me sens... je ne suis pas dans mon élément. J'avais simplement envie de me promener dans un magasin comme si de rien n'était. Je voudrais essayer de retrouver un certain quotidien sans penser à... *tout ça*. Excuse-moi pour les tampons. Je ne voulais pas être sarcastique.

Ghost posa le doigt sous le menton de Rayne et l'inclina délicatement vers lui, la suppliant de le regarder.

— Je suis désolé de t'avoir rappelé cette épreuve. C'est trop tôt, je le sais bien. Viens. Si tu peux t'appuyer sur moi, je vais t'accompagner dans le magasin et tu achèteras ce que tu voudras. Tiens, prends une douzaine de boîtes de tampons et trois flacons de vitamines prénatales. Le caissier n'y comprendra rien.

Rayne sourit. Ghost était amusant. Il était gentil et compréhensif, et elle ne l'appréciait que plus.

— Merci.

— Mais, ajouta Ghost avec un sourire espiègle, ça ne me dérange pas que tu achètes des tampons si tu ne rougis pas que j'achète des préservatifs. Pour le coup, l'employé de la caisse sera complètement perdu.

Il vit Rayne rougir. Ghost se pencha vers elle et posa un

doux baiser sur ses lèvres. Il avait envie de le prolonger, de sentir le goût de sa langue contre la sienne, mais il s'écarta à contrecœur.

— Viens, princesse. Allons voir ce que nous pouvons acheter pour t'aider à retrouver une vie normale.

25

La maison de Ghost était exactement comme il l'avait décrite. Au beau milieu d'un charmant quartier. Elle avait trois chambres et elle était juste assez grande pour que Rayne ne s'y sente pas à l'étroit. Les deux premiers jours, elle avait beaucoup dormi. Ghost lui avait donné une aspirine le premier soir et elle avait dormi quatorze heures d'affilée.

Au réveil, elle allait beaucoup mieux. Ghost avait préparé un copieux déjeuner et ils étaient restés à table pendant deux heures, à discuter. Sa deuxième nuit avait été moins longue, mais elle avait dormi d'une traite.

Ils avaient connu leur première dispute quand Rayne avait voulu prendre une douche. Ghost lui avait rappelé ce que le médecin avait dit, à savoir qu'elle ne devait pas mouiller ses points de suture. Rayne avait rétorqué qu'elle ne devait pas *trop* les mouiller.

Elle savait que Ghost essayait simplement de prendre soin d'elle, mais elle se sentait poisseuse et elle avait besoin d'une douche autant que d'oxygène. À l'hôpital, on l'avait lavée au gant, et même si c'était rafraîchissant, elle avait envie de pouvoir se laver seule et à grande eau.

Enfin, elle lui tourna le dos et s'éloigna vers la salle de bain en tapant du pied – dans la mesure où ses chevilles encore endolories le lui permettaient. Elle envisagea de fermer la porte à clé, mais elle préférait que Ghost puisse intervenir rapidement s'il lui arrivait quelque chose.

Le jet d'eau chaude sur son corps était une sensation délicieuse. Elle pouvait presque sentir la poussière égyptienne s'évaporer.

Après la douche trop brève, elle s'assit sur le siège des toilettes avec une serviette humide autour du corps et examina ses chevilles et ses poignets pour la première fois.

Rayne n'était pas superficielle. Ce n'était pas le genre de femmes que les hommes draguaient immédiatement quand elle sortait, mais elle n'était pas moche non plus. Elle avait des formes harmonieuses, trop généreuses pour certains, mais elle avait reçu assez de propositions pour savoir qu'en règle générale, on la trouvait attirante.

Pourtant, en voyant sa peau lacérée et scarifiée, en voyant les points de suture noirs et en songeant à ce qui les avait causés... elle était bouleversée.

Elle se rappelait chacun des instants passés sur ce matelas. Elle s'était sentie humiliée, désespérée et impuissante... terrorisée. Les conséquences de ses vains efforts, le souvenir de cette voix qui traduisait la séance de torture qu'on lui promettait, précisant que plus son sang coulerait, plus Moshe deviendrait un homme à part entière, c'était plus qu'elle ne pouvait le supporter. Pendant un moment, elle crut presque entendre l'accent de l'homme dans son cerveau, qui lui décrivait le viol qu'elle allait subir sans relâche.

Rayne éclata en sanglots. Elle pleura sur son sort, pour

les deux femmes qu'elle ne connaissait pas et qui avaient subi les mêmes tortures – et pires encore, car les garçons qui s'étaient livrés à ce rituel avaient sans doute eu le temps d'aller jusqu'au bout avec elles. Elle espérait de tout son cœur qu'elles avaient été secourues comme elle. Même si elles avaient été violées, elles recevraient de l'aide et, avec un peu de chance, pourraient reprendre le cours de leurs vies loin des monstres qui leur avaient fait du mal.

Au bout d'un moment, Rayne ne savait même plus pourquoi elle pleurait, mais elle était incapable de s'arrêter.

Au milieu de sa crise de larmes, Ghost apparut soudain. Elle aurait pu s'en offusquer, mais elle était contente de le voir, qu'il la prenne à l'abri de ses bras. Rayne se laissa aller contre lui tandis qu'il la soulevait sans un mot. Elle enfouit son visage contre son cou.

En entendant Rayne exprimer toute son angoisse, Ghost avait une boule au ventre. Pendant deux jours, il avait attendu qu'elle craque et même si c'était un crève-cœur, c'était aussi un soulagement. Elle était forte. C'était l'une des femmes les plus fortes qu'il ait jamais rencontrées, mais il savait que tôt ou tard, elle devrait regarder en face ce qui s'était passé.

À l'hôpital, elle était restée concentrée sur sa guérison, les soins et la douleur, sans parler des visites, son frère et Mary, puis son emménagement temporaire chez lui... mais elle avait fini par avoir le temps de réfléchir, de se remémorer ce qui s'était passé.

En prenant soin de ne pas effleurer ses blessures, Ghost la porta dans le salon et s'assit sur le canapé, Rayne sur ses genoux. La serviette qu'elle portait s'était détendue et il la retira. Elle était trempée, et de toute façon, il connaissait déjà son corps sous toutes ses coutures. Il tira un plaid doux et duveteux sur le dossier du canapé et l'enveloppa, puis il la serra contre son torse et la berça tandis qu'elle sanglotait.

Il lui fallut environ vingt minutes, mais les larmes de Rayne se tarirent et elle resta immobile dans ses bras, reniflant de temps à autre.

— Tu veux un mouchoir, princesse ?

Ghost sentit qu'elle hochait la tête contre lui et il tendit la main pour prendre des mouchoirs dans la boîte à côté du canapé. Elle lâcha le plaid qu'elle serrait contre leurs poitrines et se moucha sans faire de manières. Sans lever la tête ni prononcer un mot, elle tendit le mouchoir usagé à bout de bras, comme une véritable princesse, et Ghost le prit en souriant avant de l'abandonner pour l'instant sur la table basse.

Elle se cala contre son torse et murmura enfin :

— Je suis toute nue ?

Ghost sourit.

— Oui.

— C'est une banane dans ta poche ou tu es content de me voir ?

Cette fois, il éclata de rire.

— Princesse, tu es assise sur mes genoux sans le moindre vêtement. Évidemment que je suis content de te voir.

Il retrouva son sérieux et demanda :

— Tu te sens mieux ?

Elle prit une minute pour y réfléchir avant de répondre :

— Oui, ça va mieux. Je... J'ai regardé mes poignets et mes chevilles pour la première fois. Je les ai bien regardés et tout m'est revenu. Ça m'a frappée de plein fouet.

— Ça ne m'étonne pas. Tes nerfs ont été mis à rude épreuve dernièrement, en plus de ce qui t'est arrivé.

Rayne acquiesça dans ses bras.

— Est-ce que tu l'as vraiment tué ?

Ghost ne s'attendait pas à cette question, mais c'était prévisible. Elle était blessée et encore paniquée, en pleine évasion quand ils en avaient discuté.

— Oui, j'en suis sûr à quatre-vingt-quinze pour cent.

— Tu veux bien me le raconter ?

Il appréciait qu'elle le lui demande sans l'exiger. C'était bon signe pour leur future vie commune. Elle n'avait sans doute pas vraiment conscience de ce qu'elle venait de faire, mais c'était important pour lui.

— Quand Sarah et les autres femmes avec qui tu étais détenue ont été secourues, Sarah a parlé de toi. Elle tenait absolument à nous faire savoir que tu avais été emmenée à l'écart. Nous avons commencé à fouiller la zone où les autres femmes avaient été découvertes. Tu étais dans la dernière salle du couloir, tout près de l'endroit où nous avions placé un explosif.

— C'est grâce à cela qu'ils ont pris la fuite. Les murs ont commencé à s'écrouler et ils ont tous détalé comme des fillettes.

Ghost ricana et serra Rayne affectueusement.

— Je jure devant Dieu, Rayne, que je n'oublierai jamais le moment où je suis entrée dans cette salle et où je t'ai vue. J'étais soulagé que tu ailles bien, mais aussi fou de rage de te voir ligotée.

Rayne prit alors conscience que Ghost avait besoin d'en parler, lui aussi. Elle choisit de ne pas l'interrompre.

— Avant d'arriver à ta salle, nous avons fouillé toutes les autres le long du couloir. Dans l'une d'elles, trois personnes se cachaient. Le plus jeune a brandi son fusil en croyant sans doute qu'on ne le tuerait pas parce que c'était un gamin.

— Et pourtant, vous l'avez fait.

La voix de Rayne était grave, son intonation indéchiffrable.

— Oui.

— Que portait-il ?

Ils avaient déjà eu cette conversation en sortant du bâtiment, mais elle ne semblait pas s'en souvenir.

— Une chemise bleue et un pantalon marron.

— Quand nous étions toutes ensemble, il est venu nous surveiller. Il avait l'air gentil. Il s'est approché de nous et je lui ai souri pour essayer de l'amadouer, pour lui faire comprendre que nous étions des humaines. Des innocentes sans armes. Je savais que ce n'était pas très malin, parce que Chase m'avait toujours recommandé de ne jamais me faire remarquer, que même le geste le plus infime pouvait m'attirer les foudres d'un ennemi. Il faut croire qu'il n'avait pas tort.

Rayne poussa un long soupir retentissant. Ghost ne l'interrompit pas, n'insista pas pour qu'elle poursuive. Elle lui raconterait son histoire à son rythme, en son temps. Elle lui donnerait tout ce dont il aurait besoin.

Enfin, elle reprit :

— Il m'a rendu mon sourire. J'ai cru qu'il était timide. Je me suis dit que je lui rappelais peut-être ses sœurs ou sa mère. J'ai pensé qu'il irait voir les deux hommes et leur demanderait de ne pas nous faire de mal.

Rayne marqua une pause avant de continuer tristement :

— Mais ça ne s'est pas passé comme ça. C'était une sélection. Et parce que je lui ai souri, il m'a choisie.

— Ce n'est pas ta faute, princesse.

Elle secoua la tête contre lui, puis elle se dévissa le cou pour le regarder dans les yeux.

— J'ai cru mourir. Il était accroupi sur moi, son pénis à la main. Il se caressait, prêt à m'arracher la culotte pour me violer... pendant que tous les autres le regardaient et l'encourageaient. J'avais peur, Ghost.

Bordel de merde ! Ghost ne se sentait pas capable d'entendre la suite, mais il le devait. Pour elle. Il changea de position et s'allongea sur le dos, la tête contre l'accoudoir. Il ajusta le plaid, s'assurant de bien couvrir Rayne blottie sur son torse.

— Je le sais. N'importe qui aurait eu peur pour moins que ça.

— Tu sais quoi ?

Sa voix était étouffée contre lui, mais Ghost l'entendait parfaitement.

— Quoi ?

— J'étais furieuse aussi. Furieuse qu'il gâche mes souvenirs de nous deux. Qu'il gâche à jamais ma vision du sexe.

Elle haussa les épaules tant bien que mal dans les bras de Ghost.

— C'est bête. Je savais que j'allais mourir, mais je ne voulais pas garder le souvenir de ce qu'*il* me ferait. Je voulais me souvenir de nous deux, rien d'autre.

— Tu es en sécurité désormais, princesse. Il est mort et il ne peut plus rien te faire. Tu es ici avec moi. Je te jure que dès que tu seras prête, nous pourrons créer de nouveaux souvenirs pour effacer les mauvais.

Elle hocha la tête et resta immobile. Ghost n'ajouta pas un mot, laissant Rayne guérir ses souvenirs à son rythme.

— Ça me plaît.

Elle avait parlé d'une voix forte et intelligible.

— Moi aussi. J'aime te sentir sur moi.

Rayne leva la tête.

— Tu sais, on ne l'a jamais fait comme ça quand on était à Londres.

Ghost eut un sourire amusé, content de voir qu'elle était

d'humeur joueuse… du moins pour le moment. Il était persuadé que ses mauvais souvenirs reviendraient, mais il serait là pour elle. Il l'écouterait revivre ce qui s'était passé, encore et encore si c'était ce dont elle avait besoin.

— C'est vrai, nous n'en avons pas eu le temps, n'est-ce pas ?

Rayne reposa sa tête et Ghost sentit ses doigts se détendre contre son torse.

— Que faisons-nous réellement, Ghost ?

Cette question était inévitable. Il s'y attendait tôt ou tard.

— On apprend à se connaître. On se voit, on fait des sorties à deux, on se prépare… appelle ça comme tu voudras.

— J'ai beaucoup de mal à surmonter les mensonges.

Ghost aimait particulièrement la franchise de Rayne à son égard, même si ses mots étaient plus douloureux que la lame d'un ennemi.

— Je suis désolé de t'avoir fait souffrir, mais Rayne, je ne pouvais pas faire autrement. Je rentrais de mission et je voyageais incognito. Je ne savais pas que je rencontrerais la femme de mes rêves quand le vol a été annulé.

Elle prit une vive inspiration, mais il poursuivit :

— Je t'ai proposé cette soirée avant de me rendre compte que tu étais la bonne. À un moment donné, entre le déjeuner et ce fichu balcon, je l'ai compris. Je savais que si je me posais un jour, si je passais le reste de ma vie avec une femme, ce serait avec toi. Mais je t'ai quand même menti. J'ai inventé ce bobard au sujet de Whitney Pumperfield. Je t'avais déjà dit que j'étais John Benbrook. J'ai été égoïste. Si je t'avouais que j'avais menti, je savais que tu disparaîtrais et que je n'aurais jamais l'occasion de te serrer dans mes bras, de savoir ce qui se serait vraiment passé.

— Et qu'est-ce qui s'est réellement passé ? Ce n'est pas comme si tu n'avais jamais eu d'aventures d'un soir, Ghost.

— Je voulais savoir si l'affection que l'on éprouve pour quelqu'un fait toute la différence au lit.

Rayne garda le silence pendant un moment, puis elle demanda timidement :

— Et alors ?

— Je crois que tu connais la réponse maintenant.

Oui, elle la connaissait.

— Et puis, j'ai vu ton troisième tatouage.

Rayne se souleva contre son torse en prenant soin de ne pas enfoncer les coudes.

— Oui, d'ailleurs, c'était quoi cette passion ?

Il partit d'un petit rire devant sa mine intriguée.

— Tu n'as pas idée de ce que ça m'a fait.

— Si, j'ai ma petite idée, répondit-elle d'un ton taquin en se rappelant qu'il l'avait prise par-derrière avant de se retirer pour se répandre sur son tatouage.

Ghost sourit et leva la main, glissant une mèche de cheveux derrière l'oreille de Rayne.

— On aurait dit que j'étais tatoué sur ta peau.

— Quoi ? Je ne comprends pas. Je ne te connaissais même pas avant cette nuit-là.

— Je sais, et c'est ce qui est encore plus formidable. Chaque chose sur ce tatouage, à l'exception de la fleur, me représentait. C'était comme si tu étais à moi, marquée avant même de me rencontrer. L'aigle... le symbole des États-Unis et tout ce que ça représente. Le logo de l'armée et le fusil... Je sais que c'était pour ton frère, mais ça me résume parfaitement. Et même l'éclair ! Savais-tu que le blason de la Delta Force avait un éclair ?

En voyant la surprise dans ses yeux, il comprit qu'elle l'ignorait.

— Oui. Alors, c'était un choc de voir tout cela dans ton dos. J'aurais dû me douter, comprendre que c'était un signe du destin, mais je ne voulais pas le croire.

— Je ne sais pas.

— Je le sais bien, princesse. Regarde sur ta gauche.

Ce changement de sujet l'étonna, mais elle obéit sans poser de questions.

— Regarde la troisième étagère du bas.

Rayne étouffa un cri en découvrant la photo dans sa bibliothèque.

C'étaient eux. C'était la photo qu'il lui avait montrée à l'hôpital. Elle était dans ses bras et elle riait en le regardant. Même si elle était chez lui depuis deux jours, elle avait passé la majeure partie du temps à dormir, et quand elle mangeait ou discutait avec Ghost, c'était dans sa cuisine. Elle n'avait pas pris le temps de vraiment visiter sa maison.

— Et maintenant, regarde ailleurs. Vois-tu d'autres photos ? Quelque chose dans cette pièce qui révélerait un tant soit peu de personnalité ?

Rayne sourit en entendant son autocritique, mais elle observa le reste de la pièce. Il n'y avait pas la moindre photo, pas même des membres de son équipe. Il n'y avait aucun cadre aux murs, rien qu'une immense télévision et des tonnes de livres sur les étagères qui l'encadraient.

Ghost prit la tête de Rayne dans ses mains et la tourna vers lui.

— Je t'ai menti à l'époque. J'en suis désolé. Mais honnêtement, je crois que je le referais. Je suis un Delta, Rayne. Jusqu'à la moelle. Je protégerai mon pays et mon équipe de toutes mes forces. Avant toi, je ne voulais m'ouvrir à personne. Mes parents sont morts il y a longtemps et je n'ai pas de frères et sœurs. Je ne suis pas proche de mes oncles et tantes et j'ignore si j'ai des cousins quelque part. Cette équipe est toute ma famille. L'armée est ma famille. Je mourrais pour les protéger.

Rayne comprenait ce qu'il disait. Dommage, mais il avait raison. Il ne pouvait pas lui annoncer qu'il était un soldat top secret et lui donner son adresse pour qu'elle puisse le retrouver. Pourtant, il avait une photo d'eux chez lui. C'était une chose de la garder dans son téléphone, mais qu'il ait fait l'effort de l'imprimer et de l'encadrer, voilà qui en disait long. Elle avait de la valeur à ses yeux. Et pour elle, c'était plus important que tout.

— J'ai autre chose à te montrer.

— Comment ? Il y a autre chose ?

Son étonnement le fit rire.

— Encore une révélation, puis nous pourrons continuer ce que nous faisions. D'accord ?

Rayne hocha la tête.

Ghost se redressa brusquement, sans la lâcher, et elle poussa un petit cri puéril. Il se leva et se retourna aussitôt pour l'asseoir. Le coussin dégageait encore sa chaleur corporelle. Rayne resserra le plaid autour d'elle pour cacher toutes les parties de son corps.

Quelle ne fut pas sa surprise quand Ghost s'allongea sur le ventre à côté d'elle, les jambes sur ses genoux. Avait-il envie d'un massage ? Mais que faisait-il ?

— Retrousse la jambe droite de mon jogging, princesse.

Elle ne voyait pas où Ghost voulait en venir, mais elle fit ce qu'il lui demandait et sursauta en découvrant le tatouage.

Elle s'empressa de remonter le tissu jusqu'à son genou, effleura les couleurs vives du bout des doigts. Retenant le plaid devant sa poitrine à une main, elle se pencha sur sa jambe pour mieux voir.

— J'ai pris une photo de ton tatouage avant de partir, ce matin-là. Ce n'était pas très fin de ma part, mais après tout ce que j'avais fait, je n'étais pas à une goujaterie près, n'est-ce pas ? Tu dormais à plat ventre et je n'ai pas pu résister. J'ai tiré le drap juste assez pour pouvoir photographier le tatouage. J'étais incapable de penser à autre chose. C'était moi, sur ta peau... et je voulais exactement le même sur la mienne pour ne pas t'oublier. Tous les jours, je voulais le voir et me rappeler à quel point tu étais belle. Je voulais te revoir, toi et ton tatouage, comme lorsque je t'ai prise par-derrière.

On aurait pu trouver ses propos vulgaires, mais Rayne s'en fichait éperdument. Pour elle, c'était un aveu magnifique.

— Je suis rentré et, un mois plus tard, je me suis fait tatouer ton souvenir, princesse. Moins d'un mois.

— C'est parfait. Mais le logo de l'armée ne risque pas de trahir ton identité de super-héros militaire sous couverture ?

— Si, à vrai dire.

Il ne semblait pas perturbé le moins du monde.

Rayne prit le temps d'y réfléchir.

— Tu aurais pu te passer de cette partie.

— Mais il n'aurait pas été comme le tien.

Les lèvres de Rayne commençaient à trembler et elle s'efforça de ravaler ses larmes.

— Comme tu le vois, la seule différence, c'est la baguette de princesse.

À ces mots, Rayne perdit toute sa contenance. Elle n'était plus capable de retenir ses larmes. Il l'avait peut-être quittée dans cette chambre d'hôtel à Londres, et il n'avait jamais essayé de la retrouver ni de la contacter, mais il ne s'était pas servi d'elle. Le tatouage sous ses yeux était la preuve qu'il tenait à elle.

Avant qu'elle ait le temps de dire ouf, Ghost s'était retourné et l'avait prise dans ses bras.

— Je ne te l'ai pas montré pour te faire pleurer, princesse, lui dit-il en la cajolant.

— Je... je sais, répondit-elle dans un hoquet. Tu as vu mes nouveaux ajouts ?

Ghost hocha la tête contre la sienne.

— Oui, je les ai vus dans l'avion en rentrant d'Égypte. Et je dois dire que *maintenant* ton tatouage est parfait. C'était déjà le cas, mais avec Big Ben et mon fantôme tout en haut ? Parfait.

— Je l'ai fait il y a trois mois.

Ghost déposa un baiser sur sa tempe et ils restèrent assis sur le canapé pendant un moment sans dire un mot.

Après avoir reniflé une dernière fois, Rayne dit :

— Je peux avoir un autre mouchoir ?

Il sourit et lui donna ce qu'elle demandait, puis il sourit à nouveau quand elle le lui rendit après l'avoir utilisé.

— Je dois m'habiller.

— Ne te donne pas cette peine pour moi.

Elle lui donna un coup bien senti sur le bras.

— Pervers.

— D'accord, princesse, dit-il en riant. Va t'habiller, ensuite je referai tes bandages.

Elle lui tendit les mains.

— Regarde, on dirait que des insectes me percent la peau, tu ne trouves pas ?

— Euh... non ?

— Oh, allez, Ghost. Regarde ! On dirait que leurs petites antennes noires dépassent.

— Pouah, c'est dégoûtant.

— Tu n'as jamais eu de points de suture ?

— Oh si, bien sûr, mais je n'avais jamais imaginé ça... maintenant, à cause de toi, j'aurai toujours cette image.

Elle gloussa avant de regarder à nouveau ses poignets.

— On dirait que j'ai essayé de me tuer.

Ghost glissa un doigt sous son menton pour tourner sa tête vers lui.

— Les cicatrices s'estomperont, Rayne, mais ces cicatrices montrent au monde à quel point tu es forte. Tu ne devrais pas en avoir honte.

Sur ce, il porta sa main à sa bouche et déposa un baiser sur chaque marque à son poignet. Puis il fit la même chose de l'autre côté.

Quand il changea de position comme pour se mettre à genoux et continuer sur ses chevilles, Rayne déclara :

— D'accord, d'accord. Ce sont des médailles d'honneur. Mais franchement, relève-toi.

Ghost la regarda dans les yeux et Rayne sut qu'elle ne serait plus jamais la même. Elle ignorait où ils allaient et comment serait la vie à deux, mais en cet instant, elle savait qu'elle était fichue. Tout ce que cet homme voudrait, elle se plierait en quatre pour le lui donner.

—————

26

— J'aimerais te présenter quelqu'un, lui annonça Ghost au petit déjeuner, le lendemain matin.

Ils avaient passé la soirée à regarder des films et Rayne ignorait comment faire savoir à Ghost qu'elle pensait être enfin prête à dormir à nouveau dans le même lit que lui. Il lui avait manqué, ces dernières nuits. Elle s'était sentie bien et en sécurité quand il avait dormi auprès d'elle dans ce minuscule lit d'hôpital.

— Ah bon ?

— Elle s'appelle Penelope. Je ne peux pas vraiment te dire comment les gars et moi l'avons rencontrée, mais elle habite à San Antonio et elle vient de temps en temps à Fort Hood.

— Euh, d'accord.

— Je crois que ça vous ferait du bien de discuter toutes les deux.

— Tu vas devoir me donner plus d'explications, Ghost. Parler de la pluie et du beau temps, ce n'est pas mon truc. Tu ne peux pas me coller quelqu'un dans les pattes en me disant : discute avec elle. Ça ne marche pas comme ça.

Ghost se leva de table, débarrassa leurs assiettes et les emporta à la cuisine. Puis il revint s'asseoir et se pencha sur ses coudes.

— Tu me fais confiance ?

Rayne hocha la tête. Curieusement, malgré tous les mensonges qu'il avait inventés la première fois qu'ils s'étaient rencontrés, elle lui faisait confiance. Dès l'instant où elle l'avait vu dans sa prison en Égypte, elle lui avait confié sa vie. Cela n'avait pas changé.

— Alors, va t'habiller. Nous allons partir.

Rayne secoua la tête, un peu exaspérée.

— D'accord, donne-moi dix minutes et je serai prête.

Une heure plus tard, Rayne était assise dans une petite salle de conférence à la base militaire. Elle attendait la fameuse Penelope. Ghost ne lui avait rien dit de spécial pendant le trajet jusqu'à Fort Hood.

Après quelques minutes, la porte s'ouvrit et une blonde menue, d'un mètre cinquante-cinq à peine, fit son apparition. Rayne s'étonna qu'elle lui paraisse familière, car elle était certaine de ne l'avoir jamais rencontrée auparavant.

— Ghost ! Quel plaisir de te voir ! s'exclama Penelope en traversant la pièce pour l'étreindre chaleureusement. Nous avons bavardé ces derniers mois, mais ce n'est pas la même chose que de te voir en personne.

— Ça me fait plaisir aussi, Tiger. Comment vas-tu ?

— Bien.

— Tu as retrouvé une vie normale ?

— Aussi normale qu'elle puisse l'être, j'imagine. Cade me rend folle. Il est tellement surprotecteur.

— Et les autres ?

— Ils commencent à comprendre que je suis toujours la même qu'avant.

— Et Moose ?

Rayne vit la jeune femme rougir.

— Il est encore plus têtu que d'habitude, mais lui aussi, il finira par comprendre que je vais bien.

Ghost se tourna vers Rayne et lui tendit la main.

— J'aimerais te présenter Rayne. Rayne, voici Penelope Turner. Elle est pompier à San Antonio. C'est un ancien sergent de l'armée de réserve.

Rayne tendit la main.

— Enchantée, Penelope.

Elles se saluèrent et Penelope se tourna vers Ghost.

— Tu ne lui as rien dit, n'est-ce pas ?

Ghost secoua la tête.

— Je me suis dit que c'était à toi de partager ce que tu voudrais.

— Très bien, alors ouste ! dit-elle avec un sourire espiègle.

Ghost se tourna vers Rayne et la serra contre lui.

— Ne fais pas trop d'efforts. Si tu es fatiguée, préviens-moi et nous rentrerons à la maison.

Rayne leva les yeux au ciel.

— Que crois-tu que nous allons faire, Ghost ? De la course d'obstacles ? Des pompes ? Bon sang ! Je suppose que nous allons discuter. Ça va aller, ne t'inquiète pas.

— Oh, je l'aime déjà, Ghost. Elle ne supporte pas ton rôle de mâle dominant protecteur.

— La ferme, Tiger.

Penelope et Rayne se sourirent. Pour la première fois depuis qu'ils étaient arrivés, Rayne se sentait parfaitement à l'aise. Ce ne serait peut-être pas si difficile d'avoir une conversation avec cette inconnue tout compte fait.

Ghost embrassa Rayne sur les lèvres. Il le faisait en permanence ces dernières vingt-quatre heures, depuis leur conversation sur le canapé, où il lui avait montré et expliqué son tatouage.

— Je reviens tout à l'heure.

Dès que la porte se fut refermée derrière Ghost, Penelope s'assit et dit :

— Alors, voilà le topo. Il y a neuf mois environ, j'ai été capturée par ISIS en Turquie. Une équipe des forces spéciales est venue me secourir, mais notre hélico a été abattu et Ghost a dû intervenir avec son groupe pour nous sauver. C'est comme ça que je le connais. Je ne suis jamais sortie avec lui ni rien de ce genre.

Alors que Penelope parlait, Rayne comprit pourquoi cette femme lui paraissait si familière.

— Oh, mon Dieu, je t'ai vue à la télé ! Tu es la Princesse de l'Armée ! J'ai été si heureuse quand j'ai appris que tu avais été libérée !

Penelope sourit.

— Tu n'es pas la seule.

Rayne fit rapidement le calcul.

— Tu as été sauvée il y a six mois, n'est-ce pas ?

— C'est bien ça.

— C'est à cette époque que j'ai rencontré Ghost. Il devait rentrer de cette mission, justement.

— Il ne te le dira sans doute jamais, mais s'il a organisé cette entrevue, c'est pour que tu saches ce qu'il ne peut pas te dire. Il sait que *je* peux t'en parler, mais pas lui... et il ne le fera pas.

Rayne comprenait.

— Et tu vas bien ? Tu es restée détenue très longtemps.

— Environ trois mois.

Rayne ne savait pas quoi dire d'autre. Elle avait envie de poser tant de questions, mais elle ne voulait pas manquer de tact.

— Je n'ai pas été violée.

Décidément, Penelope ne prenait pas de gants. Elle disait ce qu'elle pensait.

— Oh, bien sûr, ils m'ont frappée et j'ai passé la majeure partie de ma détention avec la peur au ventre, mais ils ne m'ont pas violée pour je ne sais quelle raison. Dieu merci ! Ghost m'a dit que tu t'étais retrouvée au milieu de ce soulèvement en Égypte et que tu n'étais pas passée loin du pire.

Rayne hocha la tête.

— Être otage, ce n'est pas de tout repos, n'est-ce pas ?

Rayne sourit. Penelope avait très bien résumé l'expérience. C'était agréable de rencontrer quelqu'un qui ne cherchait pas à enjoliver les choses.

— Oui, on peut le dire.

— Je vais te dire une chose. J'aime bien Ghost. J'aime bien tous les gars de l'équipe. Nous ne sommes pas les meilleurs potes du monde. Je ne suis pas leur confidente ni rien, et nous n'allons pas boire le thé quand je viens ici. Mais il est évident que Ghost tient à toi, s'il a prévu de nous présenter. Les hommes comme lui... Ils ne sont pas du genre bouquets de fleurs et boîtes de chocolats. Il ne te fera peut-être pas de dîners aux chandelles. Je ne le vois pas louer un avion pour te déclarer sa flamme sur une bannière.

Rayne gloussa.

— Mais si tu prêtes attention, tu verras la preuve qu'il t'aime. Une main dans ton dos. Il te demandera si tu as besoin de quoi que ce soit. Il s'assurera que tu manges avant lui. Il marchera à l'extérieur du trottoir pour te protéger de la circulation. Il y aura plein de petits signes, mais ce ne seront jamais les grands gestes romantiques que les femmes adorent.

— Il change les bandages de mes poignets et de mes chevilles tous les matins. Hier, il a jeté mes mouchoirs pleins de morve sans protester. Ce matin, il m'a laissé mettre autant de fromage que je voulais sur mon bagel, même s'il n'en restait plus beaucoup pour lui.

Penelope hocha la tête.

— Exactement. Ils te jureront jusqu'à la mort qu'ils ne sont pas romantiques, alors qu'en réalité, ce qu'on voit comme « romantique » dans les films et à la télé n'est que de la poudre aux yeux. Je ne sais pas toi, mais j'aime mieux leur forme de romantisme que celle qu'Hollywood veut nous vendre.

— Il est très intense.

— Oui, ils le sont tous, acquiesça Penelope.

— Il est autoritaire.

Une fois de plus, la jeune femme confirma.

— Quand tu y penses, je suppose que c'est uniquement pour ton bien. Je me trompe ?

— Non, c'est souvent le cas.

— Je me mêle peut-être de ce qui ne me regarde pas, mais je parie qu'il est aussi autoritaire au lit. C'est un aspect plus délicat, mais encore une fois, je répète ce que j'ai dit... il est autoritaire quand cela concerne tes besoins... ton bien-être.

Rayne songea à leur nuit à Londres. Penelope avait raison. Il s'était montré autoritaire en la plaçant dans telle et telle position, en lui demandant de se mettre à genoux, mais il avait toujours pris grand soin d'elle. Il avait retenu son propre orgasme pour la satisfaire en premier.

— Même si tu n'es pas sûre de lui, et même s'il te paraît parfois trop intense, n'oublie pas ce qu'ils font dans la vie. Il est allé jusqu'en Irak avec son équipe, au cœur des montagnes, et ils m'ont sauvée, moi et six membres des forces spéciales, comme si c'était un banal détour par le supermarché. Je suppose qu'il a débarqué dans ce bâtiment en Égypte et qu'il t'a délivrée en un clin d'œil. Je me trompe ?

— Non, c'est bien ça.

Penelope se pencha vers Rayne.

— Je viens à la base tous les mois à peu près, pour voir un thérapeute. Je peux paraître dure, on peut croire que je me débrouille comme une grande, mais j'ai mes mauvais jours comme tout le monde. J'ai vu des choses là-bas que je n'oublierai jamais de toute ma vie. J'ai vu de nombreux pompiers et soldats essayer sans succès de surmonter sans aide les choses auxquelles ils sont confrontés. Ça ne fonctionne pas.

Penelope se racla la gorge. Manifestement, elle éprouvait une vive émotion.

— Je n'ai pas rencontré beaucoup de personnes qui aient été détenues en otage comme moi, et encore moins par un groupe terroriste. En tant que femmes, nous avons d'autres choses à redouter de la part de ces hommes. Ça ne me dérangerait pas, quand je viens, que nous puissions... discuter. Enfin, si tu veux bien. Si ça ne te met pas mal à l'aise.

Pour la première fois, Rayne découvrait un aspect différent de cette femme. Elle avait abandonné ses bravades et son courage qui lui permettaient sans doute d'évoluer dans le milieu essentiellement masculin de l'armée et des pompiers. En la regardant dans les yeux et en constatant sa vulnérabilité, Rayne se rendit compte qu'elle avait besoin d'elle. Mary était peut-être sa meilleure amie, mais elle ne pouvait pas comprendre ce qu'elle avait subi. Et elle avait beau adorer son frère, elle ne pouvait pas s'identifier à lui.

Au fond, Ghost savait que Penelope et elle avaient besoin l'une de l'autre. Décidément, elle avait toutes les raisons de tomber amoureuse de lui.

— Ça me plairait. Je ne m'étais pas rendu compte que

mes amis, même Ghost et son équipe, ne pouvaient pas me comprendre.

Penelope hocha la tête en signe d'approbation.

— Oui, il m'a fallu un moment, à moi aussi. J'étais fâchée contre tout le monde et les médias n'arrêtaient pas de me traquer, ça me rendait folle. Mais quand j'ai arrêté de souffrir en silence et que je suis venue parler à cette psychologue, elle m'a conseillé de trouver un groupe de soutien avec d'autres victimes. Ça m'a aidée, bien sûr, mais aucun n'avait vraiment vécu la même chose que moi. Une grande part de leurs expériences pouvait être mise en parallèle avec la mienne... l'impuissance, la terreur, l'incertitude, et pourtant c'était différent.

— Il y a des groupes ?

Penelope tendit la main et Rayne la saisit sans hésitation. La connexion était agréable.

— Oui, tout à fait. À San Antonio, j'ai rencontré une femme formidable. Elle s'appelle Beth. Elle a quitté la Californie après une expérience terrible. Elle a été kidnappée et torturée par un tueur en série, mais elle a survécu. Un lien s'est noué entre nous, plus qu'avec n'importe qui d'autre, parce que nous avions toutes les deux été détenues en otage. Elle a été violée, et moi non. Malheureusement, je ne peux pas l'aider sur ce point, mais j'aimerais vous présenter si tu viens un jour chez moi.

Rayne hocha la tête.

— Je ne pense pas être prête pour le moment... mais si tu me laisses le temps...

— Aucune pression. Sérieusement. Il m'a fallu du temps avant d'être en mesure de parler à quelqu'un de ce qui s'était passé.

Penelope s'adossa en souriant dans son siège.

— Alors... Ghost est-il aussi bon au lit qu'il en a l'air ?

Rayne ne répondit pas, mais rougit jusqu'à la racine de ses cheveux.

— Ah ! Je le savais ! Ces types sont tellement beaux, ça devrait être illégal. Oh, ne t'inquiète pas. Je ne craque pas pour ton homme ni aucun type de son équipe. J'ai le mien à la maison, mais tu dois avouer qu'ils ne sont pas désagréables à regarder.

Rayne éclata de rire et acquiesça.

— Oui, dit-elle. Je jure que parfois j'ai envie de frapper toutes les femmes à un kilomètre à la ronde dès que nous sortons de chez nous.

— Il n'a d'yeux que pour toi, je n'en doute pas. Quand des hommes comme lui tombent amoureux, c'est pour de bon. Ils sont exclusifs et seraient prêts à tuer celui qui oserait poser la main sur toi.

— Je commence à m'en rendre compte.

Quelqu'un frappa à la porte et les deux femmes se retournèrent. Ghost passa la tête à l'intérieur.

— Tout va bien ?

— Très bien. Ramène tes fesses ici et occupe-toi de ta femme. J'ai un rendez-vous.

La Penelope effrontée et impertinente était de retour. La femme vulnérable avait disparu sous sa façade pleine d'assurance.

Ghost entra à grandes enjambées et se pencha pour embrasser Rayne. Il posa une main sur son épaule.

— Vous avez passé un bon moment toutes les deux ?

Penelope leva les yeux au ciel.

— Oh, pitié, Ghost. Oui, c'était sympa. Nous avons bavardé. Rayne comprend que tu es un homme des cavernes, mais que tu cherches son bonheur. Elle sait qui je suis et nous avons l'intention de nous revoir. Ça répond à toutes tes questions ?

— Oui. Tu assures, Tiger.

— C'est ça. Allez, viens m'embrasser et laisse-moi filer. On se voit la prochaine fois que je passe dans le coin.

Ghost referma ses bras musclés autour de la frêle jeune femme, la soulevant de terre. Rayne adorait cet aspect de la personnalité de Ghost... son côté grand frère protecteur.

— On reste en contact. Je réunirai l'équipe la prochaine fois, on déjeunera ensemble ou quelque chose comme ça.

— Ça me va. À bientôt, Rayne. N'oublie pas ce que je t'ai dit.

Rayne repoussa sa chaise et se leva.

— D'accord. C'était un plaisir de te rencontrer.

— Toi aussi. Contente que tu sois entre de bonnes mains.

Rayne leva les yeux vers Ghost une fois que Penelope eut quitté la pièce.

— Merci.

Il ne fit même pas semblant d'ignorer ce qu'elle voulait dire.

— De rien.

— Je me demande comment tu as su que j'avais besoin de ça alors que je ne le savais pas moi-même, mais merci. Elle est formidable.

— Toi aussi, princesse.

— Je n'ai été détenue que pendant une semaine. Je n'imagine même pas ce qu'elle a traversé.

— Ne te compare ni à elle ni à personne. Tu as subi ton propre cauchemar. Ce n'était pas moins horrible que son calvaire à elle. Ne te diminue pas. Tu es une sacrée femme, tu sais ?

Rayne sourit en songeant à ce qu'avait dit Penelope au sujet des hommes autoritaires.

— Je sais.

— Viens, allons voir le médecin pour lui montrer tes points de suture. Ensuite, nous rentrerons et je te préparerai le déjeuner. Ensuite, nous pourrons regarder un film.

— *N'oublie jamais* ?

— Certainement pas. Je t'ai assez vue pleurer pour toute une semaine.

Rayne sourit. Elle savait qu'il refuserait tout net de regarder ce film.

— D'accord, Ghost. Tout ce que tu voudras.

— Allez, viens. J'ai envie de te gâter.

— Je ne trouve rien à redire.

Rayne sourit tandis que Ghost passait un bras autour de sa taille et l'accompagnait à l'extérieur, dans la chaude matinée texane.

27

Rayne se réveilla en sursaut. Elle poussa un cri et se dégagea des bras qui la retenaient. Moshe était là et il voulait devenir un homme, mais elle refusait que ce soit avec elle.

— Arrête, Rayne. C'est moi. C'est Ghost. Je suis là, tout va bien.

Ces mots parvinrent à peine à sa conscience embrumée. Elle n'avait qu'une seule envie, s'échapper.

— Non ! Lâche-moi. Non !

— Rayne !

La voix de Ghost était sèche, mais ce fut suffisant pour lui faire comprendre qu'elle n'était pas en Égypte. Elle n'était pas prisonnière et ce n'était pas Moshe qui la tenait dans ses bras, c'était Ghost.

Elle leva les yeux et déglutit péniblement.

— Désolée, ça va. Ça va bien.

— Bon sang, princesse. Je voulais *t'aider* en te présentant Penelope, pas te faire régresser. Je suis tellement désolé.

Rayne enfouit son visage contre le torse de Ghost et il la ramena sur le canapé, où ils s'étaient endormis plus tôt dans la soirée en regardant *Cuirassé en péril*. Le médecin lui avait dit que ses blessures guérissaient bien et il avait pris les devants en retirant ses points. On lui avait donné un léger antalgique et ils étaient rentrés chez Ghost, où ils avaient lancé le film.

Manifestement, sa discussion avec Penelope et l'extraction des points de suture avaient ravivé les souvenirs de sa captivité.

— Tout va bien, Ghost. Ça va, je... Je dois affronter cela et la technique de l'autruche ne fonctionne pas. Tu veux bien... Tu veux bien me serrer dans tes bras ?

— Pendant toute la nuit, Rayne. Détends-toi. Je suis là.

— Je peux dormir avec toi ?

Rayne sentit les muscles de Ghost se contracter sous son corps. Elle essaya de revenir sur ses paroles.

— Enfin, ce n'est pas grand-chose, je peux...

— Oui. Je veux que tu viennes avec moi. J'attendais que tu me fasses comprendre que tu le voulais. Tu n'as pas idée comme j'avais envie d'aller te chercher dans ta chambre pour te porter jusqu'à mon lit.

— Pourquoi n'as-tu rien fait ?

— Parce que je voulais que tu viennes de ton plein gré, et non à force de persuasion.

— C'est ce que je veux. Je dors mal depuis cette nuit à l'hôpital, quand tu étais à côté de moi.

Avec une infinie délicatesse, Ghost serra Rayne contre lui. Quel plaisir !

Plus tard, il l'emmena dans sa chambre. Une fois qu'elle se fut préparée dans la salle de bain, il l'aida à se mettre au lit.

— Eh bien, c'est un peu plus grand qu'à l'hôpital, n'est-ce pas ? dit-elle sur le ton de la plaisanterie.

— C'est peut-être plus grand, mais nous ne prendrons

pas plus de place que sur ce matelas minuscule, répliqua Ghost en installant Rayne sur le côté, l'attirant contre lui.

Il l'enveloppa comme la dernière fois, comme il avait rêvé de le faire les nuits passées. Ghost plongea le nez dans ses cheveux et inspira son parfum. Ça lui avait manqué. Elle lui avait manqué.

— Endors-toi, princesse. Je suis là. Je serai encore là quand tu te réveilleras. C'est promis.

Il sentit sa tête bouger quand elle acquiesça. Il resta immobile, à la serrer contre son cœur, bien après qu'elle eut dérivé dans un profond sommeil. Il était reconnaissant envers le destin de l'avoir mise sur son chemin et de lui avoir donné une deuxième chance de se rattraper, une chance de faire le choix qui les rendrait heureux tous les deux.

Le lendemain matin, Rayne remua. Elle ne s'était pas sentie aussi bien depuis très longtemps. Soudain, elle resta figée. Les mains calleuses de Ghost lui caressaient le dos. Elle était allongée sur le ventre, la tête tournée sur la droite, les bras le long du corps. Ghost était à genoux à côté d'elle et lui massait le bas du dos. Elle souleva la tête et la tourna pour le regarder.

— Qu'est-ce que...

— Je voulais le voir en entier.

Rayne prit conscience qu'il contemplait son tatouage. La moitié du temps, elle en oubliait son existence. Elle rougit. Elle avait beau savoir qu'il avait déjà vu les récents ajouts, c'était toujours un peu gênant. Elle hocha la tête et se détendit sous ses mains.

Ghost remonta le t-shirt de Rayne et l'aida à lever les bras pour pouvoir le retirer complètement. Avant même qu'elle puisse retrouver sa position, il avait enfourché ses hanches et posé les deux mains sur son tatouage. Il effleura les mots *Discrétion, rigueur et humilité* du bout des doigts. La caresse légère lui chatouillait le dos.

— Pourquoi deux heures et demie ? demanda Ghost avec vénération.

— C'est la dernière fois où j'ai pensé à regarder l'heure ce matin-là.

— La dernière fois. Quand je t'ai prise par-derrière, dit Ghost avec conviction.

Rayne acquiesça sans rien dire. Elle sentit qu'il se penchait et posait ses lèvres sur le fantôme. Elle s'était dit que c'était une bonne idée de le placer en haut de l'horloge, car il lui avait dit qu'un jour, il était monté à la cime.

— C'est si beau, princesse. Et savoir que cette nuit a été aussi importante pour toi que pour moi, ça n'a pas de prix. Tu n'as pas idée de ce que tu m'as donné. Rien de ce que tu aurais pu me dire ou m'acheter n'aurait été plus magnifique. Je te jure que je ferai tout ce qui est en mon pouvoir pour te chérir. Pour bien te traiter. Évidemment, il m'arrivera de foirer. C'est vrai, je suis un gars et je n'ai pas l'habitude. Mais sache que je ne chercherai jamais à te faire du mal.

— Merci, Ghost.

Elle sentit ses lèvres bouger dans son dos. Il embrassait chaque partie de son tatouage.

— Le moment est peut-être mal choisi pour dire ça, et je risque de passer pour un enfoiré rien que pour l'avoir pensé, mais j'espère vraiment que tu aimes que je te prenne par-derrière. J'ai le pressentiment que ce sera ma position préférée avec toi. Voir le tatouage qui me représente. Voir cet aigle onduler quand je vais et viens en toi par-derrière... oui, ce n'est arrivé qu'une fois et je n'ai plus jamais oublié ce tatouage. Mais maintenant que tu m'y as ajouté ? C'est comme si tu t'étais fait tatouer « Propriété de Ghost » en travers du dos. Parce que tu es à moi. Tu m'entends, Rayne ? À moi.

Rayne se trémoussa et souleva les fesses. Chaque parole qui sortait de sa bouche la faisait mouiller de plus belle. Elle n'avait pas prévu d'aller aussi loin avec lui cette semaine. Elle voulait rentrer chez elle et prendre le temps d'y réfléchir, mais elle ne pouvait plus résister. Elle le désirait encore plus maintenant qu'à l'époque, six mois plus tôt... qui aurait cru que ce soit possible ?

— J'accepterai toutes les positions que tu voudras, Ghost.

— Putain ! s'exclama-t-il d'une voix tourmentée, comme si elle venait de vaincre ses dernières résistances.

Rayne entendit un déclic et elle se retourna pour voir Ghost tendre un couteau suisse menaçant vers sa culotte.

— Ne bouge pas, princesse. Je vais t'enlever ça. J'ai trop hâte de te voir. Je l'arracherais bien, mais malheureusement, ça ne marche que dans les romans sentimentaux.

Rayne retint son souffle alors que l'élastique cédait autour de sa taille. Avant qu'elle puisse se demander comment réagir, elle sentit les mains de Ghost sur ses hanches.

— Ne te soutiens pas sur tes poignets. Laisse-moi faire tout le travail.

Rayne songea un instant à ce que Penelope avait dit... Elle se rendit compte que c'était l'une des nombreuses attentions de Ghost envers elle. Il n'avait pas oublié ses blessures et il ne voulait pas qu'elle se fasse mal.

Sans lâcher les hanches de Rayne, Ghost donna un coup de langue entre ses jambes, de son clitoris jusqu'à ses fesses, ravi de voir qu'elle était détrempée.

— Tout va bien ? Pas de mauvais souvenirs ?

Il avait envie de s'enfoncer profondément en elle, de la

marquer de son empreinte, mais il ne voulait pas la faire souffrir. Il n'y avait pas si longtemps, elle avait bien failli se faire violer. Il préférait encore se couper un bras que lui faire du mal, physiquement *ou* mentalement.

— Encore, Ghost. Oh oui, *encore*.

En souriant, Ghost se pencha pour recommencer, plus lentement cette fois. Il retrouvait son goût et ses sensations. Cet angle était spécial et il ne pouvait pas atteindre son clitoris aussi facilement que si elle était sur le dos, mais il n'avait pas menti. Pouvoir regarder son tatouage alors qu'il la dévorait par-derrière, c'était sa vision du paradis sur Terre.

Il se pencha en avant et empoigna son oreiller, qu'il plaça sous ses hanches. Comme ce n'était pas suffisant, il ordonna :

— Le tien, princesse. Donne-moi ton oreiller.

Elle le lui tendit sans un mot, toujours à plat ventre, puis ramena les bras à côté de sa tête.

— Oh oui, j'ai imaginé ce moment si souvent que j'ai du mal à croire que tu es là, devant moi. Tu n'as pas idée comme tu es belle, les fesses en l'air juste pour moi. Écarte encore les jambes. Oui, comme ça. Putain ! Princesse, tu es à moi. Toute à moi.

Ghost s'avança enfin et la dévora avec une passion telle qu'il n'en avait jamais éprouvé, suçant et léchant comme un homme affamé. Quand elle commença à gémir et à s'agiter sous ses assauts, il redoubla d'ardeur. Enfin, il ajouta un doigt, puis deux, s'insérant dans sa gaine étroite tout en se concentrant pour donner des coups de langue frénétiques sur son clitoris.

Recourbant les doigts, il caressa l'affleurement nerveux à l'intérieur tout en gémissant. Bientôt, Rayne bascula. Elle se cambra entre ses mains et cria son nom, saisie de tremblements. Il continua ainsi jusqu'à ce qu'elle se dérobe légèrement. Il était allé jusqu'au bout et la pression devenait plus douloureuse que sensuelle. Il se retira tout en se délectant du spectacle de son entrejambe luisant et ruisselant.

Il se redressa, toujours à genoux, sans la quitter des yeux, puis il fit courir ses mains dans son dos, étalant la moiteur de son excitation sur sa peau, soulignant les mots qui le représentaient avant que ses doigts ne sèchent.

Il se pencha et embrassa l'image du fantôme.

— Je peux te pénétrer, princesse ? Tu veux bien ?

Rayne gémit. Il sentit qu'elle s'offrait à lui.

— Oui, s'il te plaît, Ghost. S'il te plaît, j'ai besoin de toi. Je veux te sentir en moi.

Ghost se pencha vers la table de chevet et en sortit un préservatif. Il en avait acheté en rentrant de l'hôpital, amusé de voir Rayne rougir lorsqu'il avait posé la boîte sur le comptoir avec un sourire lubrique.

Il l'enfila prestement et posa à nouveau les mains sur la peau de Rayne.

— Peux-tu te hisser sur tes coudes sans te faire mal ?

Avant même qu'il ait fini de parler, Rayne était dressée. Cette position surélevait ses fesses à la hauteur adéquate pour lui permettre de la pénétrer.

— Dis-moi si c'est douloureux, Rayne. Enfin, je ne pense pas tenir très longtemps. Ça fait six longs mois que j'imagine ce moment. Mais je ne voudrais pas que tu souffres. D'accord ?

— Hmm, hmm, gémit Rayne en se cambrant vers lui.

Ghost garda un instant ses distances pour être certain qu'elle avait compris.

— Tu m'entends ? Dis-moi que tu comprends.

— Je t'entends, Ghost. Je te dirai si ça me fait mal, mais

bon sang, ce qui me fait mal, c'est de ne pas te sentir en moi. J'en ai besoin.

Cette fois, elle avait vaincu ses dernières réticences. Il ajusta sa queue gorgée entre ses cuisses et la pénétra lentement.

Ils gémirent en même temps.

— Putain, j'ai l'impression de rentrer chez moi, lui dit Ghost en restant immobile.

Elle se contractait autour de lui. Il sentait presque ses sécrétions autour de son sexe alors qu'ils s'acclimataient aux sensations l'un de l'autre.

— Tu es énorme sous cet angle, lui dit Rayne en se frottant contre lui.

— Oui, dans cette position, je peux mieux te pénétrer, répondit-il sans trop savoir ce qu'il disait.

Il lui agrippa les hanches en se retirant, avant de revenir lentement en elle, un centimètre après l'autre.

Ghost vit qu'elle tendait les fesses. Les ailes de l'aigle suivirent le mouvement.

— J'aimerais que tu puisses voir ça, princesse, lui dit Ghost en remontant les mains, de ses hanches à son tatouage. Chaque fois que tu pousses contre moi, on dirait que cet aigle sur ta peau veut s'envoler.

— Ça te plaît vraiment, à ce que je vois, dit Rayne à bout de souffle.

— Oui, vraiment. Mais il n'y a pas que le tatouage. C'est *ton* tatouage. Et il est sur *ton* dos, je suis dans *ton* corps et je le vois bouger et onduler pour moi. Ce n'est pas le tatouage seul qui m'excite. Ce qui m'excite, c'est de savoir ce qu'il signifie pour toi. Tu m'avais dans la peau avant même de le *savoir*.

— Allez, Ghost.

Il sourit en percevant l'impatience et le désespoir de son intonation.

— Bouge. Maintenant.

— À vos ordres, madame. Avec plaisir.

Ghost imprimait un rythme régulier. Il allait et venait en elle, par des coups de reins mesurés. Quand il sentit qu'elle essayait de se lever sur ses mains, il appuya au bas de son dos.

— Non, princesse. Reste là.

— Mais je veux…

Il comprit qu'elle était au bord de l'extase et qu'elle se fichait d'avoir mal. La seule chose qui comptait pour elle, c'était son plaisir. Il ordonna :

— Touche-toi. Tourne-toi sur une épaule et touche-toi.

Aussitôt, elle fit ce qu'il lui demandait et glissa une main à l'endroit où leurs deux corps se rejoignaient. Ghost sentit immédiatement ses mouvements frénétiques sur son clitoris tandis qu'il continuait à la pilonner. Il se pencha et mordilla le téton qui s'offrait à lui, tout en lui caressant le dos.

— C'est ça. Frotte-toi, fais-toi jouir. Tu es tellement chaude et serrée. Prends ma queue avant de jouir. Prends tout ce que tu voudras, donne-toi du plaisir.

Ghost sentit la main de Rayne accélérer. Son corps redoublait de vitesse contre lui. Il lui pinça vivement le téton, revenant à l'assaut sans relâche. Ses muscles se contractèrent et elle finit par exploser, aussitôt suivie par Ghost. Agrippant ses hanches à deux mains, il exerça encore un coup de reins, puis deux. Quand il s'enfonça une troisième fois, il sentit l'orgasme jaillir. Rayne continuait à venir s'empaler contre lui, encore portée par sa vague de plaisir.

— Oh, mon Dieu, murmura-t-elle au bout d'un moment. Si c'est comme ça chaque fois, tu vas nous tuer.

— Il y a pire comme mort.

À contrecœur, Ghost se retira. Rayne gémit en même temps que lui. Enfin, il posa la main entre ses cuisses pour lui masser légèrement le sexe. Il aimait cette sensation chaude et humide.

— Hmm... soupira Rayne en ondulant sous ses caresses.

— Ne bouge pas, je reviens tout de suite.

— D'accord.

Ghost se précipita dans la salle de bain et retira le préservatif. Il passa une serviette sous un jet d'eau tiède et l'essora avant de revenir auprès d'elle.

Elle l'avait pris au mot, toujours allongée là où il l'avait laissée. Ses fesses étaient soutenues par les deux oreillers et elle avait les bras autour de sa tête, un sourire satisfait aux lèvres.

Ghost laissa courir sa main de ses omoplates jusqu'à ses fesses, prenant le temps de la caresser avec tendresse. Il posa le linge chaud entre ses jambes et fit un effort pour contrôler son érection lorsque Rayne bougea sous ses soins attentionnés.

— C'est exquis, dit-elle dans un souffle.

Elle ouvrit les yeux et regarda son visage tandis qu'il la nettoyait.

Une fois qu'il eut terminé, il jeta la serviette mouillée par terre sans y prêter plus attention. Il s'en occuperait plus tard.

— Soulève-toi.

Rayne décolla les hanches et Ghost récupéra les deux oreillers. Il garda pour lui celui qui avait touché directement son corps et lui tendit le second. Elle roula sur le côté et attendit que Ghost s'installe avant de se blottir contre lui. Il l'attira, allongé sur le dos, la laissant utiliser son épaule comme un coussin.

Il gémit lorsqu'elle plia la jambe, effleurant son sexe à moitié dur. Elle sourit.

— Tu es prêt à y retourner ? Déjà ? demanda-t-elle, incrédule, d'une voix traînante et somnolente.

— Non. Mais si tu me donnes une trentaine de minutes, ça se pourrait bien.

Rayne grommela, mais répondit vaillamment :

— D'accord, dans ce cas, je vais faire une sieste en attendant.

Ghost sourit et l'attira contre lui.

— Très bien, princesse. Dors. Je veille sur toi.

La dernière chose à laquelle Rayne pensa avant de sombrer dans le sommeil, c'était qu'elle adorait l'entendre dire qu'il veillait sur elle.

28

Les deux jours suivants consistèrent pour le jeune couple à se reposer, dormir et apprendre à connaître le corps l'un de l'autre. Ghost lui avait appris la position de l'amazone inversée. Rayne adorait cela, peut-être même plus que lorsqu'il la prenait par-derrière. Elle aimait pouvoir prendre le contrôle et même torturer un peu Ghost en maîtrisant le rythme de leurs corps-à-corps. Quant à lui, il adorait contempler son tatouage.

Il lui fit découvrir les joies du sexe sous la douche, dans la baignoire et presque en public lorsqu'il la prit un soir sous son porche. Rayne avait peur que les voisins ne la voient – ou ne l'entendent –, mais Ghost avait dissipé ses craintes en lui demandant si elle pensait vraiment qu'il prendrait le risque de l'humilier. Aussitôt, elle avait oublié ses inhibitions et laissé Ghost l'entraîner où il le voulait.

Elle avait eu un autre cauchemar. Ghost avait veillé avec elle et elle lui avait enfin raconté en détail ce qui lui était arrivé. Il n'avait pas dit un mot, mais il l'avait laissé tout exprimer. Ensuite, après qu'elle eut pleuré tout son saoul, se répandant sur son épaule, il l'avait gardée dans ses bras pendant le reste de la nuit sans exiger quoi que ce soit.

Elle se sentait aimée. Elle ignorait comment cela avait pu arriver si vite, ni même si ce qu'elle ressentait était exact, mais il n'y avait pas d'autre mot pour décrire ce sentiment. Ghost avait fait tomber toutes ses barrières et elle se sentait la personne la plus choyée au monde.

Ensemble, ils étaient sortis rejoindre le reste de son équipe un jour, pour le déjeuner. Par la suite, Ghost avait juré qu'il ne le referait plus jamais. Il n'avait pas du tout apprécié que les autres gars essaient délibérément de l'agacer en flirtant ouvertement avec elle.

Rayne se rattrapa en arrivant à la maison, où elle se laissa tomber à genoux et parvint à le convaincre qu'elle n'avait d'yeux que pour lui.

Aujourd'hui, Ghost avait repris le travail. C'était la première fois depuis qu'elle était sortie de l'hôpital. Sa semaine de congé était arrivée à son terme et il devait s'y remettre. Il l'avait réveillée avec sa tête entre les jambes et l'avait prise avec fougue. Elle avait clairement compris qu'il aurait préféré passer la journée au lit avec elle plutôt que de retourner à la base.

Enfin, Ghost était parti après l'avoir embrassée, l'invitant à faire comme chez elle. Elle s'était promenée dans sa maison, heureuse de pouvoir fouiner sans gêne pour la première fois depuis qu'elle était arrivée. En matière de littérature, les goûts de Ghost portaient sur les vieux westerns et les autobiographies de grands chefs militaires. Il avait de la poudre protéinée dans les placards de sa cuisine, ainsi que des nouilles instantanées. Il n'y avait pas la moindre comédie romantique dans sa collection de DVD, mais il était plutôt éclectique dans ce domaine, entre la science-fiction et les documentaires historiques, ainsi que les films de guerre inévitables.

Après le déjeuner, comme elle s'ennuyait, Rayne appela Mary. Elle savait que son amie avait sa journée de libre, car elles ne manquaient jamais d'échanger quelques mots chaque jour. Mary avait encore du mal à faire confiance à Ghost et elle tenait à prendre fréquemment de ses nouvelles pour s'assurer que tout allait bien.

— Salut, Mary. Comment vas-tu ?

— Bien. C'est moi qui devrais te poser cette question.

— Ça va très bien. Ghost a repris le boulot aujourd'hui.

— Ah, il t'a laissée seule à la maison, alors ? Qu'as-tu découvert ?

— Quoi ? Rien !

— Allez, il a une collection de *Playboy* dans le tiroir de sa table de chevet ?

— Je n'ai pas regardé là ! Enfin, Mary. J'ai juste inspecté sa bouffe, ses bouquins et ses films.

— Ma belle, file dans sa chambre et regarde ce qu'il a dans ses tiroirs !

— Mary !

— Pas de Mary avec moi. Tu sais que tu en meurs d'envie.

Rayne hésita une seconde avant de se lancer. Après tout, son amie la connaissait très bien.

— D'accord, j'y vais.

Mary éclata de rire et attendit de savoir ce qu'elle découvrirait.

— Bon, j'ouvre un tiroir... rien d'intéressant... des chaussettes.

— Il garde des chaussettes à côté de son lit ? Bizarre. Et de l'autre côté ?

— Ne t'emballe pas, laisse-moi une seconde.

Rayne contourna le grand matelas sous les rires de son amie.

— Oh, bien sûr. Les préservatifs qu'il a achetés l'autre jour. Et un tube de lubrifiant.

— Du lubrifiant ? Ma belle, il a intérêt de ne pas s'en servir, sinon ça signifie qu'il fait mal son boulot.

Rayne gloussa.

— Non, honnêtement, je peux te dire que nous n'avons pas eu besoin de lubrifiant, mais... oh !

— Quoi ? Qu'y a-t-il ? *Playboy* ? Un *Playgirl* ?

— Non... euh... un petit vibro, des pinces à tétons et ces petites boules, tu sais.

— Des boules ? demanda Mary.

Rayne savait que si elle pouvait la voir, elle découvrirait un immense sourire sur son visage.

— Oui, tu vois... ces trucs que les femmes s'insèrent, et qui vibrent ou je ne sais quoi avec la friction. Je crois que c'est chinois.

— Des boules de geisha ?

— Je crois.

— Oh bon sang, Rayne... il sait s'amuser, celui-là.

Soudain, elle se sentit rougir et referma le tiroir.

— Ce n'est pas si terrible. Au moins, je n'ai pas trouvé de fouets, de chaînes ni rien de ce genre.

— Tu as encore le temps de chercher, ma belle.

Rayne retourna dans l'autre pièce et se laissa tomber sur le canapé.

— Je m'ennuie, Mary.

— Tu t'ennuies ? Tu en as assez de tes vacances forcées ?

Rayne hocha la tête.

— Oui, je crois. Enfin, ça ne me dérangeait pas tant que Ghost était là. Nous étions très occupés.

— Occupés... oui... c'est comme ça que tu dis ?

— Tais-toi, espèce d'obsédée du cul ! Je voulais dire qu'on sortait manger, qu'il m'accompagnait chez le docteur ou qu'on regardait des films... nous étions occupés. Mais maintenant qu'il est retourné au boulot et que je me retrouve coincée ici... je m'ennuie.

Mary garda le silence pendant un moment.

— Alors, tu es prête à rentrer à la maison ?

— Oui. Non. Fait chier... Peut-être, je ne sais pas, se plaignit Rayne. J'adore être avec Ghost, mais je n'aime pas me sentir inutile, à ne rien faire.

— Tu es prête à retourner au travail ? Je suis sûre que ton patron acceptera que tu reprennes plus tôt.

— Non !

La réponse négative de Rayne était sans appel.

— Alors, tu n'as pas envie de rester là-bas, tu ne sais pas si tu veux rentrer ici, tu t'ennuies, mais tu n'as pas envie de reprendre le boulot, débita Mary en résumé.

Rayne enfouit son visage dans sa main.

— Je suis une loque.

— Oui, on peut le dire, renchérit Mary.

— Je croyais que tu devais me soutenir, me remonter le moral.

— Excuse-moi, tu dois me confondre avec une amie classique, commença Mary. Écoute, c'est seulement le premier jour où Ghost est absent, n'est-ce pas ? Laisse-toi un peu de temps. Lis un bouquin. Détends-toi. Tu as toujours eu du mal à rester sans rien faire. Je suis sûre que tu es encore en pleine convalescence. Ne précipite pas les choses. Mais Rayne, sache que dès l'instant où tu reviendras, je serai là pour t'accueillir.

— Je n'en doute pas. Je t'aime, Mary.

— Et si tu empruntais à Ghost sa voiture pendant qu'il travaille ? Tu pourrais visiter les environs. Voir ce que tu en penses. Je te connais. Tu es en train de tomber amoureuse. Si tu veux que ça fonctionne, tu vas bien devoir emménager avec lui.

C'était toujours comme ça avec Mary. Elle était si franche qu'elle disait tout haut ce que Rayne pensait tout bas.

— Je n'ai pas envie de t'abandonner.

— Ma belle, je travaille dans une banque. C'est un métier plutôt mobile.

— Tu viendrais vivre ici avec moi ?

— Bien sûr que oui ! Je t'aime, Rayne. Tu es ma meilleure amie. Tu étais là pour moi quand j'en avais le plus besoin. Je sais qu'on ne peut pas vivre ensemble pendant le restant de nos jours. Nos vies finiront bien par nous emmener dans des directions différentes, mais si je peux te soutenir, t'aider à trouver l'homme de tes rêves et faire en sorte que ça marche, si je peux être à tes côtés, alors je le ferai !

— Oh, Mary.

— Non ! Ne pleure pas ! Je ne le supporterai pas. Demande simplement à Ghost de lui emprunter sa voiture et fais-le. Essaie de savoir s'il y a de bons centres commerciaux à proximité, un Starbucks, un bar country où je pourrai aller draguer... tu sais, tous les trucs importants.

Rayne éclata de rire entre ses larmes. Seigneur, elle se demandait bien comment elle avait pu avoir la chance de rencontrer une fille comme Mary.

— D'accord, je vais le faire. Bonne idée.

— Bien sûr que c'est une bonne idée.

— Je t'appelle demain et tu me racontes ?

— Intérêt.

— Je t'aime, Mary. Merci de me remonter le moral.

— Je t'aime aussi, Rayne. Sérieusement, je suis contente

pour toi. J'ai eu des doutes à propos de Ghost au début, j'ai craint qu'il te fasse souffrir. Jusqu'à présent, il se débrouille bien, mais je réserve mon jugement en attendant qu'il prouve sa valeur une bonne fois pour toutes. D'accord ?

— D'accord, à demain.

— Au revoir.

— Au revoir.

Rayne raccrocha. Elle se sentait mieux maintenant qu'elle avait un plan. Elle était inquiète d'abandonner Mary. C'était ridicule, mais elles avaient traversé tant de choses ensemble et elles avaient pratiquement vécu l'une avec l'autre pendant longtemps. Rayne était plus proche de Mary que de Samantha, et elle n'imaginait pas être incapable de passer boire un verre chez elle ou regarder un film si l'envie leur en prenait.

Plus tard cette nuit-là, étendue nonchalamment sur Ghost après lui avoir sauté dessus dès l'instant où ils s'étaient mis au lit, Rayne essaya de lui demander sur un ton détaché :

— Dis-moi... tu as déjà utilisé ces boules de geisha ?

Elle poussa un cri de surprise quand Ghost la retourna sur le dos et s'avança sur elle. Agrippée à ses bras, elle leva les yeux vers lui.

— Tu as fouillé dans mes tiroirs, princesse ?

— Non... enfin... oui. Tu n'étais pas là. Je m'ennuyais.

— Je ne les ai jamais utilisées personnellement, mais j'ai déjà vu quelqu'un s'en servir.

— Vu ? fit Rayne en fronçant le nez.

Il ricana.

— Pas en personne, en vidéo.

— Du porno ?

— Oui, Rayne. Du porno. Ça t'étonne d'apprendre qu'un militaire de carrière comme moi a déjà regardé du porno ?

— Euh, non, mais...

— C'était extrêmement sexy. Je suis sûr que la femme surjouait exagérément, mais je n'ai pas pu m'empêcher de me demander si ça te plairait et comment tu te tortillerais quand elles vibreraient entre tes jambes. Je sais qu'elles ne peuvent pas vraiment provoquer d'orgasme, ou du moins je crois, mais j'imagine que tu pourrais les enfiler un soir où nous sortirions dîner. Elles te feraient mouiller et je pourrais te baiser dès que nous rentrerions à la maison... Oui, j'ai décidé que nous pourrions essayer.

— Moi ?

— Toi, quoi ?

— Tu parles de moi en particulier ? Ou de n'importe quelle femme en général.

Ghost comprit sa question et lui écarta les jambes pour frotter son sexe contre le sien. Il voulait qu'elle le sente durcir.

— Toi, princesse. Avant Londres, la seule chose que j'avais dans ce tiroir, c'était un *Playboy* et ce flacon de lubrifiant. Mais ensuite, j'ai regardé quelques vidéos, ça m'a excité et aussitôt j'ai acheté ces pinces et les boules sur internet pour les avoir dans mon tiroir. C'était bête, je n'avais pas l'intention de m'en servir, mais il me suffisait de savoir que c'était là et d'imaginer m'en servir avec toi pour bander comme un taureau.

— Hmm...

— Tu as envie de les essayer ?

— Comment ça ? Maintenant ?

— Pourquoi pas ?

— Parce qu'on vient à peine de baiser ?

— Ce n'est pas parce que je viens de te faire l'amour que tu ne peux pas avoir un deuxième orgasme. Ce sera peut-être plus long, mais je peux te garantir qu'il me suffira de te voir apprécier mes jouets pour que ça revienne en un clin d'œil.

Rayne gémit lorsque Ghost se pencha et posa la main sur la poignée du tiroir. Elle se redressa et lui mordilla l'épaule tandis qu'il tendait le bras. Elle ignorait ce qui lui faisait oublier toutes ses inhibitions avec Ghost, mais elle adorait ça. Et elle l'adorait, lui.

29

La semaine et demie suivante passa à la vitesse de la lumière pour Rayne. Elle occupait ses journées à visiter la région de Killeen/Belton et à raconter ses excursions à Mary, et ses nuits à se faire aimer par Ghost comme si sa vie en dépendait.

Il était presque temps qu'elle reprenne le travail. Elle avait parlé à son patron et il avait accepté de l'affecter au vol Dallas/Fort Worth-Londres pendant un temps, jusqu'à ce qu'elle ait repris ses marques. Ensuite, elle retrouverait le roulement habituel des vols internationaux.

Cette perspective lui donnait la nausée, mais elle prenait sur elle. C'était son métier, elle ferait son devoir.

Rayne entendit Ghost ouvrir la porte de la maison. Comme il n'apparaissait pas tout de suite, elle alla à sa rencontre. Elle le découvrit dans la buanderie, les yeux rivés sur un simple tas de linge sale qu'elle n'avait pas encore passé à la machine. Depuis qu'elle lui avait demandé de lui prêter sa voiture pendant qu'il était au travail, c'était Fletch qui passait le chercher et un autre membre de l'équipe qui le déposait le soir.

C'était la première fois qu'elle le voyait rentrer par le garage et la petite buanderie attenante.

— Ghost ? Qu'est-ce que tu fais ? Tout va bien ?

Il leva les yeux vers elle.

— Tu fais notre lessive.

— Oui ? Et alors ? Elle était sale. Tu ne veux tout de même pas porter de vieilles fringues qui puent, si ?

Rayne ne voyait pas où il voulait en venir.

Il laissa tomber son sac marin par terre et la rejoignit.

— Tu fais notre lessive.

— Oui, Ghost. En effet, répéta-t-elle.

— La nôtre. *Notre* lessive.

— Est-ce que tu t'es cogné la tête aujourd'hui ? Je m'inquiète sérieusement pour toi.

Ghost la prit par la taille et la hissa sur la machine à laver.

— Putain, j'adore rentrer à la maison et voir tes culottes mélangées avec mes boxers. Rentrer à la maison en sachant que tu es là. Que tu m'attends. Tu n'as pas idée. Vraiment.

Rayne en eut la chair de poule sur les bras et les jambes, mais il poursuivit.

— C'est pour ça que nous nous battons. C'est pour ça que nous sommes prêts à mourir.

— Pour que je lave tes vêtements sales ?

Rayne n'y comprenait plus rien. Elle n'essayait même pas de se montrer sarcastique, sa question était spontanée.

Ghost posa son front contre le sien et ferma les yeux. Elle sentit ses mains lui serrer la taille et remonter sous son t-shirt, lui caressant le bas du dos. Elle savait qu'il comprenait exactement ce qu'il faisait. Il ne la touchait pas au hasard. C'était sur son tatouage qu'il passait les mains, *leur* tatouage.

— Toute ma vie depuis que je travaille avec l'équipe,

nous avons sauvé des gens. Nous avons tué, nous nous sommes jetés à corps perdu dans toutes les situations sans poser de questions. Et chaque fois, je suis rentré chez moi dans une maison vide. Je faisais ma propre lessive, cuisinais mes propres repas, nettoyais mon propre intérieur. Comme j'aime te retrouver à la maison, princesse ! Avec toi, tout ce que j'ai fait, chaque sacrifice, en vaut la peine.

— Ghost...

— Je t'aime. Je sais que c'est rapide. Je sais qu'on dira que je me fais mener par le bout de la queue, mais je m'en fiche. Tu es faite pour moi. Je t'ai quittée une fois, je ne recommencerai pas. Tu m'as été donnée pour que je te chérisse, pour que je te protège et t'aime. Je ne risque pas de tout gâcher à nouveau.

— Oh, mon Dieu.

— Je ne te demande pas en mariage. Je ne te demande même pas d'emménager avec moi, même si j'ai aimé chaque seconde que tu as passée ici.

— Même quand j'ai utilisé ton rasoir pour mes jambes et que tu t'es taillé quand tu as essayé de te raser le lendemain matin ?

Ghost esquissa un petit sourire avant de retrouver son sérieux.

— Chaque fois que tu voudras m'emprunter mon rasoir, ne te gêne pas. Ça m'est égal. Alors, non, tu n'es pas parfaite et moi non plus, mais tu ne me reproches pas mes bêtises. C'est ce que j'aime chez toi. L'une des mille et une choses que j'aime. Mais tu sais ce que j'aime le plus ?

— Non, murmura Rayne en enroulant ses jambes autour de la taille de Ghost dans l'attente de sa réponse.

— Ce sont les efforts que tu fais. Je sais que tu t'ennuies, princesse. Je sais que tu ne seras jamais une femme au foyer qui attend le retour de son homme. Mais tu essaies pour moi. Pour nous. Et c'est plus important que tu ne le sauras jamais.

Rayne ravala les larmes qui lui bloquaient la gorge. Elle avait pensé pouvoir le lui cacher. Elle aurait dû se douter que Ghost était trop fin observateur pour ne pas s'en rendre compte.

— Il est presque temps que tu reprennes le travail, n'est-ce pas ? demanda-t-il, touchant son angoisse en plein dans le mille.

Elle hocha la tête.

— Je suis sur le Dallas-Londres dès ce week-end.

— C'est toi qui l'as demandé ?

— Oui. Je ne suis pas encore prête à aller ailleurs.

Ghost s'écarta et posa les mains sur ses deux joues.

— Je t'aime, Rayne Jackson. Je ne supporterais pas qu'il t'arrive quoi que ce soit.

Rayne hocha la tête en essayant de faire passer la boule dans sa gorge.

— Tu resteras ici jusqu'à ce que tu sois obligée de rentrer à Fort Worth, n'est-ce pas ?

Une fois de plus, elle acquiesça.

— Bon, voilà ce qui va se passer. Parfois, je pourrai te dire quand nous partons en mission, mais à d'autres moments, il s'agira d'un départ précipité que nous n'avions pas prévu. Quand nous sommes partis en Égypte, nous avons été avertis quarante-cinq minutes avant de nous rendre à l'aéroport. Mais cette fois, c'est prévu : nous avons une mission demain matin.

— Demain ?

Ghost hocha la tête.

— Le timing n'est pas trop mauvais. Tu es prête à

reprendre le travail et tu dois rentrer à Fort Worth. J'aimerais que tu restes ici, dans ma maison... dans notre lit jusqu'au moment du départ. Tu veux bien ?

— À quelle heure dois-tu partir ?

Ghost baissa les mains, attirant les fesses de Rayne contre lui pour mieux la soulever. Elle referma les jambes autour de sa taille et ne le lâcha plus tandis qu'il rejoignait le canapé du salon.

— Tôt. Vers trois heures.

— Tu me réveilleras avant de partir ?

— Bien sûr. Je ne filerai plus à l'anglaise, princesse. Quelle que soit l'heure, je te réveillerai toujours pour te dire au revoir.

Rayne renifla une fois en essayant de réfréner ses larmes. C'était son métier. Il était un super-soldat qui devait sauver le monde. Elle ne pouvait pas se permettre de pleurnicher.

— D'accord, murmura-t-elle. Tu as faim ?

Elle vit un sourire apparaître sur son visage.

— Je meurs de faim.

Sa réponse ambiguë lui donna le sourire.

— Je parlais du repas.

— Je veux bien manger un morceau.

— Tant mieux. J'ai préparé des tacos. Ce n'est pas extraordinaire, mais c'était facile à faire et je ne savais pas exactement quand tu rentrerais.

— C'est parfait. Sache que... après le repas ?

— Oui ?

— Je t'emmènerai au lit et je te ferai jouir si fort que tu resteras endolorie. Comme ça, tu ne m'oublieras pas.

— Oh, là, là, Ghost ! Tu es sérieux ?

— Oui, très sérieux. Nous devons avoir de quoi tenir avant mon retour.

Ghost aida Rayne à se lever et sourit en voyant ses joues s'empourprer. Il se pencha et déposa un chaste baiser sur sa joue.

— Viens, princesse. Allons manger. Ensuite, nous passerons au dessert.

30

———

Rayne se tordait les mains, assise sur le strapontin. Le vol entre Dallas et Londres n'avait pas été facile. Ce n'était pas le trajet en tant que tel qui lui avait pesé, mais la nuit d'escale qui l'attendait.

La compagnie aérienne l'avait placée sur le même vol que Sarah. Sans doute ses supérieurs avaient-ils pensé qu'elles apprécieraient de se revoir et que cela pourrait être une bonne chose après ce qui s'était passé. Rayne l'avait serrée dans ses bras et leurs collègues avaient eu la décence d'ignorer les larmes qu'elles avaient partagées en se retrouvant.

Le vol s'était déroulé sans accroc. Aucun couple n'avait essayé de s'envoyer en l'air dans les toilettes de l'avion, ce qui était assez rare pour le souligner. Comme elle n'avait aucune envie de visiter la ville, surtout depuis qu'elle y avait de si merveilleux souvenirs, Rayne n'avait pas quitté d'une semelle les deux pilotes et les autres agents de bord jusqu'à leur hôtel de l'aéroport.

Sarah et elle avaient partagé une chambre. Elles avaient

parlé de leur expérience pendant la majeure partie de la nuit, contentes d'être en vie, saines et sauves.

À présent, elle était de retour dans la région de Dallas/Fort Worth. Elle venait d'aider les passagers à s'installer pour le long vol de dix heures jusqu'au Texas.

Rayne prit une grande inspiration. Elle avait réussi. Elle avait surmonté l'obstacle de son premier voyage. C'était comme remonter à cheval après avoir été désarçonné.

Ce qui aurait été parfait, c'était de pouvoir parler à Ghost une fois dans sa chambre d'hôtel en Angleterre. Mais Rayne savait que ce ne serait pas la dernière fois qu'elle aurait envie de parler à Ghost sans le pouvoir, parce qu'il était occupé à sauver le monde.

Dix jours plus tard, Rayne lâcha les clés dans son sac à main et le laissa tomber sur la table basse, dans son appartement. Elle tira sa petite valise à roulettes dans la pièce. Elle la rangerait plus tard. Se débarrassant de ses chaussures, elle soupira d'aise, ravie de libérer ses pieds des talons qu'elle n'avait pas portés pendant toute sa période de convalescence. Enfin, elle s'assit sur son canapé, la tête sur le dossier.

Elle avait une journée de repos avant de repartir en direction de Londres. Elle continuerait les aller-retour pendant une semaine, puis elle déciderait quoi faire. Son patron avait insinué que son prochain roulement serait Dallas-Paris-Afrique du Sud, mais l'idée de poser à nouveau le pied sur le continent africain lui nouait le ventre. Son cerveau savait très bien que l'Afrique du Sud n'était pas l'Égypte, mais d'un point de vue émotionnel, les deux pays lui semblaient beaucoup trop proches.

Ça faisait presque deux semaines qu'elle avait dit au

revoir à Ghost et elle était toujours sans nouvelles. Il l'avait prévenue qu'il ne pourrait pas lui parler pendant toute la durée de sa mission, mais le savoir et le vivre, c'étaient deux choses bien différentes.

Quand elle était restée chez Ghost après son départ, elle avait regardé les actualités les quelques premiers soirs. Elle avait appelé Mary, complètement paniquée en apprenant qu'un attentat terroriste avait eu lieu dans un métro au Japon. Heureusement, Mary avait réussi à la calmer en lui conseillant d'arrêter de regarder la télé et d'imaginer le pire.

Mary était venue la chercher chez Ghost le lendemain, même si Chase lui avait promis de l'héberger à Fort Worth dès qu'elle serait prête. Rayne avait besoin de passer du temps avec sa meilleure amie et ça lui avait fait un bien fou. Elles avaient discuté pendant tout le trajet, et quand Mary avait déposé Rayne devant son immeuble, elles avaient convenu qu'elle ne devait plus jamais regarder les actualités. Cela ne faisait que la stresser et lui donner des cauchemars.

Elle savait qu'elle devrait se lever, se préparer à se mettre au lit, manger... faire quelque chose, mais c'était trop agréable de rester assise pendant un moment, parfaitement détendue.

L'instant d'après, son téléphone portable sonna à côté d'elle.

Elle jeta un regard circulaire, hébétée. Son appartement était plongé dans l'obscurité à l'exception de la lumière qu'elle avait allumée dans le couloir en rentrant en début de soirée.

Baissant les yeux sur son téléphone, Rayne constata qu'il était deux heures du matin. C'était un appel d'origine inconnue. Effleurant l'écran pour répondre, elle se demanda si c'était Ghost... enfin.

— Allô ?

— Je cherche Rayne Jackson, fit une voix à l'autre bout de la ligne, avec un léger accent texan.

Le rythme cardiaque de Rayne s'emballa et elle se redressa vivement sur le canapé. Était-ce l'armée ? Qui pouvait bien avoir son numéro et l'appeler à cette heure-ci ? Ce n'était pas un membre de l'équipe de Ghost, car elle ne se rappelait pas d'avoir entendu un accent comme celui de cet homme.

— Qui est-ce ?

— Mademoiselle Rayne ?

— Qui *est-ce* ?

Ghost lui avait fait un bref topo avant de partir. Il ne voulait pas que ses activités dangereuses l'éclaboussent et même si c'était sans doute inutile, il lui avait fait promettre d'être prudente quand elle parlerait d'elle, de lui, de leur couple et de ce qu'il faisait dans la vie.

L'homme au téléphone ricana.

— Je vois que Ghost t'a bien briefée. Je m'appelle Tex. Un de ses amis.

Fébrile, Rayne se demandait quoi faire. Devait-elle le croire ? Ne pas le croire ? Si elle raccrochait, elle risquait peut-être de passer à côté d'informations cruciales sur Ghost et la date de son retour. Elle opta pour l'excès de prudence.

— Et ?

— Je vois aussi que Ghost ne t'a pas parlé de moi.

— Non, en effet.

— D'accord, alors comme je te le disais, je m'appelle Tex. John, en réalité, mais tout le monde m'appelle Tex. Je connais aussi Wolf et son équipe... tu as rencontré Wolf il y a quelques mois en Égypte, n'est-ce pas ?

Elle en fut étonnée. D'abord, elle se demanda qui savait que l'équipe des forces spéciales et de la Delta Force étaient en Égypte. Étant donné la façon dont Ghost l'avait exfiltrée du pays, il ne devait pas y avoir beaucoup de personnes au courant de sa propre présence en Égypte en plein chaos.

— Oui, je l'ai rencontré.

Elle restait volontairement vague.

— C'est bien. Tu ne me révèles rien.

Rayne rougit de plaisir à ces mots. Elle ne connaissait pas cet homme, mais c'était toujours agréable de l'entendre saluer ses efforts de discrétion.

— Écoute, voilà le truc. Tu tiens à Ghost, n'est-ce pas ?

— Mais qui êtes-vous, *entremetteurs.com* ?

— Je sais bien que tu l'aimes, reprit Tex sans relever sa remarque sarcastique. C'était son premier déploiement depuis que vous êtes ensemble et il croit prendre la bonne décision, mais ma femme et moi avons discuté, et nous ne sommes pas du même avis que lui. D'où cet appel.

Maintenant, Rayne commençait à se sentir très mal à l'aise.

— Quoi ?

— Il y a deux jours, Ghost et son équipe sont rentrés à Fort Hood. Ghost a été admis à l'hôpital pour des blessures subies en mission. J'ai compris qu'il y était encore et qu'il pourrait rentrer chez lui dans les deux prochains jours.

Les pensées de Rayne étaient en ébullition.

— Quoi ? C'est une blague ?

— Non, Rayne. Je ne plaisanterais jamais sur ce genre de choses. Appelle ton amie, prenez une voiture et conduisez prudemment. L'équipe au complet devrait être à l'hôpital quand tu arriveras.

— Il va bien ? demanda Rayne d'une voix basse, vibrante de peur.

— Ça va aller. Rayne ?

Elle s'était déjà levée et se ruait vers la chambre pour

enfiler un jean et un t-shirt. Elle devait appeler Mary, puis son patron. Elle devait trouver un collègue pour la remplacer...

— Rayne.

La voix de Tex était grave et autoritaire à présent, comme s'il savait qu'elle était bouleversée.

— Oui ?

Rayne s'arrêta net au milieu du couloir. Elle serrait son téléphone contre son oreille.

— Ne laisse pas Ghost t'embobiner. Quoi qu'il te dise, renvoie-le-lui en pleine face. Tu es la meilleure chose qui lui soit arrivée et si tu acceptes qu'il te repousse, vous en souffrirez tous les deux. C'est compris ?

— Oui, d'accord.

— Je suis sincère, princesse. Je n'ai jamais vu Ghost aussi... posé depuis que tu es revenue dans sa vie.

Dès qu'elle l'entendit employer son surnom, elle comprit que cet homme lui disait la vérité. Il connaissait Ghost et il était de retour de mission... blessé.

— Vous l'avez vu dernièrement ?

— Eh bien, non, c'est une façon de parler. Mais je prends régulièrement des nouvelles de mes frères... et sœurs. Je sais que tu as rencontré Tiger il y a quelques semaines.

— Tiger ? demanda Rayne, incapable de réfléchir.

— Désolé, je voulais dire Penelope. Mais ce n'est pas le moment d'en parler. Rejoins Ghost, Rayne. Ça va aller. Je le jure.

— D'accord. Merci de m'avoir prévenue.

— Il n'y a pas de quoi. Maintenant, appelle Mary. Je te rappelle plus tard.

Rayne décolla le téléphone de son oreille une fois qu'elle n'entendit plus que le silence à l'autre bout de la ligne. C'était extrêmement bizarre, mais elle n'avait pas le temps de bien y penser. Elle s'empressa de composer le numéro de Mary en se ruant dans sa chambre.

Vingt minutes plus tard, elles étaient en route. Même si c'était le milieu de la nuit, Mary avait décroché à la première sonnerie et avait rejoint l'appartement de Rayne. Elle l'avait aidée à emporter quelques affaires, fourrant plus de vêtements dans sa valise qu'elle n'aurait songé à en emporter elle-même. Ensemble, elles étaient montées dans la voiture de Mary et avaient mis les gaz.

Heureusement, à cette heure de la nuit, la circulation autour de la mégalopole était minime et elles atteignirent sans encombre l'autoroute I-35 en direction du sud.

Quand Rayne prit enfin le temps de réfléchir, elle présenta ses excuses à Mary :

— Je suis vraiment désolée. Tu travailles aujourd'hui, n'est-ce pas ?

Mary haussa les épaules.

— J'ai appelé et j'ai laissé un message à David. Je lui ai dit que j'avais eu la diarrhée toute la nuit et que je n'étais pas en état de venir.

Rayne n'était pas d'humeur à rire, mais Mary savait toujours faire de l'humour.

— Tu n'as pas dit ça !

— Oh, bien sûr que si. Ce type ne sait jamais comment se comporter avec les femmes du service. Il nous suffit de faire allusion à un problème féminin ou à un sujet qu'il préfère ne pas aborder pour qu'il nous donne notre journée. C'est très drôle, franchement.

— Tu ne vas pas leur causer un surplus de travail ?

Mary jeta un coup d'œil vers elle. Si la voix de Rayne était stable, elle avait l'air au bout du rouleau.

— Rayne, je travaille dans une banque. Tu as oublié ?

Tout va bien. Si quelqu'un doit attendre cinq minutes de plus pour encaisser un chèque ou déposer de l'argent, ce n'est pas la fin du monde.

— Oui, bien sûr. Je ne veux pas que tu aies des ennuis à cause de moi.

— Même si je me faisais virer, ça ne me dérangerait pas. Si tu as besoin de moi, je suis là.

Et voilà. Il n'en fallait pas plus pour faire craquer Rayne. Elle retenait ses larmes depuis un moment et la déclaration de sa meilleure amie faisait céder le barrage. Bon sang, elle n'était pourtant pas du genre à pleurnicher, mais elle avait l'impression de ne faire que cela en ce moment.

Mary n'arrêta pas la voiture, consciente que Rayne voulait et devait se rendre à l'hôpital de Fort Hood, mais elle tapota son amie sur l'épaule en signe de soutien. Enfin, après dix minutes, Rayne retrouva sa contenance et sécha ses larmes.

— Que s'est-il passé, d'après toi ? Pourquoi ne m'a-t-il pas appelée ?

C'était la grande question qui restait en suspens dans son cerveau. Pourquoi ce Tex l'avait-il appelée pour lui annoncer que Ghost était de retour au pays ? Pourquoi n'était-ce pas l'un de ses coéquipiers qui s'en était chargé ? Pourquoi pas Ghost en personne ? Regrettait-il à nouveau d'avoir couché avec elle ? Essayait-il de mettre un terme à leur relation ? Rayne n'avait que des questions, mais aucune réponse.

— Allez, arrête, ordonna Mary tout en conduisant. Ce n'est pas en ressassant ces questions qui t'oppressent, je le sais, que tu réussiras à les résoudre, parce que je ne connais absolument aucune réponse. Nous y allons et tu pourras interroger Ghost lui-même. S'il ne répond pas, je prendrai

Trucker à part et je le forcerai à me dire ce qui se passe. D'accord ?

Rayne hocha la tête.

— Oui, d'accord. Truck t'aime bien, ça devrait passer.

— Quoi ? Truck ne m'aime pas.

Rayne regarda son amie. Dommage qu'elle ne puisse pas voir nettement son visage dans la lueur tamisée du petit matin.

— Euh, si, Mary. Il t'aime bien. Et je crois que toi aussi, tu l'aimes bien.

— Tu te trompes. Il est trop monstrueux. Je cherche un Tom Cruise, pas Quasimodo.

— Mary Michelle Weston ! Quelle horreur, se récria Rayne, sincèrement interloquée.

Mary avait une réputation de franchise totale, mais Rayne ne l'avait encore jamais entendu dire quelque chose d'aussi méchant.

— Excuse-moi, s'exclama aussitôt Mary. Je ne le pensais pas, mais ce type me rend folle. Il est tellement... je ne sais pas.

— Costaud ? Viril ? Autoritaire ? suggéra Rayne d'un air faussement timide.

— Agaçant, décréta Mary.

— Vous n'avez passé qu'une journée ensemble, je ne comprends pas comment il peut t'agacer. Tu ne le connais pas si bien que ça, dit Rayne à haute voix, pour elle plus que pour Mary.

— Je sais, répondit son amie avec un soupir frustré. Moi non plus, je ne comprends pas. Mais je te jure qu'il a dit des choses exprès pour m'énerver, *rien* que pour me voir fulminer. En temps normal, les hommes ne font pas ce genre de choses avec moi, ça m'a complètement troublée.

— Vous êtes mignons tous les deux. S'il te plaît, ne... ne

fais rien qui vous empêche de vous revoir. Il est dans l'équipe de Ghost et tu es ma meilleure amie. Vous serez appelés à vous revoir... si ça fonctionne, bien sûr.

— *Si* ça fonctionne ? Rayne !

— Quoi ? J'aurais cru que Ghost m'appellerait dès l'instant où il serait de retour. Raison de plus s'il était blessé. Et s'il ne pouvait pas le faire à cause de ses blessures, il aurait pu demander à l'un de ses amis. Tant que je n'en saurai pas plus, je...

Elle laissa sa phrase en suspens.

Même Mary n'avait aucune réponse à lui donner. Les kilomètres défilaient tandis que Mary conduisait fidèlement sa meilleure amie auprès de son amoureux – l'homme que Rayne en était venue à aimer plus que sa vie elle-même, Mary en était convaincue. Si ce type pensait pouvoir se débarrasser de son amie comme d'un chewing-gum sous sa semelle, il entendrait parler d'elle !

31

Mary et Rayne franchirent en trombe les portes de l'hôpital. Elles avaient effectué le trajet entre Fort Worth et la base militaire en un temps record. Rayne ignorait dans quelle chambre était Ghost. Curieusement, Tex n'avait pas jugé nécessaire de lui transmettre cette information. Elle se précipita vers le bureau de réception.

— Je suis ici pour voir Ghost... euh... Keane Bryson.

— Les visites commencent dans une heure, lui annonça la femme.

Manifestement, elle ne s'était pas rendu compte de l'épuisement extrême de la femme présente devant elle, ou bien elle s'en fichait.

— Vous pouvez patienter dans la salle d'attente, là-bas, dit-elle en désignant le bout du couloir. Avec tous les autres.

Elle avait envie de protester, mais elle savait que c'était inutile. Rayne s'éloigna dans le couloir avec Mary. Elle supposait que les autres auxquels la femme faisait allusion étaient les proches et les amis des autres patients de l'hôpital, mais quand elle franchit la porte de la petite salle d'attente, elle comprit que les autres en question étaient tous venus voir *Ghost*.

Ils étaient tous là. Fletch, Coach, Hollywood, Beatle, Blade et Truck, et même Wolf et Penelope. En voyant tous les amis de Ghost aussi soucieux, Rayne fut saisie de terreur. Était-il plus gravement blessé que Tex l'avait sous-entendu ? Était-ce pour cette raison que personne ne l'avait contactée ? Elle était déboussolée, inquiète, tendue, incapable de réfléchir correctement.

Fletch s'approcha. Il prit Rayne par le coude et la conduisit vers une chaise.

— Que fais-tu ici, Rayne ?

Avant qu'elle puisse ouvrir la bouche pour répondre, Mary l'avait déjà fait à sa place :

— Ce qu'elle fait ici ? Vous êtes défoncés ou quoi ? Elle est ici parce que son *petit ami*, qu'elle n'a pas vu depuis plus de deux semaines, en mission Dieu sait où pour faire Dieu sait quoi, a été *blessé* et qu'elle vient *à peine* de l'apprendre, alors qu'il est ici depuis deux *jours* déjà.

— Comment l'avez-vous su ?

Pour Mary, c'était le pompon.

— Oh, c'est la meilleure ! s'exclama-t-elle. Vous êtes tous ici pour soutenir votre gars, mais aucun de vous n'a eu les couilles d'appeler Rayne pour lui annoncer qu'il était là ? Que vous étiez rentrés ?

Rayne décida d'intervenir, sinon Mary allait tous les flanquer à la porte. Sa voix était haut perchée, trop forte pour retentir dans un hôpital à une heure aussi matinale... ni à n'importe quelle heure, d'ailleurs.

— Vous allez bien ?

Sa petite voix vibrait dans l'atmosphère tendue, interrompant bien heureusement la tirade véhémente de Mary.

Hollywood répondit :

— Oui, nous allons bien.

— Et Ghost ?

— Ça va aller, répondit Hollywood sans plus de précisions.

Rayne s'assit, embarrassée. Elle regarda les coéquipiers de Ghost autour d'elle sans savoir que dire. La boule dans son ventre refusait de se dissiper.

Avec un grognement, Mary annonça qu'elle allait chercher du café. Rayne resta assise en silence, les yeux sur l'horloge. Elle attendait le moment où elle aurait enfin la possibilité d'aller vérifier elle-même si Ghost allait bien et obtenir les réponses nécessaires. Elle ne comprenait pas pourquoi ses coéquipiers faisaient des mystères comme s'il s'agissait d'une affaire d'État.

Enfin, au bout d'une heure, Rayne se leva sans un mot et se dirigea vers la porte. Elle se retourna et demanda à la cantonade :

— Quel numéro de chambre ?

Fletch se leva.

— Je viens avec toi.

— Moi aussi, déclara Mary, aussitôt interrompue par la main de Truck sur son épaule.

— Laisse-la.

La dernière chose que Rayne entendit, ce fut la réponse enflammée de Mary à Truck, furieuse de ne pas pouvoir suivre son amie. Rayne aurait souri si elle n'était pas rongée par l'angoisse. Sans un mot, Fletch la conduisit jusqu'à la chambre 227. Il frappa une fois, puis il ouvrit la porte.

— Salut, vieux. Tu as une visiteuse.

Une visiteuse ? Elle aurait préféré qu'il annonce sa petite amie, mais elle ne lui en tenait pas rigueur. Elle entra dans la chambre, constatant que Fletch la suivait. Le soldat resta près de la porte au lieu de s'approcher du lit.

Ghost était assis, trois oreillers derrière le dos. Son bras gauche était posé sur un quatrième coussin, sur ses genoux. Son bras, du poignet jusqu'au biceps, était couvert de bandages. Il ne portait pas de t-shirt ni de blouse d'hôpital, et son torse musclé était nu dans la chambre chauffée.

Ses cheveux bruns avaient été rasés sur le côté de la tête, lui donnant un côté bancal. Ses lèvres étaient pincées en une ligne fine. Si c'était possible, ses yeux auraient lancé des éclairs.

Rayne avait vu Ghost sous de nombreuses facettes. Hilare, préoccupé, concentré, éperdu au moment de l'orgasme, satisfait, mais elle ne l'avait jamais vu aussi furieux qu'en cet instant.

Elle avait fait trop de chemin pour reculer maintenant et elle lui dit timidement :

— Salut, Ghost.

Il ne la regardait même pas. Ses yeux étaient dardés sur Fletch.

— Putain, c'est quoi cette histoire ?

Fletch ne sembla pas troublé le moins du monde. Il s'adossa contre la porte et haussa les épaules.

— Elle a débarqué ce matin avec Mary.

Rayne refusait de reculer, mais le regard que Ghost posa sur elle la fit frémir de la tête aux pieds.

— Comment as-tu appris que j'étais ici ?

— Tex m'a appelée.

Rayne ne songeait même pas à mentir. Il était hors de lui.

— Foutu Tex ! grommela Ghost dans sa barbe avant de s'adresser à son coéquipier. Emmène-la.

— Attends une seconde, protesta Rayne.

Aussitôt, elle sentit la main de Fletch sur son bras. Elle

essaya de se dégager, mais elle ne parvint qu'à se faire mal. Elle leva la voix pour ordonner :

— Aïe ! Lâche-moi !

— Fletch…

La voix de Ghost était grave et menaçante, un avertissement pour son ami.

Rayne ignorait s'il reprochait à Fletch de ne pas partir plus vite ou de lui faire mal. Quoi qu'il en soit, Ghost l'avait déjà profondément blessée. Elle se redressa et le foudroya du regard.

— Je ne comprends pas. Ghost, parle-moi.

Mais il avait déjà tourné la tête vers la fenêtre, la chassant hors de la chambre.

Fletch la conduisit dans le couloir, puis dans la salle d'attente. Il ne la lâcha pas avant d'avoir refermé la porte.

Rayne se demandait bien ce qu'il craignait. Qu'elle lui fausse compagnie pour se précipiter dans la chambre de Ghost ? Certainement pas. Il lui avait clairement fait comprendre ce qu'il pensait de sa visite. À vrai dire, c'était même parfaitement limpide.

Mary accourut et les autres se levèrent lorsqu'ils entrèrent. Rayne vit Fletch secouer la tête, comme pour communiquer quelque chose à ses coéquipiers.

— Que s'est-il passé ? Il va bien ? Qu'y a-t-il ? demanda Mary.

— Il n'a pas voulu la voir, expliqua Fletch à mi-voix.

— Quoi ? s'écria Mary, prête à foncer tête baissée.

— Assieds-toi, Mary, dit alors Rayne en s'installant sur une chaise, les bras croisés sur sa poitrine dans une posture déterminée.

— Rayne ?

On aurait dit que Mary lui posait quatre questions en un seul mot.

— Si Ghost croit pouvoir se débarrasser de moi, il se fourre le doigt dans l'œil. Quel connard. Je n'en reviens pas.

Rayne vociférait. Elle ne vit pas les regards inquiets se changer en sourires amusés sur les visages des amis de Ghost.

— Je ne sais pas quel est son problème, mais je n'irai nulle part.

— Mais Rayne, il a refusé de te voir, dit Mary, hébétée.

— Oui, exact. Mais je suppose qu'il a aussi refusé de voir toutes ces têtes d'abrutis, sinon ils seraient dans la chambre avec lui, ou du moins, ils se relaieraient à son chevet, ronchonna-t-elle en désignant les hommes. Il est trop têtu. Ça ne fait peut-être pas longtemps que je suis avec lui, mais je l'ai bien compris. Il s'est sans doute persuadé qu'il ne voulait pas me faire de mal ou une autre connerie de ce genre, et il croit me protéger. Il fait chier. Quel crétin !

Pour la première fois, Rayne leva les yeux vers les hommes de Ghost.

Fletch voyait bien dans son regard qu'elle était dévastée, mais il était fier de constater qu'elle tenait ferme et ne se laissait pas rejeter aussi facilement.

— Comment...

— Tu sais que nous ne pouvons pas parler de la mission, dit Beatle, devançant sa question.

Un muscle tressauta dans la mâchoire de Rayne quand elle serra les dents.

— Je le sais bien, merde ! rétorqua-t-elle, réprimant une furieuse envie d'ajouter une insulte. J'allais demander comment il va.

Fletch répondit au nom du groupe.

— Il va bien.

— Bien, marmonna Rayne. Impossible de vous tirer les vers du nez.

D'une voix plus forte, elle posa la question sous un angle différent :

— On dirait qu'il a été brûlé. C'est grave ?

Coach finit par la prendre en pitié et lui donna l'information qu'elle demandait :

— Au deuxième degré essentiellement. Quelques brûlures au troisième degré sur le bras. L'explosion était trop proche pour qu'il s'en sorte indemne, mais il a réussi à éviter le pire et il nous a tous tirés d'affaire.

— Des greffes de peau ?

— Oui, ils ont prélevé de la peau sur sa jambe pour rafistoler son bras.

— Sur sa jambe ? demanda Rayne, une panique dans la voix pour la première fois.

— L'intérieur de sa cuisse. Pas son mollet, répondit Fletch pour la rassurer.

Il savait très bien ce qu'elle craignait. Les médecins n'utilisent pas de peau tatouée pour les greffes.

Rayne poussa un soupir de soulagement. S'ils avaient abîmé son tatouage, il l'aurait très mal vécu.

— Bon, et alors ? Vous venez traîner ici pour l'agacer ? C'est ça, votre plan ?

Penelope lui sourit de l'autre côté de la salle. Elle intervint pour la première fois.

— En quelque sorte. C'est Tex qui t'a appelée ?

Rayne hocha la tête.

— Oui, moi aussi. Cet homme adore se mêler des affaires des autres.

— Ça s'est mal passé, Rayne ? demanda Blade, adossé contre le mur.

Elle savait très bien ce qu'il voulait dire.

— Ce n'était pas l'accueil chaleureux auquel je m'attendais, c'est certain.

— Heureusement que tu n'es pas partie en pleurant, dit Beatle. Sérieusement. Il nous a ordonné de ne pas t'appeler, et même si ça ne nous plaisait pas, nous avons obéi aux ordres. Mais ce gars a besoin de toi. La première chose qu'il a grommelée une fois que… une fois que nous étions à l'abri, c'est que cette histoire allait t'anéantir.

— Ça ne va pas m'anéantir, protesta Rayne. À quoi pensait-il ?

— Je ne sais pas. Sérieusement, nous ferons notre possible pour t'aider, mais il n'est pas content que tu sois là, lui dit Fletch.

— Sans blague, Sherlock, marmonna Rayne.

Elle reprit d'une voix plus forte :

— Et moi, je ne suis pas contente qu'il soit là, mais je ne suis pas anéantie. Je vais vous dire une chose, je n'irai nulle part.

— Tu n'es pas censée repartir à Londres demain matin ? demanda Mary, se faisant la voix de la sagesse.

Rayne s'effondra sur son siège.

— Oh, oui. J'oubliais. Bon sang.

— Je m'en charge, lança alors Truck en se dirigeant vers la porte.

— Quoi ? Comment ? protesta Rayne alors qu'il disparaissait sans ajouter un mot.

Elle regarda les autres.

— Que va-t-il faire ?

Hollywood haussa les épaules.

— Aucune idée. Mais si Truck dit qu'il s'en charge, aie confiance. Il va s'en charger.

Rayne savait qu'elle devrait protester un peu plus, mais honnêtement, c'était tellement agréable de ne pas avoir à s'en inquiéter pour le moment. Elle était sous le choc, blessée par les paroles et les actes de Ghost, mais elle ne cessait de se remémorer ce que Penelope lui avait dit et ce qu'elle avait pensé tous ces mois auparavant, quand Ghost essayait de lui dire qu'il ne serait jamais du genre romantique.

Ces hommes ne seraient jamais romantiques dans le sens des contes de fées. Ghost ne la couvrirait jamais de cadeaux et de mots doux. Oh, il pouvait se montrer attentionné, mais c'était de manière plus brute, moins subtile. Ghost était protecteur et il aimerait mieux se faire du mal à lui-même que de lui en infliger à elle.

Avec toutes ces pensées qui se bousculaient dans son cerveau, ses mots et ses actes commençaient à lui sembler cohérents, aussi tordus qu'ils soient. Ça ne lui plaisait pas et elle lui dirait plus tard qu'il devait être moins agressif avec elle, mais au fond, elle savait qu'il la protégeait.

Il ne l'avait pas appelée parce qu'il ne voulait pas qu'elle le voie dans cet état. Blessé et affaibli. Leur relation était encore fraîche et Rayne comprenait qu'il ne voulait pas qu'elle s'inquiète. Il se protégeait tout autant qu'il la protégeait. Du moins, elle l'espérait.

Même si ça la mettait hors d'elle, elle comprenait. Quand elle était à l'hôpital, elle aussi avait parfois ressenti le besoin de se couper de Ghost. Elle n'était pas sous son meilleur jour, elle sentait mauvais et elle ne voulait pas qu'il assiste à sa déchéance. Ce devait être vingt fois pire pour un homme tel que Ghost. Être impuissant et sans défense, ça ne faisait pas partie de ses schémas mentaux.

Alors... elle l'attendrait. Elle resterait ici avec les hommes et Penelope, et elle attendrait que Ghost soit libre de partir. Puis elle lui ferait comprendre qu'il était ridicule. S'il pensait qu'elle prendrait ses distances parce qu'il le lui avait ordonné, c'était mal la connaître.

32

Tard ce soir-là, Rayne se faufila dans le couloir jusqu'à la chambre de Ghost. Les infirmières au bureau d'accueil firent mine de ne pas remarquer sa tentative pitoyable pour rester discrète, soit parce qu'elles la prenaient en pitié, soit parce que l'un des coéquipiers de Ghost les avait convaincues de la laisser passer. Elle s'en fichait, tant qu'elle avait une occasion de voir Ghost.

Ses brûlures guérissaient et il pourrait rentrer chez lui le lendemain. Fletch l'avait emmenée chez lui dans la journée pour qu'elle puisse prendre une douche et déposer ses affaires. Elle avait demandé à Fletch de revenir dans deux heures, ce qui lui laissait le temps de faire un brin de ménage.

La maison était exactement comme elle l'avait laissée deux semaines auparavant, si ce n'est que le sac marin de Ghost l'attendait sous le porche. Elle avait déballé ses affaires et lancé une machine. Elle avait mis des draps propres et frais sur le lit et jeté un œil aux placards de la cuisine. Elle devrait penser à demander à Fletch de s'arrêter au supermarché avant de la ramener.

Rayne poussa la porte de la chambre 227 et avança la tête. Ghost était dans la même position que lorsqu'elle l'avait vu, le matin même. Redressé dans son lit, son bras blessé sur un oreiller, sur ses genoux. Il avait les yeux fermés et sa respiration était lente et régulière.

Comme elle ne voulait pas le réveiller et essuyer ses foudres, Rayne s'approcha de la chaise sur la pointe des pieds. Elle la souleva précautionneusement pour ne pas faire de bruit et la posa à côté du matelas de Ghost, de son côté indemne. Elle rapprocha la chaise au maximum et s'assit en silence.

Elle le regarda dormir pendant un moment, mémorisant à nouveau son visage. Il lui avait tellement manqué. En sa présence, elle avait des papillons dans le ventre pour la première fois depuis qu'il était parti.

Sa respiration rythmée plongea Rayne dans une sorte de transe et elle piqua du nez sur son siège. Avec soin, s'efforçant de ne pas faire bouger le matelas ni les couvertures, ou pire encore, son bras blessé, Rayne posa la tête sur le matelas à côté de la hanche de Ghost. Elle allait juste fermer les yeux quelques secondes. Elle était restée éveillée bien plus longtemps que d'habitude et elle avait connu plusieurs bouffées d'adrénaline au fil de la journée. Elle était épuisée.

Dès l'instant où Rayne s'endormit, Ghost s'en rendit compte. Il ouvrit enfin les yeux et regarda la femme qu'il aimait. Il l'avait repérée dès qu'elle était entrée dans sa chambre. Non seulement sentait-il son agréable shampoing, mais elle n'était pas aussi furtive qu'elle le croyait. Et puis, c'était un Delta. Il était peu probable que quelqu'un réussisse à le surprendre un jour, blessures ou pas.

Rayne avait l'air éreintée. Elle avait des cernes sous les yeux et son visage était plus pâle que dans ses souvenirs. Il leva la main pour écarter ses cheveux de son visage, mais il suspendit son geste. Sa main retomba le long de son corps et il soupira. Elle ne devrait pas être ici. Elle le lui avait déjà dit, mais Coach lui avait confirmé que c'était Tex qui avait appelé Rayne et Penelope pour leur annoncer qu'il était rentré et qu'il se trouvait à l'hôpital. Il ne perdait rien pour attendre !

Il n'y avait personne que Ghost avait plus envie de voir que Rayne, bien sûr, mais ce n'était pas juste de sa part. Il ne voulait pas l'inquiéter, et subir une blessure dès la première mission après leurs retrouvailles, ce n'était franchement pas rassurant. Son plan était d'attendre que ses blessures aient guéri, puis de faire comme si de rien n'était quand il la reverrait. Il avait essayé de se convaincre qu'il ne s'agissait pas d'un mensonge, mais en voyant Rayne maintenant, il savait qu'il avait de nouveau merdé. Il lui avait promis de ne plus jamais lui mentir et il venait de recommencer, même si c'était une omission plus qu'un mensonge en tant que tel. La première fois qu'il était mis à l'épreuve.

Il avait réagi comme un connard ce matin. Mais la stupeur qu'il avait ressentie en voyant Rayne dans sa chambre alors qu'il n'était pas prêt, plus belle que dans ses souvenirs, avait été insoutenable. Il ne voulait pas qu'elle le voie blessé et amoindri. Il voulait être en pleine possession de ses moyens pour elle. Être son roc, l'homme indestructible qui serait toujours capable de la protéger.

— Tu aurais dû la voir ce matin.

Ghost leva les yeux du visage paisible de Rayne pour regarder Fletch, debout dans l'encadrement de la porte. Sa voix était basse, à peine audible pour une personne normale, mais Ghost l'avait parfaitement entendu.

Il baissa de nouveau la tête. Incapable de résister, il prit une mèche de ses cheveux doux qu'il aimait tant et la frotta entre ses doigts.

— J'aurais pu croire que tu l'avais brisée. Tu es un tel abruti. J'étais prêt à prendre ta défense, à la rassurer, à la laisser pleurer sur mon épaule, mais figure-toi qu'elle est retournée dans la salle d'attente la tête haute et qu'elle s'est installée sur un siège en décrétant qu'elle ne bougerait pas. Elle voit clair dans ton jeu, Ghost. Cette fille est parfaite pour toi.

Ghost se taisait résolument.

Fletch poursuivit comme s'il tenait une véritable conversation avec son chef et non un monologue.

— Je l'ai emmenée chez toi aujourd'hui, à sa demande, naturellement. Elle avait besoin de prendre une douche, puisque Tex l'avait réveillée en pleine nuit et qu'elle était partie au quart de tour. Elle a lavé tes affaires et elle a dressé une liste de courses pour plus tard. Plein de trucs sains pour t'aider à guérir, comme du bouillon de poulet aux vermicelles et du jus d'orange. J'ai même vu qu'elle y mettait des préservatifs.

Ghost leva les yeux pour voir les lèvres de son ami ébaucher un sourire espiègle.

— Eh oui, crétin. Tu l'as traitée comme de la merde et elle pense toujours à ce qui serait bon pour toi, elle veut être avec toi. Je sais que tu ne voulais pas qu'elle te voie à l'hôpital, mais elle est venue. Alors ressaisis-toi et présente-lui tes excuses. Après avoir discuté avec Mary, j'ai compris que tu n'étais pas le seul problème qu'elle devait gérer dans sa vie. Sors-toi la tête du cul et parle à ta femme. Aide-la, Ghost. Son boulot lui pèse et elle a beaucoup de mal avec ça. Si tu essaies de la repousser, ça ne va pas l'aider. Arrête de te comporter comme un abruti et occupe-toi de ce qui compte. Elle est juste là, devant toi.

Sans lui laisser l'occasion de se défendre, Fletch tourna les talons et quitta la chambre. De toute façon, Ghost n'aurait pas répliqué, car les paroles qui sortaient de la bouche de son ami étaient la pure vérité.

Il posa à nouveau les yeux sur Rayne. Elle était penchée sur son lit, les mains sur ses genoux, et elle dormait du sommeil du juste. Elle aurait pu aller à l'hôtel ou chez lui. Elle aurait pu fuir ce matin après l'accueil affreux qu'il lui avait réservé. Honnêtement, c'était ce qu'il avait cru. Et pourtant, elle était là. Endormie à côté de lui. Pour une raison quelconque, elle voulait être avec lui même si elle pensait qu'il n'en saurait rien.

Il était tellement fier qu'elle ne soit pas partie en larmes, mais il lui avait fait de la peine et ça le minait. Au fond, il cherchait seulement à la protéger de cet aspect de son métier. Mais elle n'était pas bête. Elle s'était même retrouvée au cœur de l'une de ses missions. Elle savait mieux que quiconque ce qu'il faisait et quels risques il prenait.

Il poussa un faible grognement. Il avait merdé. Et pas qu'un peu. Il allait devoir se rattraper auprès de cette femme. Il espérait qu'elle accepterait ses excuses, mais sa présence ici, à côté de lui, lui laissait penser qu'il avait encore une chance.

Ghost reposa sa tête contre les oreillers et essaya de ne pas prêter attention à la douleur lancinante dans son bras. Les brûlures au troisième degré lui faisaient un mal de chien. Refusant d'appuyer sur le bouton qui injecterait des substances assommantes dans son organisme par le cathéter afin d'atténuer la douleur, il ferma les yeux. Les doigts de sa main indemne dans les cheveux de Rayne l'apaisaient. Elle était là. Sa princesse était là.

Lorsque Ghost rouvrit les paupières, ce fut pour découvrir les yeux furieux de Mary. Il regarda autour de lui en espérant apercevoir quelqu'un d'autre, n'importe qui, mais elle était seule. Elle ne lui laissa pas un instant pour retrouver ses repères.

— Elle m'a appelée à deux heures et demie du matin, affolée, pour que je l'amène ici. Elle allait conduire elle-même… et risquer de se tuer ou de tuer quelqu'un dans l'état où elle était. Elle est censée être à l'aéroport en ce moment et monter à bord d'un avion… tu sais… pour son *travail* ? Mais au lieu de ça, elle court partout pour faire en sorte que tu aies tout ce qu'il te faut quand tu rentreras chez toi. Et elle ne sait même pas si tu seras gentil avec elle en arrivant. Elle a harcelé les médecins et les infirmiers pour qu'ils viennent te donner des antidouleurs et que tu ne souffres plus, et je sais qu'elle a fait une liste de courses d'un kilomètre de long pour plus tard ce matin. Elle va demander à l'un des gars de l'emmener au supermarché pour qu'elle puisse remplir ton garde-manger. Si tu crois une seconde que ton attitude de connard l'a fait fuir, tu te trompes.

Mary prit une grande inspiration et se pencha vers Ghost sans détourner les yeux.

— Elle t'aime, sale con. Je me demande bien pourquoi, en ce moment, mais c'est le cas. C'est encore nouveau entre vous deux et je dois te dire que j'ai tendance à la mettre en garde contre toi chaque fois que j'en ai l'occasion. Elle te vénère peut-être comme un dieu vivant et toute ton équipe te mange dans la main, mais tu auras beaucoup de boulot pour me convaincre que tu es un homme bien pour elle.

— Tu as raison.

— Et si tu crois que je vais te laisser jouer comme ça sur son moral et…

Les mots de Mary s'éteignirent quand elle prit conscience de ce que Ghost venait de dire.

— Quoi ?

— J'ai dit que tu avais raison. J'ai fait le con. J'allais

attendre d'être sorti de l'hôpital et d'aller mieux pour l'appeler. En fait, je comptais me rendre à Fort Worth et lui faire la surprise de mon retour.

— Ça aurait peut-être fonctionné avec d'autres femmes, mais pas avec Rayne, précisa Mary. Elle aurait su que tu avais été blessé et elle se serait inquiétée. Elle aurait cru que tu lui cachais quelque chose et c'est elle qui aurait fini par te repousser en pensant que tu essayais de te débarrasser d'elle.

Devant l'expression perplexe de Ghost, Mary éclata d'un rire sans joie.

— Oui, c'est compliqué. Mais Rayne est amoureuse de toi depuis sept mois. Elle ne l'avouerait jamais, mais depuis Londres elle t'aime. Elle a tendance à en faire plus pour les autres qu'elle ne voudrait que les autres en fassent pour elle.

— Ça va changer.

— Tu vois ? Tu dis les choses, mais tes actes ne suivent pas.

— Va me trouver un médecin, Mary. Je fiche le camp d'ici.

Mary se leva et croisa le regard de Ghost pendant un moment.

— Je l'ai déjà dit une fois, mais j'aime mieux me répéter. Le jury délibère toujours, en ce qui me concerne. Si tu traites bien mon amie, tu n'auras aucun problème avec moi. Mais si j'apprends que tu la dénigres, que tu la fais culpabiliser ou simplement que tu la rends triste, je l'arracherai à toi si rapidement que tu ne comprendras pas ce qui se passe.

— Tu n'as aucune crainte à avoir. Tu as ma parole d'homme, de Delta.

Mary hocha la tête et partit chercher un médecin.

33

— Fletch ? C'est toi ? J'arrive tout de suite ! lança Rayne en se hâtant de ranger les dernières boîtes de conserve dans le placard. Tu as du nouveau ? Est-ce que Ghost rentre aujourd'hui ?

Comme Fletch ne répondait pas, Rayne se retourna pour l'interpeller à nouveau, impatiente de savoir s'il allait enfin sortir de l'hôpital. Elle savait qu'il se fâcherait. Elle devait encore décider si elle restait chez lui au moment où il arriverait. Elle n'irait nulle part avant d'avoir mis les choses à plat avec lui, mais s'il souffrait et avait besoin d'un jour ou deux, elle les lui accorderait de bonne grâce avant leur ultime discussion.

Elle s'arrêta net en découvrant que ce n'était pas Fletch, mais Ghost lui-même, qui se tenait de l'autre côté du plan de travail.

— Oh, Ghost. Tu es sorti ?

Sa question le fit sourire, car il était évident que s'il était là devant elle, c'était parce qu'on l'avait laissé sortir.

— Oui, princesse. Je n'ai pas demandé à mes hommes de

se déployer pour m'exfiltrer au nez et à la barbe des médecins.

Le rouge monta aux joues de Rayne.

— Bon, eh bien, tant mieux. Je... euh, je t'ai acheté quelques petites choses. Tu es paré. Tu n'avais plus rien à manger. J'ai fait le ménage avant de partir l'autre jour. Ton linge est propre et rangé, et tu...

Les paroles de Rayne furent brusquement interrompues lorsque Ghost s'approcha d'elle à grandes enjambées. Elle recula d'un pas chaque fois que Ghost avançait, jusqu'à ce que ses fesses heurtent le plan de travail, stoppant son mouvement de recul.

Rayne n'avait pas peur de Ghost. Même s'il était plus grand et pouvait facilement lui faire du mal, elle savait qu'il ne lèverait jamais la main sur elle. C'étaient ses paroles qui la rendaient nerveuse. Il pouvait la détruire et elle n'était pas prête pour cela. Elle s'était préparée à lui reprocher sa réaction agressive, mais à présent qu'elle en avait l'occasion, elle se dégonflait complètement.

Ghost vit la peur dans ses yeux et s'en voulut aussitôt d'en être la cause.

— Princesse. Mon Dieu, mais je ne te ferais jamais de mal !

— Oui, je le sais.

Malgré tout, elle évitait toujours son regard.

— Quand je me suis réveillé hier, je souffrais, et je regrettais déjà de ne pas t'avoir prévenue de mon retour. Pendant le trajet, je me suis dit que c'était la bonne décision. Mais dès que j'ai réagi comme ça, dès que j'ai vu ta propre réaction, j'ai compris que c'était exactement comme si je t'avais asséné un coup de poing en pleine figure.

— Ghost, je...

— J'étais frustré, mal en point, et ça me rendait malade de ne pas pouvoir sauter du lit pour te suivre.

Rayne l'écoutait en silence, attentive. Ghost continuait à dévoiler son âme.

— Je t'aime, Rayne. Et ce ne sont pas que des mots pour moi. Je ne les ai jamais dits à aucune femme de toute ma vie. À Londres, je t'ai dit que je n'étais pas doué pour les relations de couple. Et maintenant, je crois que tu es d'accord avec moi. Mais ne crois jamais, au grand jamais, quelles que soient les conneries que je dis ou que je fais, que je ne t'aime pas.

— Ils n'ont pas abîmé ton tatouage, n'est-ce pas ?

Ce n'était pas la réponse à laquelle Ghost s'attendait. Il lui fallut un moment pour comprendre.

— Non. On a prélevé la greffe à l'intérieur de ma cuisse. J'ai menacé chaque médecin et chaque infirmier qui s'approchait de moi. S'ils touchaient à un millimètre carré de mon tatouage, je ne donnais pas cher de leurs peaux.

Rayne tourna la tête, comme si elle réfléchissait à ce qu'il disait.

— Tu ne devrais pas rester debout.

— Rayne...

Elle secoua la tête.

— Allez. Tu peux t'asseoir sur le canapé si tu veux, mais tu dois avoir mal à la jambe. Je sais que tu as des brûlures au troisième degré et je me demande bien pourquoi les médecins t'ont laissé sortir si tôt. Peut-être parce que tu es une insupportable tête de mule. Tu étais peut-être déterminé à quitter l'hôpital, mais maintenant c'est à moi que tu vas devoir obéir. Alors, va t'asseoir.

Ghost fit ce que Rayne lui demandait et recula sans perdre le contact visuel jusqu'à ce qu'elle se tourne vers le placard pour prendre quelque chose. Il s'assit au milieu du canapé et la regarda s'affairer dans la cuisine.

— Tu as faim ? demanda-t-elle.

— Non.

— Soif ?

— Non.

— Bon, il y a des sandwichs au frais pour tout à l'heure, si tu as besoin de quelque chose. Ne fais aucun effort, tu risquerais de te faire mal au bras.

Ghost avait tellement envie de rejoindre Rayne, de la soulever dans ses bras et de l'emmener dans sa chambre et la jeter sur son lit – sur *leur* lit – et la faire taire de la meilleure manière qu'il connaisse, mais il ne savait pas vraiment ce qui se passait dans sa tête. Il devait en avoir le cœur net sous peine de nuire à leur relation.

Enfin, elle termina ce qu'elle faisait dans la cuisine et vint s'asseoir auprès de lui. Elle ne le touchait pas, mais au moins, elle n'avait pas choisi le fauteuil de l'autre côté du salon.

— Ne recommence plus.

Ghost n'était pas sûr de comprendre ce dont elle parlait, mais il acquiesça avec ferveur.

— Promis.

Il ne connaissait personne de plus clairvoyant que Rayne. Elle avait vu clair dans son jeu.

— Que me promets-tu exactement ?

— Tout. Je te promets de ne plus t'insulter. De ne pas m'en prendre à toi alors que je suis en colère contre moi-même. De te prévenir dès l'instant où je reviens aux États-Unis. De toujours t'accueillir par un baiser quand je te vois.

— Et de ne plus me faire de mal ?

Ghost soupira.

— Malheureusement, princesse, je ne peux pas te

promettre ça. Je suis un crétin. Tu le sais bien. À l'avenir, je risque de dire et de faire des choses susceptibles de te faire du mal. Mais je *peux* te promettre de ne pas le faire exprès. Si tu me reprends quand ça m'arrive, je ferai de mon mieux pour me brider.

Elle garda le silence pendant un moment, puis elle dit d'une voix mesurée :

— Quand Wolf et toi avez débarqué dans cette salle en Égypte et quand j'ai compris que c'était toi – pas un autre soldat, mais *toi* –, mon premier réflexe a été de te demander de partir. Bien sûr, je voulais être secourue, mais j'étais gênée d'être aussi vulnérable. Je voulais que tu gardes de moi le souvenir de notre dernière rencontre... quand j'étais à genoux devant toi, quand je recevais avec enthousiasme tout ce que tu avais à me donner.

À ces mots, Ghost se sentit durcir, mais il resta assis en silence, lui laissant dire tout ce qu'elle avait sur le cœur.

— Au lieu de ça, tu m'as vue attachée et impuissante... et à moitié nue. J'étais humiliée et honteuse. Je rêvais de me sentir sexy et belle quand tu me reverrais. Alors, quand tu m'as renvoyée de ta chambre avec un regard glacial, je te jure que j'ai vu la même chose chez toi que ce que j'avais moi-même ressenti en Égypte.

Elle le regardait en espérant qu'il comprenait.

— Je sais, Ghost. Je sais pourquoi tu as fait ça. Je comprends. Mais ce que tu dois savoir, c'est que tu seras toujours mon espion top secret. Un gars capable de vaincre des dragons et des chauffeurs de taxi sinistres en un coup d'œil. Ce n'est pas parce que tu souffres que tu n'es plus mon espion hyper viril. Je sais que tu es un dur. Il faudrait être fou pour ne pas le comprendre en te voyant. S'il te plaît, ne te ferme pas. Sinon, ça ne marchera pas. Tu me tueras à petit feu parce que je saurai que tu m'interdis l'accès à une partie de toi-même.

— Approche-toi, princesse.

Ghost tendit sa main valide en retenant son souffle. Il avait l'espoir fou qu'elle ferait ce qu'il lui demandait.

Rayne hésita un moment avant de se jeter à côté de Ghost. Elle passa un bras sur son ventre et glissa l'autre derrière son dos, contre le coussin. Elle se blottit, le visage contre son torse, et l'étreignit sur son cœur.

Ghost avait déplacé son bras blessé de justesse avant qu'elle lui saute dessus et il retint un grognement de douleur. Rayne dans ses bras, c'était le paradis. Mieux que n'importe quel médicament que les docteurs auraient pu lui donner.

— Je t'aime. Je ne me fermerai plus jamais. Je te le promets.

Rayne hocha la tête. Elle savait qu'elle était un peu ridicule de le pardonner aussi facilement, mais elle l'aimait. Il s'était comporté comme un crétin, et pourtant elle le comprenait. Vraiment.

— Moi aussi, je t'aime, Keane.

— Ghost. Appelle-moi Ghost.

Rayne sourit à nouveau.

— Je t'aime, Ghost.

— Oh, princesse. Je suis tellement désolé, je...

— Ça suffit. Nous en avons discuté, tu t'es excusé, c'est fini. D'accord ?

— D'accord.

— Je me réserve le droit de revenir sur le sujet si tu fais autre chose de plus ou moins similaire, alors tu es prévenu. Au moins, ça t'encouragera peut-être à ne plus te comporter comme un abruti à l'avenir. Maintenant... Comment va ton bras ? Tu as mal à la jambe ? Que dois-je faire pour m'assurer qu'elle reste saine ? Tu as le droit de te mouiller ? Que...

Ghost posa sa bouche sur la sienne pour interrompre ses questions. Quand il releva enfin la tête, ce fut pour la rassurer :

— Ça va. Je dois y retourner tous les jours pendant une semaine pour qu'ils changent mes bandages et fassent des choses atrocement douloureuses à la peau morte de mon bras. Je ne suis pas censé immerger mon bras, mais ma jambe devrait guérir rapidement. Demain soir, je pourrai prendre une douche sans souci.

Rayne posa une main sur la joue de Ghost.

— Tu dois être plus prudent la prochaine fois. Évite ces vilaines explosions, d'accord ?

— C'est d'accord, princesse.

— Tu viens te coucher ?

— Avec plaisir, je croyais que tu ne me le proposerais jamais.

— Mais pas de folies, monsieur. Tu n'es pas en état.

Ghost éclata de rire.

— Je suis *toujours* en état avec toi.

— Si tu le dis. Viens, j'ai changé les draps de notre lit, tu dormiras bien mieux qu'à l'hôpital.

— Ça me plaît.

— Quoi donc ? Dormir ?

— *Notre* lit.

Rayne sourit en l'aidant à se lever.

Alors qu'ils étaient allongés au lit et que Rayne déposait des baisers légers sur ses bandages, peu de temps après, une fois qu'elle l'eut aidé à retirer son t-shirt, Ghost lui dit tout bas :

— Nous avons beaucoup de choses à nous dire, princesse.

— Je croyais que nous avions fini de parler.

— Oui, au sujet de ma décision débile. Mais nous devons parler de nous. Nous avons beaucoup de choses à tirer au clair.

Rayne hocha mollement la tête contre son torse.

— Pas vraiment. Mary et moi, nous avons déjà tout réglé.

— Ah bon ?

Voilà qui le rendait nerveux, car Mary n'était pas sa plus grande fan en ce moment.

— Hmm, oui.

Elle marqua une pause pour bâiller avant de reprendre :

— Nous allons emménager ici toutes les deux. Moi pour être avec toi, et Mary parce qu'elle m'aime et qu'elle peut trouver du boulot dans n'importe quelle banque. Je ne sais pas si c'est vrai, mais je crois bien qu'elle peut se faire muter.

— Tu viens t'installer à Belton ?

Il était évident que Rayne ne se rendait pas compte à quel point cette annonce était importante pour Ghost, parce qu'elle se contenta de murmurer :

— Hmm, hmm...

Ghost changea de position et hissa Rayne sur son corps. Naturellement, elle essaya aussitôt de descendre.

— Je vais te faire mal.

— Non, pas du tout. Hisse-toi un peu.

— Quoi ?

Ghost posa sa main valide sous les fesses de Rayne pour l'approcher de son visage en prenant soin de ne pas toucher son bras blessé au passage.

— J'ai besoin de toi, princesse.

— Tu ne peux pas ! Ghost, tu vas te faire mal.

— Pas si tu fais tout le boulot. J'ai envie de te goûter. J'ai envie de lécher ce sexe magnifique. Je ne peux pas m'allonger sur le ventre, alors tu vas devoir monter ici et t'age-nouiller sur mon visage. Attention à mon bras.

— Ghost ! Je vais t'étouffer.

— Mais non, princesse. C'est promis.

Rayne hésita pendant un moment, mais elle finit par s'avancer sur son visage. Elle ne portait pas de sous-vête-ments au lit, rien que des t-shirts amples de l'armée. Elle sentait déjà qu'elle lui mouillait le torse en passant.

— Tu es tellement belle ! Je n'en reviens pas de t'avoir. Tu n'as pas idée de ce que ça signifie pour moi que tu acceptes de venir vivre ici.

Ghost leva les yeux vers le corps de Rayne lorsqu'elle s'arrêta, les cuisses écartées au-dessus de lui. Il sentait son excitation et il voyait déjà sa poitrine se soulever et s'abaisser au rythme de sa respiration effrénée.

— Je t'aime. Si tu savais combien je t'aime. Maintenant, à toi de jouer. Je veux te sentir sur mon visage.

Rayne leva les yeux, un peu gênée, mais elle fit ce que Ghost lui demandait. Elle ne risquait pas de lui refuser ce qu'il voulait... surtout si elle bénéficiait de sa générosité.

ÉPILOGUE

Rayne savait que Truck attendait en bas et que Fletch serait là d'une minute à l'autre, mais dès l'instant où Ghost sortit de leur salle de bain en jean et en t-shirt, elle l'avait désiré. Sans lui laisser une chance de résister, elle se laissa tomber à genoux et s'attaqua à sa ceinture et à la fermeture de son pantalon.

— Rayne ? Nous n'avons pas vraiment le temps...

— Je serai rapide.

Ghost posa une main sur sa tête lorsqu'elle tira sur son boxer, libérant sa queue.

— Princesse, sérieusement...

Il n'eut pas le temps d'en dire plus que déjà Rayne le fourrait tout entier dans sa bouche en gémissant.

— Oh, oui. C'est bon. Oui, vas-y.

Rayne n'avait pas toujours eu confiance en elle avec cette pratique, mais non seulement avait-elle bien appris ses leçons, mais elle s'était rendu compte qu'elle adorait recevoir sa queue au fond de la gorge. Un jour, elle lui avait dit qu'elle prenait son pied à le réduire en loque humaine.

Ghost gardait le contrôle sur les opérations, une main

sur sa nuque, l'autre sous son menton. Il donnait des coups de reins maîtrisés pour ne pas lui faire mal.

— Tu aimes me sucer, n'est-ce pas, princesse ?

Quand Rayne gémit, il le sentit jusqu'au bout de ses orteils.

— Tu mouilles pour moi ?

Elle acquiesça entre ses mains sans cesser de le lécher et de le sucer. Sa tête rebondissait devant lui.

— Dès que tu auras fini, enlève ton pantalon et monte sur le lit. Écarte les jambes, je te ferai jouir avec ma langue. Compris ?

Une fois de plus, Rayne gémit autour de son sexe. Ghost se demandait pourquoi elle était aussi excitée par les fellations, mais il ne s'en plaignait pas. À tout moment, l'envie la prenait et elle lui offrait sa bouche. S'ils risquaient de se faire surprendre, il refusait, mais elle ne cessait de l'étonner, dans leur voiture par exemple, ou dans des lieux à demi publics.

Il poussa un gémissement en sentant ses bourses se contracter.

— J'y suis presque, princesse. Presque... Oh oui, c'est bon...

Il sentit la main douce de Rayne sur ses boules. Elle exerça une légère pression avant de les caresser abruptement. Il ne lui en fallut pas plus.

Il la lâcha pour ne pas la forcer à faire quelque chose dont elle n'aurait pas envie... à savoir avaler son sperme. Croisant les doigts derrière sa tête, il se cambra en explosant.

Une fois que les étoiles se furent dissipées derrière ses paupières, Ghost ouvrit les yeux et regarda la femme qu'il aimait plus que sa propre vie. Rayne était assise à ses pieds, caressant sa queue ramollie tout en le léchant avidement.

— Qu'est-ce qui t'a excitée cette fois ? demanda-t-il, sincèrement intrigué.

Il sortait à peine de la salle de bain après s'être brossé les dents et elle lui avait sauté dessus.

— Toi.

Il sourit en passant la main dans ses cheveux. Il baignait dans le bien-être de son orgasme, heureux de sentir les mains de Rayne sur lui.

— J'ai senti ton eau de toilette. Et tu ne portes pas souvent de jeans... Tu es canon.

Ghost ne put retenir son sourire. Elle était adorable, et toute à lui. Il se pencha pour remonter son pantalon et attacher sa ceinture.

— Va t'allonger sur le lit, princesse. À ton tour.

— Mais, Fletch et Truck...

— Ils attendront.

— Mais ils vont savoir...

Sans terminer sa phrase, elle monta sur le lit comme il le lui avait demandé.

— Tu aurais dû y penser avant de m'agresser.

Ghost vit Rayne sourire et rougir tout en détachant le bouton de son short.

— Ne le baisse pas en entier. Jusqu'aux genoux.

— Mais...

— Tais-toi et fais-le.

Ghost s'agenouilla sur le sol et remonta les jambes de Rayne de part et d'autre de son cou. Sa culotte et son short autour de ses genoux l'empêchaient de s'ouvrir tout entière. Le défi n'en était que plus grand, mais il savait que pour Rayne, ce serait délicieusement frustrant et excitant.

Il se pencha et lui donna un premier coup de langue, savourant sa moiteur. Il n'avait encore jamais rencontré de femme qui aime les fellations autant qu'elle. Il ne touchait plus terre depuis qu'elle lui avait avoué qu'avant lui, ce n'était pas vraiment son truc.

Rayne gémit lorsqu'il inséra un doigt entre ses plis sans lui laisser l'occasion de s'y préparer. Elle était trempée et il sentit ses muscles se resserrer autour de son doigt. Regrettant de ne pas avoir plus de temps devant lui – il aurait pu la dévorer pendant des heures, mais Fletch et Truck les attendaient en bas –, Ghost se mit à l'œuvre pour donner du plaisir à cette femme superbe.

Cinq minutes plus tard, Rayne était terrassée par son deuxième orgasme. Il s'était attaqué à son clitoris sans lui laisser la moindre chance de se dérober ni de redescendre sur terre après son premier orgasme rapide. Elle restait alanguie sur le lit tandis qu'il retirait son doigt de son corps chaud. Puis il se pencha et lécha les sécrétions de plaisir que le retrait de son doigt avait laissé couler.

— Tu seras encore humide pendant un moment, princesse.

— Hmm.

— Tu crois pouvoir te retenir de mettre les mains dans mon pantalon pendant que nous serons avec l'équipe ?

— Tant que tu ne fais rien de sexy... peut-être.

En riant, Ghost déposa un baiser à l'intérieur de sa cuisse. Puis il recula, faisant passer ses jambes par-dessus sa tête. Il la hissa plus loin sur le matelas et se pencha sur elle tandis qu'elle s'efforçait de remettre ses vêtements en ordre.

— Je t'aime, murmura Ghost contre ses lèvres, conscient qu'elle y sentirait son propre goût.

Rayne passa la langue sur sa lèvre inférieure et sourit en rougissant.

Enfin, il l'aida à se lever.

— Viens, cette fois, il faut *vraiment* y aller.

— Je t'aime aussi, Ghost. Je n'aurais jamais cru dire ça,

mais je suis contente d'avoir été retenue en otage en Égypte.

Avant que Ghost puisse réagir, elle s'empressa de préciser :

— Parce que ça t'a ramené auprès de moi.

— Allez, viens, avant que je sois contraint d'annoncer à mes amis que nous devons annuler le barbecue en fin de compte.

Rayne gloussa tandis que Ghost l'entraînait vers la porte.

— Allez, dis-moi ce que tu as fait, insista Rayne sur un ton enjôleur dans la voiture de Fletch.

Truck haussa les épaules.

— J'ai appelé Tex.

— Tu as appelé Tex, répéta Rayne sur un ton monocorde.

— Princesse, laisse tomber, dit Ghost pour la dissuader en posant une main sur sa nuque, la serrant affectueusement.

— Mais Ghost...

— Tu aimes ton nouveau boulot ?

— Oui.

— Alors, quelle importance ?

— Quand même ! protesta Rayne. Ce n'est pas normal que ce fameux Tex – que je n'ai jamais rencontré, soit dit en passant – soit capable non seulement de m'aider à quitter mon travail sans me faire sermonner, mais en plus de me faire embaucher sans entretien de recrutement dans une autre compagnie aérienne au départ d'Austin et non plus de Dallas !

— Je te pose à nouveau la question, reprit Ghost avec

une patience extrême. Préférerais-tu reprendre les vols internationaux au départ de Dallas ? Risquer de devoir te rendre en Égypte, en Turquie ou dans un autre pays du Moyen-Orient ?

— Non.

— Alors, laisse tomber, princesse. Sérieusement.

Rayne souffla, agacée.

— Bon, d'accord. Mais uniquement parce que tu fais confiance à ce mystérieux Tex.

Ghost lui sourit.

Rayne se tourna alors vers Fletch. Ils étaient quatre dans la voiture et ils se rendaient chez Fletch pour un barbecue. Comme il était sorti acheter des bières, il leur avait proposé de passer les chercher... ainsi que Truck, qui rendait une petite visite à Ghost à ce moment-là. Ils n'avaient pas prévu les quinze minutes de retard qu'il avait fallu à Rayne et à Ghost pour « se préparer », mais ils n'avaient fait aucun commentaire, trop heureux que tout soit au beau fixe entre leur chef et la femme de sa vie.

— Tu aurais dû me laisser apporter quelque chose, se plaignit Rayne.

Fletch haussa les épaules.

— J'avais tout ce qu'il fallait. Il n'y avait vraiment rien à apporter.

— Mais quand même... des brownies ? Des chips ? N'importe quoi ?

— Non, répondit-il en riant. J'ai absolument tout.

Ils se garèrent dans l'allée de Fletch et Rayne leva les yeux vers l'appartement au-dessus du garage.

— Ta locataire va se joindre à nous ?

— Non, répliqua Fletch sèchement.

— Pourquoi pas ? Je croyais qu'elle était sympa ?

— Elle est sympa, mais elle est occupée, dit-il sur le ton

de la conversation.

— Oh. Et tu le lui as proposé poliment ? insista Rayne. Parfois, tu peux être un peu raide. Tu as dit qu'elle avait une fille. Elles pourraient peut-être venir toutes les deux.

— Évidemment que j'ai proposé. Je ne suis pas un homme des cavernes. Et elle a un petit ami, alors oublie tout de suite ce regard d'entremetteuse, Rayne, l'avertit Fletch en coupant le moteur.

— Oh, dommage. Il reste toujours Mary.

Fletch éclata de rire en voyant Truck se crisper à côté de lui.

— Je ne risque pas de m'approcher de cette furie. Ton amie n'a rien à craindre avec moi.

— Vous êtes chiants, les mecs. Je crois quand même que l'un de vous devrait sortir avec elle.

Rayne avait été folle de joie quand Mary avait enfin mis sa promesse à exécution en démissionnant pour venir s'installer dans la région de Fort Hood. On lui avait proposé un poste dans la même branche que son ancienne banque et elle n'avait pas perdu trop de temps à déménager.

Rayne comptait emménager avec elle une fois qu'elle aurait trouvé un logement, mais Ghost avait réussi à la convaincre de vivre avec lui de la meilleure des manières – en lui donnant des orgasmes à répétition jusqu'à ce qu'elle cède. Et s'ils avaient parfois quelques accrochages, elle n'avait jamais regretté sa décision.

Ensemble, ils firent une entrée en fanfare dans la maison, prêts pour un bon repas et un agréable moment entre amis.

Ce qu'ils ne virent pas, ce fut le regard nostalgique que Fletch levait vers l'appartement au-dessus de son garage avant de refermer la porte dans un soupir et rejoindre ses coéquipiers.

À PROPOS DE L'AUTEUR

Susan Stoker est une auteure de best-sellers aux classements du New York Times, de USA Today et du Wall Street Journal. Elle a notamment écrit les séries Badge of Honor: Texas Heroes, SEAL of Protection et Delta Force Heroes. Mariée à un sous-officier de l'armée américaine à la retraite, Susan a vécu dans tous les États-Unis, du Missouri jusqu'en Californie en passant par le Colorado, et elle habite actuellement sous le vaste ciel du Tennessee. Fervente adepte des fins heureuses, Susan aime écrire des romans où les sentiments laissent place au grand amour.

http://www.StokerAces.com

DU MÊME AUTEUR

<u>Autres livres de Susan Stoker</u>

<u>Delta Force Heroes Series</u>

Tome 1 : Un héros pour Rayne

Tome 2 : Un héros pour Emily

Tome 3 : Un héros pour Harley (à paraître)

<u>En Anglai</u>

<u>Delta Force Heroes Series</u>

Rescuing Rayne

Rescuing Aimee (novella)

Rescuing Emily

Rescuing Harley

Marrying Emily (novella)

Rescuing Kassie

Rescuing Bryn

Rescuing Casey

Rescuing Sadie (novella)

Rescuing Wendy

Rescuing Mary

Rescuing Macie (novella)

<u>SEAL of Protection: Legacy Series</u>

Securing Caite

Securing Brenae (novella)

Securing Sidney

Securing Piper (Sept 2019)

Securing Zoey (Jan 2020)

Securing Avery (May 2020)

Securing Kalee (Sept 2020)

Ace Security Series

Claiming Grace

Claiming Alexis

Claiming Bailey

Claiming Felicity

Claiming Sarah (Sept 2019)

Mountain Mercenaries Series

Defending Allye

Defending Chloe

Defending Morgan

Defending Harlow (June 2019)

Defending Everly (Dec 2019)

Defending Zara (Mar 2020)

Defending Raven (July 2020)

SEAL of Protection Series

Protecting Caroline

Protecting Alabama

Protecting Fiona

Marrying Caroline (novella)

Protecting Summer

Protecting Cheyenne

Protecting Jessyka

Protecting Julie (novella)

Protecting Melody

Protecting the Future

Protecting Kiera (novella)

Protecting Alabama's Kids (novella)

Protecting Dakota

Badge of Honor: Texas Heroes Series

Justice for Mackenzie

Justice for Mickie

Justice for Corrie

Justice for Laine (novella)

Shelter for Elizabeth

Justice for Boone

Shelter for Adeline

Shelter for Sophie

Justice for Erin

Justice for Milena

Shelter for Blythe

Justice for Hope

Shelter for Quinn

Shelter for Koren (July 2019)

Shelter for Penelope (Oct 2019)